LA SŒUR

Né en Hongrie en 1900, Sándor Márai connaît dès ses premiers romans un immense succès. Antifasciste déclaré dans une Hongrie alliée à l'Allemagne nazie, il est pourtant mis au ban par le gouvernement communiste de l'après-guerre. En 1948, il s'exile et part pour les États-Unis où il mettra fin à ses jours en 1989. Ses œuvres, redécouvertes dans les années 1990, jouissent dans le monde entier d'une réputation égale à celles de Zweig, Roth ou Schnitzler.

Paru dans Le Livre de Poche :

LES BRAISES

LES CONFESSIONS D'UN BOURGEOIS

LA CONVERSATION DE BOLZANO

DIVORCE À BUDA

L'ÉTRANGÈRE

LES ÉTRANGERS

L'HÉRITAGE D'ESTHER

LIBÉRATION

MÉMOIRES DE HONGRIE

MÉTAMORPHOSES D'UN MARIAGE

LE MIRACLE DE SAN GENNARO

PAIX À ITHAQUE

LE PREMIER AMOUR

LES RÉVOLTÉS

UN CHIEN DE CARACTÈRE

SÁNDOR MÁRAI

La Sœur

ROMAN TRADUIT DU HONGROIS PAR CATHERINE FAY

ALBIN MICHEL

Titre original :

À NŐVÉR

ISBN : 978-2-253-17558-2 – 1re publication LGF

1

Je vais tenter de consigner ici tout ce que j'ai vécu en ce Noël singulier. C'était le quatrième Noël de la Deuxième Guerre mondiale. Le temps a passé depuis, et les nuits et les jours qui ont suivi ce soir-là nous ont apporté leur lot de tristesses et de souffrances. Mais le souvenir de la rencontre que j'ai faite alors est resté vivant dans mon esprit et dans mon cœur. Les informations concernant la destruction de villes entières ainsi que les doutes et les angoisses portant sur le monde occidental étreignaient le cœur de bien des hommes en ce temps-là mais tout ce malheur incommensurable, inhumain, n'a toutefois pas été assez cruel pour estomper le souvenir de cette rencontre. Ce que j'ai appris alors n'avait pas trait à des peuples ou des pays mais seulement au sort d'un homme. Cependant la même fatalité peut s'acharner aussi implacablement sur la vie d'un seul homme que sur l'existence des nations.

Naturellement, le hasard fut à l'origine de cette rencontre de Noël, comme toujours pour les événements importants et inattendus. Jamais je n'aurais pensé qu'en plein hiver, dans cette petite station thermale désertée, dans cette auberge bon marché à l'allure de relais de chasse et relativement dépourvue des commodités de l'époque, j'aurais comme voisin de palier Z., le fameux Z., le grand musicien, encore célébré quelques années auparavant, dans les salles de concert des grandes capitales, par un public international. Notre rencontre me bouleversa profondément car l'homme qui était venu vers moi dans la salle à manger lambrissée de sapin du petit hôtel transylvain était devenu l'ombre de l'être triomphant et légendaire dont le nom était encore, peu de temps auparavant, un des plus renommés dans le monde de la musique. Son apparence aurait pu me choquer en me fournissant la preuve vivante de la fragilité de la gloire et de la notoriété si, dès le premier instant de notre rencontre, son attitude et son comportement ne m'avaient convaincu que cet homme supportait son cruel destin non seulement avec une grande force morale mais aussi avec calme et sérénité. L'adversité ne l'avait ni offensé, ni humilié, ni brisé. Il était paisible et cette paix ne contenait aucune bravade. Il ne jouait pas au Coriolan blessé que des puissances barbares auraient banni du domaine mystérieux de la musique, sa patrie. Ce calme singulier se reflétait dans son regard comme le doux rayon d'une lumière intérieure. Dès le premier moment où nous nous étions revus, grâce à son instinct de musicien il avait trouvé le ton juste, qui m'avait donné l'assurance que l'homme en face de moi était parfaitement conscient de son sort, l'acceptait sans révolte et excluait toute tentative d'apitoiement. La dignité paisible de son être et sa douce et grave humanité étaient rassurantes mais, en même temps, sa réserve naturelle me commandait de respecter sa solitude, son maintien discret décourageait toute commisération : je sentis que je n'avais pas le droit de troubler l'équilibre de son âme par une compassion malvenue.

J'avais perçu tout cela dès le début mais les jours suivants sont restés dans mon souvenir comme une leçon de discrétion. L'auberge perdue dans les neiges offrait une occasion exceptionnelle de pratiquer le difficile mais nécessaire exercice de la retenue : matin, midi et soir, le petit groupe d'hôtes se retrouvait dans le seul espace commun, devant la cheminée paysanne en céramique de la salle à manger qui embaumait le sapin et où, sous la lumière avare dispensée par la lampe à pétrole, nous nous asseyions immanquablement autour de la table pour tuer le temps, en lisant, en jouant aux cartes, en conversant et en écoutant l'agaçant poste de radio. Car ici, au sommet de la montagne, cette étrange entité qu'on appelle le temps se révélait un dangereux ennemi : non seulement une pluie glacée tombait depuis des jours et des jours mais à présent, à la mi-décembre, la neige des montagnes fondait et d'énormes avalanches gris sale dégringolaient vers la vallée. Inutile de songer à se promener. Tous les matins, un petit cheval trapu, à la crinière drôlement emmêlée, attelé à une carriole conduite par un berger valaque, quittait le village dans la vallée, au bord de la rivière, qui se trouvait encore à plusieurs heures de voiture de la gare la plus proche, et grimpait la route verglacée et périlleuse pour apporter le courrier, la viande et tout ce qui manquait dans le garde-manger de l'auberge. Le brouillard humide enveloppait les cimes des montagnes, tel un suffocant nuage de fumée au-dessus des gratte-ciel d'une grande ville après un bombardement ou un incendie. L'humidité imprégnait les chambres, elle poissait le linge de lit, les serviettes, et même les vêtements suspendus dans les armoires absorbaient le brouillard malpropre. Dès le matin, les hôtes fuyaient leurs antres étriqués et inconfortables où ils passaient le moins de temps possible à s'user les yeux à la lueur des chandelles, frissonnant dans des lits moites et se lavant dans des cuvettes en fer-blanc. Entre les montagnes et au-dessus des vallées hurlait un vent chaud, le *sirocco.* Vers midi, le thermomètre affichait parfois plus huit, une température insensée dans les montagnes au mois de décembre ! En quittant nos demeures citadines, avant de venir nous échouer dans la petite auberge des montagnes, nous avions imaginé des rochers étincelants de glace au froid soleil, une lumière noire sur les champs enneigés, de somptueuses promenades à mille cinq cents mètres d'altitude, la neige crissant sous nos pas au milieu de sapins saupoudrés de blanc dans des forêts infinies et, ensuite, des soirées paisibles dans la salle commune de l'hôtel dont la photo exposée dans l'agence de voyages vantait de façon attrayante l'isolement et l'intimité : tout cela s'était révélé dans la réalité une perte de temps exaspérante, calamiteuse et malsaine. Le travail que j'avais emporté était resté au fond de ma valise parce qu'il m'était impossible de sortir tranquillement mes notes dans la chambre, semblable à une cellule de pénitencier, ou dans la salle à manger qui servait de pièce commune. Au cours des quatre premiers jours de cette quarantaine, j'avais épuisé la quasi-totalité des livres que j'avais apportés comme provisions intellectuelles ; du matin jusque tard le soir, tels les passagers de l'arche de Noé, nous nous entassions dans cet endroit chaud et étouffant, embué par les miasmes de nourriture et les émanations humaines, nous mangions trop par ennui et faisions passer les plats trop gras avec une âpre piquette. Parmi les habitants de l'arche, naturellement, il se trouvait aussi des individus à quatre pattes : un vieux mâtin au poil en broussaille, une chatte galeuse avec sa portée de chatons, un geai dans une cage accrochée près du poêle, un écureuil dans une autre, qui faisait tourner son minuscule moulin comme un fou, une véritable troupe d'animaux de compagnie qui mettait de l'animation dans l'assemblée. Parfois même, un vieux bouc, le vétéran hautain des animaux domestiques du petit hameau, pointait son museau barbu par l'entrebâillement de la porte avec le naturel des êtres dépendants des hommes et, clignant des yeux, faisant trembler sa barbe pointue, il se plantait tranquillement dans l'embrasure de la porte, comme s'il se rappelait l'harmonieuse union des hommes et des bêtes au paradis et attendait une invitation à prendre place dans notre cercle. Toutefois même les maîtres de maison chassaient cet animal quelque peu malodorant.

Dans cette arche, nous étions sept bipèdes à attendre la fin de la pluie et l'émergence du soleil, sept hôtes, plus le propriétaire et sa femme, des Roumains du Regat[1], un couple corpulent, aux mouvements lents, gentils et serviables, parlant un hongrois fragmentaire, ainsi que le personnel, deux jeunes filles et un berger de la vallée qui servait de domestique au refuge l'hiver. En effet, cet « hôtel de cure dans les neiges », c'était cela : un simple refuge. Ainsi, seuls les montagnes et le paysage étaient fidèles aux promesses que faisait miroiter la brochure. Toutefois, même cette réalité-là était à présent enveloppée de brouillard et détrempée de pluie glacée. Par un temps d'hiver froid et pur, cette contrée devait récompenser le randonneur : même à travers le brouillard, on sentait le goût et le parfum de l'air frais ; mais dans ma chambre, dans la misère du blocus, au bout du quatrième jour, ma bonne volonté et ma patience commençaient à se fissurer. L'enfermement des hommes et des bêtes dans cette cage à lapins, l'impossibilité même d'apprécier le triste luxe de la solitude dans l'air confiné des chambres, où les fenêtres offraient une vision désespérante du paysage mouillé et bourbeux, démontraient avec un rictus moqueur à quel point toute entreprise et tout projet humains sont sans espoir à l'aune de la réalité. La paisible semaine que j'espérais passer sur les sommets, la magnifique « semaine de Noël dans les neiges » dont mon imagination de citadin avait rêvé, me semblait à

1. Le mot roumain *regat* veut dire royaume. Les *regáti románok* sont littéralement « les Roumains du royaume », c'est-à-dire les Roumains vivant dans les anciennes principautés de Valachie et de Moldavie.

présent davantage une punition ou une peine qu'il fallait purger qu'une récompense.

Que fait le prisonnier quand il prend la mesure de son sort et se rend compte du désespoir de sa situation ? Naturellement, il ne songe plus qu'à fuir. Trois jours, c'est long, et j'avais eu l'occasion d'évaluer les possibilités humaines offertes par mon environnement ; même les vieux couples ne vivent pas dans la contrainte d'une familiarité physique comme celle des parfaits inconnus qui résidaient dans cette auberge. Chaque souffle du voisin qui s'ennuyait transperçait la mince paroi de bois des chambres ; dans la salle commune, au troisième jour, chacun d'entre nous avait déjà laissé transparaître, poussé par l'ennui et l'impatience, les tendances acariâtres de son tempérament. La société réunie ici ne permettait d'envisager aucune surprise sur le plan humain. Un monsieur grisonnant, vêtu d'une culotte tyrolienne et d'un court gilet de cuir, dont nous ne savions rien sinon qu'il était fonctionnaire dans une ville voisine, passait ses journées entières à coller des photos dans un album relié de cuir ; ses mouvements, ses remarques exprimées sous forme de grognements et son regard suspicieux, empreint de colère, laissaient transparaître une méfiance obsessionnelle. Il était sans doute, en effet, un de ces innombrables névrosés de la ville, un végétarien qui, dans la prison de son bureau, se crée de la nature des images idéales, et qui fait du tourisme le dimanche, quadrillant les montagnes, sac au dos, en photographiant avec un soin pointilleux chaque sommet et chaque clairière rencontrés. L'antidote aimable de ce Don

Quichotte des cimes armé d'un Kodak était le jovial tandem de chasseurs de bonne allure, deux intendants de domaine, ou des régisseurs, fumeurs de pipe bourrée de tabac gris, buveurs de pálinka et de vin, et qui recherchaient ici, sur les hauteurs, des coqs de bruyère ; leur attirail de chasse et leurs fusils, qu'ils ne cessaient de nettoyer et de graisser toute la journée, se trouvaient toujours à portée de leur main, même lorsqu'ils trinquaient, ce qui était fréquent et même, pourrait-on dire, constant. Ces chasseurs, tels les légendaires Laurel et Hardy, l'un long et maigre, l'autre gros et trapu, confirmaient le cliché selon lequel dans la nature, toujours et partout, aussi bien que dans les rapports humains, les contraires visent à s'équilibrer ; avec leur indifférence de fumeurs de pipe aguerris aux lubies de la nature, ils acceptaient les revirements désastreux du temps, ils ne se révoltaient pas, ils lisaient de vieilles revues de théâtre, engloutissaient avec persévérance du genièvre, se dirigeaient de temps à autre vers la fenêtre, déclaraient en connaisseurs que ce « temps de chien » dissimulait obstinément les coqs de bruyère à leur vue et, en grommelant des jurons de chasseurs, promettaient d'effroyables vengeances à l'encontre du gibier de la forêt qui se cachait sous l'épaisse couverture de la pluie glacée. Ces deux Nemrod, pour ainsi dire enfouis dans les relents du tabac gris et de la pálinka, étaient en général plutôt sympathiques, ils se comportaient modestement et aimablement et supportaient le malheur commun avec une patience virile. Pas comme le couple qui occupait la seule chambre avec balcon de l'auberge.

On ne les voyait que rarement ensemble. Telles les figurines des petits chalets prédisant le temps, l'homme ou la femme faisait son apparition dans la pièce commune et pendant ce temps-là, l'autre restait dans la chambre – celle que les propriétaires avaient fait construire pour des hôtes de marque. Au cinquième jour de la « quarantaine » montagnarde, j'eus l'occasion, lors de circonstances tristes et inattendues, de jeter un coup d'œil à cette chambre – des meubles de ville choisis avec un goût de paysan, un lit double, une armoire à glace. On y discernait les traces d'un certain luxe oriental chargé ; le ménage roumain du Regat qui l'habitait la plupart du temps la cédait exceptionnellement aux visiteurs distingués. Le couple qui l'occupait en ce moment était arrivé un jour après moi, avec une voiture louée à la gare, dans la vallée, où s'arrêtait le train rapide. Ce qu'on remarquait n'était pas tant leurs personnes que leurs bagages : ils avaient emporté une quantité surprenante de valises et de sacs raffinés d'une excellente qualité. Les cartons à chapeaux de la femme, ses malles constellées d'étiquettes d'hôtels étrangers révélaient une personne habituée à une vie mondaine et aux voyages de par le monde ; nul besoin de posséder la perspicacité d'un agent secret pour vérifier ce dont témoignaient non seulement les malles mais également les vêtements et le comportement de cette femme : c'était une personne habituée à une vie élégante. Aussi paraissait-il d'autant plus surprenant que cette créature plus toute jeune, fragile, à l'aspect maladif, se retrouvât ici, au sommet de la montagne, dans la pluie glacée, dans l'espace inconfortable et primitif de ce refuge, avec ses bagages nombreux et luxueux. Que cherchait-elle ? Bien entendu, ce ne fut que par la suite que nous nous posâmes ces questions. Le mari et la femme étaient arrivés comme s'ils avaient eu l'intention de s'installer pour longtemps. La femme devait avoir dans les cinquante ans, ce que ses papiers d'identité nous confirmèrent plus tard – elle les avait eus au printemps dernier ; l'homme, chauve, légèrement empâté, au regard triste et soucieux, avait l'air un peu plus âgé. Nous apprîmes plus tard qu'il avait trois ans de moins. Dès leur arrivée, ils avaient disparu dans la chambre réservée aux hôtes distingués et ne descendaient même pas dans la salle à manger pour y prendre leurs repas ; ils mangeaient dans leur chambre et, seulement dans l'après-midi ou en fin de soirée, l'un d'entre eux faisait parfois son apparition, sans dire un mot, à l'écart des autres, pour écouter les informations du jour à la radio avec une sombre attention. Jamais ils ne se montraient ensemble mais ils entretenaient consciencieusement cette garde alternée auprès de la radio. On voyait bien que quelque chose les préoccupait, les inquiétait, les déprimait – était-ce le sort du monde ou le mystère caché de leur propre destin ? Ils s'asseyaient, le cœur serré, devant le poste de radio comme s'ils espéraient entendre une nouvelle qui serait la réponse à une question inconnue. Quand le speaker en avait terminé avec la liste des événements du jour, celui des deux qui était « de service » se levait immédiatement, saluait sans mot dire et se hâtait de gravir les escaliers grinçants jusqu'à la chambre à l'étage.

Ce comportement était suffisamment remarquable pour que tous autant que nous étions, propriétaires et résidents, nous les observions avec plus d'attention. Un soir, alors que c'était justement elle qui devait monter la garde auprès de la radio, la femme vint s'asseoir à côté de moi sur le banc de bois étroit qui entourait le poêle. Tandis que le poste égrenait les effroyables banalités de la guerre avec une indifférence mécanique – sauf à certains moments où résonnait dans la voix du présentateur anonyme une sorte de satisfaction inconsciente et sadique –, alors qu'on ressassait de façon monotone le tragique décompte quotidien des villes détruites, des ponts dynamités, des hôpitaux, des cathédrales et des écoles rasés, des bateaux coulés et des avions abattus, j'eus le loisir d'examiner ma voisine. Elle portait un ensemble en jersey de laine noble, l'angora, un corsage et une jupe un peu pelucheux, de couleur pastel et, jeté sur ses épaules frêles, un châle en tissage soyeux, de provenance étrangère, très fin, de couleur vert pâle, dont ses mains maigres et blanches trituraient nerveusement les franges pendant qu'elle écoutait la radio. Ses souliers devaient venir de chez le meilleur faiseur, au temps raffiné de la paix, quand les citadins délicats exigeaient de leurs bottiers qu'ils leur cousent des chaussures plus fines et plus souples que des gants. La seule bague qu'elle portait à son petit doigt était sertie d'un diamant étincelant de la taille d'un petit pois. Aucun artifice n'avait coloré ses cheveux de lin pâle : des fils blancs en striaient la blondeur lissée et divisée par une raie médiane. Dans son visage étroit, exsangue, à l'expression inquiète, dont l'âge n'avait pas réussi à supprimer complètement la douceur enfantine, brillaient ses yeux, d'un gris-bleu métallique et froid. Ces yeux faisaient penser à une pierre précieuse orientale, à l'éclat d'azur glacé, et lançaient parfois des étincelles dont la lueur s'éteignait aussitôt. Chaque geste de cette femme trahissait l'anxiété des êtres persécutés ou hypernerveux qui croient que des forces hostiles se sont attachées à leurs pas ; quant à son corps, son attitude, ses vêtements, ils étaient ceux d'une personne choyée, vivant dans le confort. Quand elle écoutait la radio, elle semblait indifférente aux nouvelles violentes et terribles du monde – ses yeux au regard bleu et froid ne s'animaient et ne montraient de l'intérêt que lorsque le speaker se mettait à énumérer la série des informations quotidiennes plus banales : la chronique ordinaire des accidents, des disparitions, des morts. Elle redressait alors la tête, ses narines s'élargissaient, ses yeux brillaient et, pendant quelques minutes, elle était à l'écoute comme un animal sauvage qui flaire un danger ou une proie. Une fois les nouvelles du jour terminées, elle se levait immédiatement du banc, faisait un bref signe de tête et, de sa démarche de jeune fille, elle disparaissait dans la pénombre de l'étage, dans le chatoiement de ses chevilles fines sur les dernières marches de l'escalier.

Telle était cette femme, plus toute jeune, visiblement malade. Peut-être souffrait-elle des poumons ou cherchait-elle à apaiser ses nerfs irrités, ici, au sommet de la montagne. Du moins c'est ce que je pensais. Naturellement, ni cette femme ni son mari ne m'intéressaient particulièrement dans la calamité de cette quarantaine de grésil et, le troisième soir, je commençai sérieusement à échafauder des plans d'évasion. Le mari de l'inconnue – que pouvais-je penser d'autre à la vue de l'homme chauve et bedonnant flottant auprès de cette créature maladive d'âge mûr ? – restait assis parfois des heures, l'après-midi ou en début de soirée, dans la salle commune de l'auberge, à fumer des cigares. Il n'adressait la parole à personne, décourageait les avances des aimables Nemrod et n'était pas disposé à jouer aux cartes non plus. Jamais il ne lisait, ni journal ni livre, il restait simplement assis à côté de la radio, contemplait la fumée de son cigare et fixait d'un air sombre le plafond en rondins de sapin brut. Un homme qui avait des soucis, un couple de bourgeois d'âge mûr réfugié ici, au sommet de la montagne, parce que la femme était malade et espérait peut-être se refaire une santé à bon marché : voilà ce que me suggéraient les apparences. Personne ne m'intéressait ici. Le Noël magique à la montagne n'était qu'une grotesque tromperie ; ce que je pouvais faire de plus intelligent était de prendre mes cliques et mes claques et de descendre en cahotant avec le petit cheval du matin vers la gare la plus proche où un train de voyageurs m'emmènerait… oui, mais où ?

Nous étions à la veille de la nuit de Noël ; je me rendis compte qu'il était inutile de trépigner : j'étais pris au piège. Si je rentrais à la capitale par le train de minuit, j'arriverais juste au soir du réveillon chez moi, où personne ne m'attendait. J'avais envoyé ma gouvernante en congé dans son village et je ne pouvais décemment pas me présenter vers minuit, mon bagage à la main, au domicile de la famille amie chez qui j'avais vécu dans le passé d'agréables soirées de Noël. La probabilité d'autres menus désagréments me contraignait également à prendre mon mal en patience : à ce stade de la guerre, aucune voiture ne devait circuler après minuit, et encore moins le soir de Noël, et j'avais lu dans le journal que, passé huit heures, il n'y aurait pas de tramways non plus. Cela n'aurait aucun sens d'errer à pied dans la nuit glaciale pour ensuite arriver dans un appartement vide et sans chauffage. Il me fallait attendre l'heure de la libération et je devais me faire à l'idée que j'allais passer Noël ici, dans ce lieu humide et moisi, sentant le graillon et le chien mouillé, en compagnie de gens avec qui je n'avais pas la moindre envie d'échanger trois mots, de parfaits inconnus qui trompaient l'ennui de leur captivité par des plaisanteries lourdes et malvenues. Je devais croire à un changement du temps. Les maîtres de maison, qui souffraient en effet d'une culpabilité embarrassée, comme s'ils étaient personnellement responsables du mauvais tour joué par la nature, assuraient à leurs hôtes que le temps changeait d'une heure à l'autre sur ces hauteurs ; aussi avaient-ils installé un énorme sapin alpestre au milieu de la salle de restaurant. De fait, l'arbre à la silhouette altière, dont la ramure verte étincelait de poudre de neige, dissipa quelque peu la morosité ambiante. La veille de Noël, nous entreprîmes, aubergistes et résidents, de décorer l'arbre avec des pains d'épice, des pommes et des noix dorées. Les chasseurs descendaient des rasades de genièvre et amusaient tout le monde en racontant des anecdotes gaillardes, et l'aubergiste roumain jurait que nous allions être surpris car certains signes météorologiques qui « jamais ne trompaient » annonçaient un Noël blanc. Les habitants du refuge eurent effectivement droit à leur surprise de Noël et bien que les événements n'eussent pas précisément suivi le cours naturel des choses imaginé par l'expert du climat montagnard, la surprise advint, complète et substantielle, qui plus est.

Donc, je restai. Dès que je m'y fus résolu, je m'efforçai de me conformer à l'atmosphère et au ton du petit groupe ; je trinquai avec les chasseurs, je m'intéressai à l'album du monsieur aux cheveux gris, rongé par son obsession photographique, j'accrochai des pommes rouges à l'arbre élancé et j'écoutai l'aubergiste et sa loquace épouse élaborer leurs projets ; naturellement, ils rêvaient d'un hôtel en béton avec chauffage central, de solarium et de « dancing », comme ils disaient, où évolueraient dans des temps meilleurs et sous une lumière rouge des couples de citadins amateurs de vie à la montagne. Seuls manquaient les hôtes de la chambre d'apparat et Z. Ce soir-là, j'appris que c'était le troisième mois que Z. habitait ici, au sommet de la montagne – les maîtres de maison évoquaient avec un grand respect le « professeur », dont par ailleurs ils ne connaissaient pas le métier. Quoi qu'il en soit, ils le tenaient pour un écrivain ou un savant et ils nous confiaient volontiers que c'était un « homme très distingué » qui « ne parlait pas beaucoup » et « n'aimait pas la musique ». Cette dernière considération concernant justement la personne de Z., resté un des plus grands maîtres du monde musical, me surprit quelque peu et, naturellement, devant les hôteliers et leurs hôtes du moment, je me gardai bien de dévoiler son secret car il avait certainement une raison sérieuse pour vivre ici incognito et pour dissimuler ce qu'il était réellement : sans conteste un des musiciens les plus exceptionnels du monde. Du moins l'avait-il été, même dans un passé proche. Or maintenant, tout en décorant l'arbre de Noël et en y accrochant des pains d'épice, quand j'entendis que cet hôte remarquable entamait son troisième mois de séjour au sommet de la montagne, où il ne semblait gêné ni par les vicissitudes du climat ni par l'état rudimentaire de l'hébergement, je réfléchis à ce que je savais moi-même de cet homme extraordinaire. Notre rencontre à l'auberge avait été réservée, nous nous étions reconnus car huit, dix ans auparavant, nous avions fréquenté souvent la même société, le salon d'une dame d'une grande culture où Z. – dont la renommée, ces années-là, commençait à se répandre – jouait parfois du piano. Je me souvenais vaguement de la rumeur qui associait le nom de cette dame très cultivée, d'une famille extrêmement distinguée, et celui du compositeur et pianiste célèbre, cependant ce souvenir, comme tous les commérages mondains, s'était évaporé avec le temps. Je m'étais éloigné de ce cercle dont on pouvait difficilement nier la valeur intellectuelle et sociale mais mon travail m'appelait, les années ne m'avaient pas épargné non plus et j'avais de moins en moins de temps à consacrer à la vie sociale. Plus que la personne de Z., son nom et l'idée qu'il incarnait, auxquels restaient attachés ses fidèles et ses interprètes dévoués, me tenaient naturellement toujours à cœur. De nombreuses années s'étaient écoulées pendant lesquelles nous ne nous étions pas rencontrés, toutefois il ne se passait pas un mois sans que les journaux et les revues sérieuses ainsi que la publicité, plus vivante et plus efficace que toute opinion imprimée, ne s'attachent à la personne, au parcours et à l'œuvre de l'artiste et ne cessent de rappeler à nous, ses contemporains, que Z. existait, qu'il créait parmi nous, et que toute la communauté cultivée au-delà de nos frontières était à présent attentive à son travail. Par la suite – mais ce n'était que maintenant, à la veille du quatrième Noël de guerre que je m'en rendais compte – un silence épais et singulier avait recouvert le nom de Z. Dans le vacarme du monde, c'était comme si soudain on avait mis une sourdine à l'enthousiaste agitation qui accueillait jusque-là chacune de ses manifestations. Cependant ce mutisme, ce silence inattendu étaient si discrets, si pudiques que j'étais à présent incapable de percer leur mystère. Z. n'avait pas « déchu », aucun de ses détracteurs n'avait cherché à le détruire par des accusations, mensongères ou justifiées. Il avait simplement disparu des scènes de concert nationales et internationales. Des années s'écoulèrent pendant lesquelles on ne l'entendit plus, son nom n'apparaissait plus nulle part. Je m'efforçai de me rappeler si j'avais eu vent, ces dernières années, d'une œuvre importante en gestation, je me demandai s'il était possible que ce silence profond fût causé par une grande dépense d'énergie créatrice. Peut-être le grand artiste traversait-il une époque de sa vie où il avait besoin de travailler dans le calme et de rassembler ses forces ? Un sentiment que je n'arrivais pas à expliquer me soufflait sans équivoque que je me hasardais sur une fausse piste. Le silence de Z., sa disparition discrète et délibérée étaient certainement dus à autre chose et, en le rencontrant ici, à la montagne, au bout de tant d'années, je sentis que mon intuition était juste. Aucun vautour de l'opinion publique n'avait fondu sur son silence et sa disparition – je n'avais lu nulle part que le grand compositeur s'était « retiré », je n'avais aucun souvenir d'informations faussement compatissantes concernant une éventuelle « fatigue » du célèbre musicien, aucune rumeur sur le déclin de son talent, ni sur l'éventualité qu'il n'y ait plus à espérer de nouvelles créations musicales de sa part. D'après ce que je savais – il me fallait à présent rassembler mes souvenirs à partir de renseignements fragmentaires et flous –, il semblait que Z., aujourd'hui encore, était professeur à l'école de musique, où on l'avait invité au moment de sa gloire. Je croyais me rappeler qu'il enseignait la composition. Mais depuis des années, personne au monde n'avait entendu ce merveilleux musicien en concert, aucune nouvelle mélodie du compositeur Z. n'avait vibré entre les mains d'autres artistes.

Il se taisait, certes, et – comme le disaient les hôtes – « il n'aimait pas la musique » ; je me rendis compte assez vite que cette naïve affirmation, dans ce cas précis, se révélait juste. Z., à sa manière simple et tranquille, n'en avait naturellement qu'après la musique populaire émise par la radio de l'auberge, c'est-à-dire la musique de danse, les chansonnettes à la mode en ville, tous ces couinements dont la majorité des résidents n'étaient jamais rassasiés. Son mode de protestation était patient et logique. Chaque fois qu'un des invités assoiffés de cette musique vulgaire allumait la radio, Z. se levait et quittait sans affectation la salle commune. Par ailleurs, il ne venait que rarement et s'arrêtait peu de temps dans la pièce : la plupart du temps – comme par exemple ce soir où nous décorions l'arbre de Noël – il restait dans sa chambre. On aurait dit qu'il n'était pas gêné par le décor austère de cette petite pièce, plus simple et moins commode qu'une cellule monastique, et qu'il préférait rester seul plutôt qu'en compagnie des « amateurs de musique ». La plupart du temps, nous le voyions au déjeuner, où il saluait tout le monde d'un sourire aimable, s'asseyait sans mot dire à la table pour une personne, près de la fenêtre, recouverte d'une toile paysanne aux rayures bleues, se plongeait dans le livre qu'il avait apporté, et à la fin du repas, avec le même sourire aimable et impersonnel, il prenait congé des personnes présentes et quittait sans bruit la salle. Il montait dans sa chambre ou, vêtu de son manteau de cuir, il sortait sur le chemin de crête détrempé par la pluie glacée et ne reparaissait pas avant un long moment. Visiblement, rien ne le dérangeait vraiment ici, ni les gens, ni le temps, ni la simplicité rustique de la maison. Quand des hommes, particulièrement de la trempe de Z. – car même si nous nous étions perdus de vue au cours des années, je n'en connaissais pas moins sa nature et son caractère –, manifestent autant de patience et de discrétion, c'est qu'un grand traumatisme psychologique a diminué le niveau de leurs exigences vis-à-vis du monde. Au moment de notre rencontre, il m'avait salué naturellement, avec amitié, m'avait longuement serré la main, s'était enquis par quelques paroles polies et bienveillantes de la durée de mon séjour sur ces sommets et m'avait gentiment réconforté pour la mésaventure météorologique qui nous frappait tous. Tout ceci, il l'avait exprimé avec le tact du musicien et de l'homme du monde, avec le détachement raffiné de quelqu'un qui, au détour d'une situation inattendue, à la fois vous salue et vous tient à distance, comme pour dire : « Nous nous sommes revus, je te connais, ne me demande rien. Aidons-nous silencieusement et dans les formes. » Bien entendu, il en fut ainsi les jours qui suivirent : je respectai la solitude bienveillante de Z., et seules quelques paroles neutres et courtoises furent échangées entre nous pendant les repas. Nous n'eûmes pas l'occasion de bavarder – jusqu'au cinquième jour, où la vie à l'auberge connut un tour tel que même Z. éprouva le besoin de parler. Alors il ne fut pas avare de ses mots. C'est le souvenir de cette conversation que j'aimerais fidèlement transcrire ici.

Ce soir-là, je montai tôt dans ma chambre, moi aussi ; j'avais compris la soudaine hostilité de Z. envers la musique car les Nemrod, sous l'influence du genièvre distillé dans la vallée, ne se contentaient pas de la soupe tiède de « musique distrayante » déversée par la radio : ils s'étaient improvisés choristes et serinaient l'intermède musical, à la mode dans la capitale, que j'avais entendu ce soir-là pour la première fois. Cet interlude, ainsi que je l'avais appris de la bouche des chasseurs, était extrait d'une des opérettes les plus populaires de l'année, en vers de mirliton. Je pris congé de mes compagnons d'infortune, montai l'escalier et me frayais un chemin dans le sombre couloir en direction de ma chambre quand j'entendis le gros Nemrod, le plus petit des deux, chanter à tue-tête les paroles suivantes :

Pour l'amour faut pas être beau
Pour l'amour faut pas être intello
Pour l'amour tout c'qui faut
C'est d'l'amour, rien que d'l'amour !

Je m'arrêtai dans le noir et j'éclatai de rire. Oui, la formulation était juste. Le bâtiment en bois résonnait de ce chant de sagesse populaire. Je passai devant la chambre au balcon et la cellule de Z. mais aucun son ne filtrait ni de l'une ni de l'autre. J'entrai dans ma chambre, m'assis au bord du lit humide et pensai à la magnifique indifférence manifestée par la vie : tout près du lieu où je me trouvais, séparé par quelques parois de planches, veillait ou dormait un homme dont les mains magiques avaient plongé le monde dans le rêve encore peu de temps auparavant et qui avait disparu de la scène de ce monde aussi mystérieusement que si un mécanisme souterrain invisible l'avait fait sombrer dans un autre univers. Ma nuit fut agitée. Je songeai à Z., au sort des hommes, à la fête de Noël et à la loi dure et cruelle de la guerre suspendue au-dessus de nous tous. C'est ainsi que je m'endormis, entendant encore, dans un demi-sommeil, résonner de loin les voix éraillées et grivoises des chasseurs entonnant leur profession de foi :

Pour l'amour faut pas être beau...

Au matin, il pleuvait. Seigneur ! Quelle pluie ! Au petit déjeuner, l'aubergiste roumain, trempé jusqu'aux os, montra de la main, tel un bonimenteur de foire démoralisé, la vision désolée du triste spectacle qui se jouait derrière la fenêtre. Non, un Noël comme celui-ci, jamais il n'avait vu ça sur la montagne, se plaignit-il avec sincérité. Il était évident que le temps s'était calqué sur la guerre. Plus rien n'était à sa place : Noël n'était pas la fête étoilée et enneigée sur laquelle l'humanité et la nature s'étaient mises d'accord, et l'été était devenu capricieux et fantasque, comme une femme enceinte. Et la guerre ! se lamentait-il, consterné, comme si les montagnes, les nuages et la direction des vents avaient conclu une alliance secrète avec les belligérants. Puis il dit quelque chose sur les bombardements et la radio. En effet, à cette époque-là, de plus en plus de gens répétaient bêtement que les grandes explosions et les ondes électriques artificielles perturbaient l'ordre de la nature. Je me mis à la fenêtre et contemplai le paysage enveloppé dans des draps gris et humides. Je songeai à l'arrogance vaniteuse et grossière de l'homme qui ose croire que les sales productions de ses mains ensanglantées pourront exercer une influence sur les lois infinies qui régissent le monde. Non, pensai-je, il était sans doute plus probable que l'homme n'était qu'une victime des forces naturelles, et que ces rayons cosmiques qui transformaient les saisons dans la nature créaient d'autres passions dans la nature humaine. D'une certaine façon, j'y croyais, même si j'étais incapable de l'expliquer : c'est avec cette confiance naïve que je m'efforçais de rejeter la responsabilité de gigantesques événements sur les puissances de l'univers, comme si je devais répondre des terribles accusations pesant sur l'espèce humaine, vouée à son propre massacre, en balbutiant des excuses devant quelque tribunal suprême. Je m'abîmai dans une sombre réflexion sur les forces mises en jeu par les hommes, leurs desseins dont on ne connaît pas la véritable nature, et le mirage des passions fulgurantes qui dépassent notre entendement… Mais la vue de cette cataracte me consterna. Il pleuvait comme si un nouveau déluge était descendu sur le monde coupable : le ruisseau de montagne qui gazouillait devant l'auberge déversait des flots gris écumants en direction de la vallée, charriant, le long des précipices de son parcours sinueux, des blocs de glace sale en train de fondre. Les arbres fumaient dans le brouillard et la pluie, et l'aubergiste roumain éprouvait de sérieuses inquiétudes sur la capacité du petit cheval grincheux à hisser au sommet, ce jour-là, la carriole remplie des victuailles nécessaires à la préparation du repas de Noël. À cette heure matinale, la plupart des habitants de l'hôtel s'étaient déjà installés aux tables de la salle commune mais l'ambiance de ce matin était glacée. « Trop, c'est trop », dit d'un ton lugubre le Nemrod longiligne, et d'un geste découragé il posa dans un coin son fusil sur lequel il ne restait plus un centimètre à graisser ou polir ; le poste de radio ne fonctionnait plus non plus. Vraisemblablement les perturbations atmosphériques dues aux conditions météorologiques exceptionnelles l'empêchaient de nous parler de l'éventration d'une grande ville ou de l'essence de l'amour, pour lequel il ne fallait rien, rien d'autre *que d'l'amour.* J'étais debout à la fenêtre, les bras croisés, et j'éprouvais, au travers de la pénombre moite de la pièce, la colère que les hommes marqués par le destin éructaient à la face du monde, à travers leur silence impuissant. Le sort funeste de ce Noël, ce malheur vulgaire, finissait par être ridicule. En tout état de cause, il était humide, ennuyeux et pataugeait dans la gadoue. Il est vrai que le destin se manifeste parfois de façon grotesque : nous le percevions tous, nous qui baignions dans l'amertume et la mauvaise humeur provoquées par notre situation fangeuse. C'est dans des moments semblables que les matelots commencent à se mutiner sur un navire – et d'une certaine façon, nous ne fûmes pas trop surpris par ce qui suivit ces instants.

Que se passa-t-il ? Z. ouvrit la porte d'un geste rapide et énergique, et entra dans la pièce. Il arrivait du couloir qui menait aux appartements ; il s'avança vers nous, presque sans bruit, et se planta dans l'encadrement de la porte. Tête nue, calme, immobile, il resta debout un moment, cherchant, d'un regard inquisiteur sous ses paupières plissées, quelqu'un dans la salle enfumée et mal éclairée ; puis il aperçut l'aubergiste, marcha vers lui et lui posa la main sur le bras : « Venez », dit-il simplement, tranquillement. Et comme l'aubergiste, troublé, désemparé, ne bougeait pas : « L'un des deux vit encore », poursuivit-il à voix basse et résolue. Chose singulière, il n'y eut pas besoin d'explication : tous ceux d'entre nous qui traînaient dans la salle avaient deviné la vérité. Comme si nous avions discuté pendant des jours de ce que Z. venait d'énoncer, nous nous levâmes et, sans mot dire, sans poser de question, nous nous dirigeâmes vers l'escalier obscur, nous montâmes les marches à la suite de Z. et de l'aubergiste. Cette obéissance et ce consensus muets faisaient quelque peu froid dans le dos. Une fois de plus, je tenais la preuve que la matière de mon art, le mot, n'était pas un attribut aussi indispensable à la communication humaine que le croient les écrivains aveuglés par leur orgueil ; dans les moments critiques, on comprend l'essentiel sans paroles ou avec un minimum de mots. Nous gravîmes l'escalier grinçant en file indienne, Z. en tête, calme et conscient, avec une sorte de hauteur singulière, comme si lui, l'artiste, était, au sein de cette confusion du troupeau humain, le seul capable de créer un ordre temporaire ; venaient ensuite l'aubergiste qui, perdu pour l'instant dans son affolement muet, ne faisait que grogner et graillonner, les deux chasseurs, moi, et enfin le monsieur qui aimait la photographie plus que tout. Pas un mot, pas une question. Chaque membre de la petite troupe avait compris le sens des paroles de Z. : sans question et sans réponse, nous savions qu'un accident fatal s'était produit avec les hôtes de la chambre d'apparat mais que « l'un des deux vivait encore » ; et bizarrement, cette sinistre déclaration n'avait surpris personne. Comme si nous avions attendu cette nouvelle depuis des jours, comme si c'était la chose la plus naturelle, comme si cela n'avait pu se passer autrement, et qu'en vérité, nous ne nous étions assemblés et n'avions croupi sous la pluie, au sommet de cette montagne, que pour permettre à la tragédie d'advenir et de nous transformer en témoins à l'instant fatidique : c'est conscients de cette connivence sans paroles que nous grimpâmes les escaliers. Plus tard, lorsque je me remémorai la scène, parmi cette série d'images absurdes et tristes, cette procession me parut une vision mystérieuse, inexplicable et cependant tout à fait naturelle. Ce qui est un véritable « événement » pour les hommes, ce qui découle inéluctablement des rapports entre eux, n'éveille jamais autant d'étonnement ni de terreur que la tension qui précède, que l'anticipation de l'horreur. La réalité était là, nous allions bientôt y être confrontés : voilà ce que nous pensions et nous nous taisions. Personne n'était suffoqué, ni ne spéculait sur les conditions du drame. Et je crois pouvoir affirmer sans me tromper qu'en ces instants, mes compagnons ressentaient le même soulagement que moi : oui, ce soulagement était mêlé à l'horreur, comme si tout ce qui était arrivé jusque-là prenait enfin sens. Comme si nous avions tout organisé pour que cet acte advienne à cet instant précis. Plus tard, à d'autres moments, lors de grands dangers, j'ai éprouvé la même complicité coupable.

Z. s'arrêta devant la porte de la chambre au balcon. Il se pencha vers la poignée et écouta. Nous n'entendions rien. Mais à cet instant-là, nous comprîmes que Z. n'entendait pas les sons comme les autres, qu'il possédait une « ouïe » différente de celle des chasseurs amateurs de musique. Là où nous, durs d'oreille, ne percevions pas le moindre son, l'ouïe sensible de Z. distinguait, à travers la porte et le mur, le *pianissimo* du râle de la mort. Il était debout devant la porte avec le calme parfait et l'intérêt neutre du spécialiste, un peu voûté, à peu près comme un chef d'orchestre penché vers la fosse, au-dessus de l'orchestre, écouterait l'écho lointain d'un instrument qui se serait tu. À cette minute, l'instrument étouffé était un être humain agonisant. Un temps assez long passa ainsi, quelques minutes peut-être. Puis Z. se redressa. Ses yeux luisaient, ces yeux singuliers, à la lueur nébuleuse, dont l'iris semblait recouvert d'un voile fin, comme s'il regardait toujours ailleurs, dans un autre monde, où l'existence ne se matérialisait pas en formes et en objets mais en sons et en symboles musicaux, ces yeux au rayonnement effrayant et fascinant brillaient à présent triomphalement. « Je les ai entendus il y a déjà une heure, dit-il. J'ai cru qu'ils dormaient. Mais ils ne dorment pas. L'un des deux vit encore », poursuivit-il à voix haute et résolue. Et tel un médecin qui a établi un diagnostic infaillible, il remplit ses obligations : il s'effaça devant l'aubergiste et, les bras croisés, immobile, il attendit que nous procédions, troublés par l'émotion, craintifs et indécis, à tout ce qu'il fallait faire dans ces circonstances.

La suite ressembla en tous points à ce à quoi on pouvait s'attendre dans cette situation qui évoquait la banalité des faits divers. La porte était verrouillée, l'aubergiste frappa longuement, d'abord poliment, puis avec son poing, et, n'obtenant aucune réponse, il s'élança avec la colère d'une bête fauve poussée à bout. Aiguillonné par l'idée qu'« il-ne-manquait-plus-que-ça », il pilonna la porte avec une saine et naturelle colère ; ensuite tout se passa comme prévu, comme cela se passe d'habitude dans ce genre d'affaire. L'un des chasseurs descendit en hâte à la cuisine et en rapporta une hache ; sur ses pas apparurent la maîtresse de maison, les deux servantes et le valet qui aidait au ménage et à la resserre et alors – comme si elle avait attendu qu'un quota fût atteint – la porte céda sous les coups de hache et se fendit dans un grand vacarme. Nous pénétrâmes un par un dans la chambre plongée dans la pénombre, avec une sorte de solennité respectueuse, sur la pointe des pieds ; l'aubergiste se dirigea vers la fenêtre et ouvrit les volets. Les membres de l'assemblée formèrent un demi-cercle, à une distance respectueuse des lits défaits, autour du poêle. Nous étions nombreux dans la pièce exiguë et nous nous pressions sans rien dire, avec l'air important et attentif du témoin et une épouvante empreinte de curiosité. L'image qui se présentait à nous ne déçut pas notre attente ravie.

Les époux d'âge mûr – dans notre pensée, c'était encore ainsi que nous percevions ce couple – étaient allongés sur le lit, inconscients ou peut-être déjà sans vie. Nous sûmes peu de temps après que Z. avait eu raison : l'homme était déjà mort au moment où la porte fut enfoncée mais la femme respirait encore. Ce qui me frappa particulièrement alors fut l'ordre parfait qui régnait dans la chambre : ils reposaient au milieu des oreillers, en robe de nuit, aussi raides et solennels que s'ils attendaient les derniers sacrements que leur administrerait un prêtre ; leurs vêtements du jour étaient rangés avec un soin méticuleux sur les chaises de chaque côté du lit, les chaussures avec leurs embauchoirs, brillantes de cire, étaient posées devant le poêle. Et partout cet ordre pointilleux, cet alignement au centimètre près, presque insensé : sur la petite coiffeuse où s'alignaient les pots et les flacons de la femme, dans l'armoire dont ils avaient oublié de fermer la porte, où alternaient régulièrement sur leurs cintres des habits de femme et d'homme. À côté du lavabo s'élevait la pile de valises choisies avec raffinement ; ils avaient attaché les clés aux poignées des malles avec de minces ficelles, comme si, par une courtoise prévenance, ils avaient souhaité faciliter l'inspection et la fouille à ceux qui seraient bientôt contraints d'y procéder. Sur la table de nuit, du côté de la femme, près du chandelier, étaient posées une image de la Vierge dans un élégant cadre doré et une lettre ; du côté de l'homme, la flamme de la bougie vacillait encore sur sa petite table ; ils avaient oublié d'éteindre cette faible lumière ou ils avaient été trop faibles pour le faire. L'ordre parfait qui régnait autour de cette mort était terrible, troublant, insensé. Quand on se prépare au désordre final, au grand néant, à l'anéantissement total, on se soucie donc encore de ranger tous ces menus accessoires et objets autour de soi. Nous ressentions tous cela et nous nous taisions, atterrés. Car ces objets minutieusement rangés étaient plus terrifiants que la vision de l'homme mort et de la femme agonisante : ce rangement entrepris jusqu'à la dernière minute avec un zèle compulsif reflétait la futilité désespérante de toute entreprise humaine. Cet effort stérile traduisait une sorte de désir grave et triste, un souhait d'ordonner le grand désordre de la vie – et ce désir, alors que nous regardions les visages des deux personnes gisant sur le lit, était véritablement émouvant. Ils avaient mis de l'ordre, à leur façon, je le ressentais ainsi. Mais il n'était pas parfait car l'un des deux vivait encore.

Tout ce qui s'ensuivit, après les premiers instants de paralysie, de gêne et de bouleversement, fut exagérément bruyant, exalté, primitif : nul besoin d'en garder les détails en mémoire. Bien sûr, il est difficile d'oublier l'indignation de l'aubergiste : comme tous les gens simples, il considérait tout ce qui était anormal et dérangeant comme un attentat contre sa personne, et ses premières paroles, ses premiers gestes ne furent que des mises en accusation insensées. Il courut de long en large dans la pièce, il regarda même sous le lit comme s'il y cherchait un assassin inconnu, il leva les bras au ciel et proféra des malédictions, blâmant alternativement, sur un ton à la fois paniqué et accusateur, la météo, la guerre et les suicidés qui avaient fait exprès de choisir, de tous les coins de la terre, précisément son auberge pour quitter cette vallée de larmes. Bientôt sa colère se mua en désarroi larmoyant : d'une voix plaintive, il répéta qu'il n'était « en rien responsable de quoi que ce soit », que de plus, il avait « tout fait » en mettant à la disposition des étrangers sa plus belle chambre – et autres bêtises du même genre qu'il proférait en zézayant. Nous écoutâmes ses jérémiades sans mot dire, sans rien faire. Bizarrement, personne ne se précipita pour venir en aide à la femme à l'agonie. Nous étions restés debout, dans une impuissance et une curiosité envoûtées, à côté du poêle, nous écoutions la litanie de l'aubergiste et contemplions cette image solennelle : Z., les bras croisés sur la poitrine, une expression très attentive sur son visage émacié, debout sans un mot devant le lit de la femme, et les deux personnes immobiles sur le lit qui avaient l'air de dormir profondément et calmement.

La femme vivait encore... mais Z. était le seul dans la pièce à percevoir quelque signe de vie sur le visage inanimé, d'un jaune cireux. Nous autres, à la fois témoins et spectateurs, n'entendions aucune sorte de râle, ne discernions aucun signe de vie non plus. Z., les bras croisés, se penchait parfois tout près de la femme, examinait avec un calme sérieux et objectif le visage aux yeux clos, effleurait du bout des doigts la paupière de la dormeuse et observait les réflexes de l'œil au regard fixe. Puis il secoua la tête et, comme s'il était seul dans la chambre, seul avec les morts, seul à détenir la vérité sur leur histoire, il fit deux fois le tour de la pièce, s'arrêta devant la table et, du bout des doigts, commença à examiner et arranger sur le dessus de la table la collection de fioles de poison vides et les objets éparpillés. Il compta quarante de ces menues ampoules au col cassé et hocha la tête d'un air satisfait à la vue des fragments de verre, comme si c'était exactement ce à quoi il s'était attendu. À côté des ampoules de poison étaient posées une petite seringue armée d'une aiguille et deux lettres, dont les adresses avaient été écrites par l'homme, adressées l'une à l'aubergiste, et l'autre à la gendarmerie. C'était tout. Z. tendit une lettre à l'aubergiste et, gardant l'autre à la main, lentement, prenant tout son temps, presque comme s'il se promenait, il se dirigea vers le lit où gisait la femme. Il regarda d'un air distrait autour de lui ; il me reconnut et, avec un éclair dans les yeux, m'appela vers lui. « Les femmes tiennent plus longtemps », dit-il à voix basse et familière. Je lui demandai en chuchotant s'il ne pensait pas que nous pourrions lui apporter de l'aide. Peut-être y avait-il dans la maison quelque remède de grand-mère, ou peut-être pourrions-nous lui faire un café très fort ou tenter la respiration artificielle. Il m'écouta patiemment, comme une grande personne qui prêterait attention à la sollicitation pressante d'un enfant, et il me répondit calmement : « Inutile. » Je lui rappelai, troublé, qu'elle était encore vivante, et que notre devoir nous commandait de venir en aide à la mourante, même avec nos moyens inadéquats et rudimentaires. « Elle vit, dit-il patiemment, mais elle dort. De ce sommeil-là, on ne se réveille pas. Peut-être dans une clinique, où il y a des produits très forts, des procédés pour exciter le cœur à disposition des médecins... peut-être, oui, on pourrait lui venir en aide. » Il se pencha une nouvelle fois au-dessus du visage de la femme. « Non, poursuivit-il, doucement, tranquillement. Non, nous ne pouvons rien faire. Même dans une clinique, ils ne pourraient la faire revenir. Ce sommeil est déjà la mort. Regardez », continua-t-il, cette fois plus fort, avec vivacité, et il montra de la main le visage des suicidés, « comme ils dorment paisiblement ! On ne meurt pas en entier », murmura-t-il – on eût dit que j'étais le seul à mériter le secret qu'il allait dévoiler et qu'il n'avait pas envie de mettre les autres dans la confidence –, « la mort, ce n'est pas comme si on poussait un grand soupir et on mourait. La mort, c'est une suite de phénomènes... d'abord un réflexe qui disparaît, puis un autre. Celui-ci est parti, dit-il en montrant l'homme. Et la femme, elle aussi, est passée de l'autre côté... mais ça peut encore prendre quelques minutes ou quelques heures, jusqu'à ce qu'elle se laisse complètement aller. » Nous nous tûmes. Z., toujours du bout des doigts, examina la paupière de la femme. « Elle est morte », annonça-t-il calmement, et il se redressa. Et comme s'il n'avait plus rien eu à faire ici, il tourna le dos et, sans un regard ni pour les morts ni pour les vivants, se tenant droit, il sortit de la pièce à pas tranquilles.

Les gendarmes arrivèrent vers quatre heures de l'après-midi ; l'effervescence de notre petite communauté s'était calmée. Tout le monde « savait tout », l'aubergiste lut le message du mort, contenu dans l'enveloppe ; les gendarmes, arrivés en voiture de la vallée, s'arrangèrent pour placer sur les sièges les cadavres enroulés dans des draps. L'officier qui dirigeait cette triste opération procéda également à une brève enquête : il interrogea l'aubergiste et les résidents, échangea quelques mots polis avec Z. et tous ceux qui se trouvaient dans la chambre au moment où on avait retrouvé les suicidés. Nos noms et nos adresses furent transcrits dans des carnets ; les gendarmes emportèrent les fioles de poison, la seringue et les malles dans la voiture et apposèrent un sceau sur la porte de la chambre des morts ; l'officier s'installa au volant et partit avec ses passagers muets en direction de la vallée et de la petite ville proche. « Le constat », comme il disait, était « clair » : les « faits et les circonstances » du suicide étaient établis, sans doute aucun, par la réalité et les lettres, ainsi que par les documents retrouvés dans les affaires de l'homme et de la femme, bref, par « toutes les circonstances », et le jeune officier répétait les lieux communs officiels avec une connaissance en la matière et une satisfaction toutes professionnelles. Il faisait déjà nuit lorsque la voiture disparut à nos yeux de badauds sur la route sinueuse bordée de sapins ; les deux gendarmes saluèrent avec raideur, ajustèrent de la main leur fusil et leur shako et se mirent en route à la suite de la voiture, à pied, à travers la sombre forêt, vers la vallée.

Nous en restâmes là ; c'est ainsi que débuta la veillée de Noël. Et comme si cet intermède tragique, douloureusement surprenant, avait signifié un tournant dans notre vie, dès les premières heures de l'après-midi la pluie s'était arrêtée et il s'était mis à neiger. Une neige douce, régulière tombait sur le paysage ; le vent froid du nord chassa les nuées pardessus les pics et, à travers les flocons, nous pûmes apercevoir la pleine lune et les étoiles. Vers six heures, je partis vers la forêt. La paix qui avait envahi inexorablement et de façon inattendue cet univers morose, le goût frais de la neige, les grands sapins sombres qui avaient revêtu en quelques minutes leur parure de Noël, la majesté muette des sommets enneigés qu'on percevait au milieu de la neige, la lumière argentée projetée par la pleine lune sur le paysage qui, peu de temps auparavant, était encore trempé et torturé, tout ceci, en effet, après les événements récents, donnait l'impression d'un somptueux cadeau des cieux. La neige fraîche crissait sous la semelle de mes galoches cloutées, en quelques heures le paysage s'était transformé comme par magie en une scène de fête apaisée, étoilée, féerique. Après l'humidité et le brouillard des cinq derniers jours, après l'atmosphère étouffante de tabac et de nourriture de la salle à manger, j'aspirai à pleins poumons cette fragrance éthérée, exhalaison de la forêt de sapins et des clairières libérées de l'étau oppressant du brouillard, le noble bouquet de l'air de la montagne, apaisant l'âme et faisant battre le cœur. Cette métamorphose semblait due à un magicien – j'avais le sentiment de deviner qui était ce magicien – qui avait, d'un seul geste de clémence, aboli toute misère physique et terrestre. La neige tombait régulièrement, à gros flocons, d'une consistance onctueuse, chaude, et le paysage, tel un homme frissonnant et transi de froid, se cachait sous cet édredon blanc et chaleureux. J'arrivai à une clairière et m'arrêtai ; je m'appuyai sur mon bâton clouté, contemplai la vallée où, dans certaines maisons, les tendres lumières de la veillée de Noël étincelaient ; et je sentis que je vivais un des instants rares de la vie où l'âme humaine, plongée dans les affres de l'existence, est envahie, sans pathos ni lamentation importune, par la magnificence de la rédemption. La vallée, la forêt obscure, la clairière blanche resplendissaient sous la clarté de la lune. C'était le soir de

Noël et même si ce soir les hommes se massacraient les uns les autres et que nulle part n'existait la paix... ce paysage, cette clairière et ce sommet ne savaient rien du malheur de l'espèce humaine.

Je restai longtemps debout ainsi. Naturellement, je ne pus m'empêcher de penser aux morts qui venaient d'être emmenés par le jeune officier de gendarmerie vers la vallée, sur cette route de montagne aux nombreux virages ; je ne pus m'empêcher de songer aux rapports entre les êtres humains, à leurs desseins et à leurs émotions incompréhensibles. En ces instants particuliers, je sentis à quel point le désespoir des hommes était grand. Comment espérer, comment croire que de grandes nations puissent se comprendre et vivre en paix sur terre les unes à côté des autres, alors que certains individus se sacrifient d'une façon aussi désespérée et irrationnelle à des passions et des émotions insensées ? Je songeai aux suicidés qui avaient inauguré Noël de cette manière tragique, lugubre, hors du commun, le transformant en une sorte de célébration grotesque, significative et mémorable. Comme ce triste drame était banal, ordinaire – et, en même temps, consternant et incompréhensible ! Car à présent je savais, moi aussi, la vérité que chacun connaissait à l'hôtel – absurde, surprenante, à la fois ridicule dans sa tristesse et bouleversante dans son ridicule, cette vérité qui s'était dévoilée indéniablement au travers de leurs lettres, de leurs papiers : les morts n'étaient pas mari et femme. En cette matinée de veille de Noël, nous avions été les témoins d'un suicide par amour : la femme de cinquante ans avait fui son époux, un architecte de la capitale, elle avait fui sa famille, ses deux enfants, s'était échappée de son foyer confortable, assaillie et terrassée par la passion – et avec qui s'était-elle sauvée ? Nullement avec un *amoroso* citadin, quelque beau garçon bourreau des cœurs, non, c'était avec un des maîtres d'œuvre de son mari, avec cet homme simple, bedonnant, un peu chauve, fruste, lui-même père de famille, qui ne correspondait vraiment pas à l'idée qu'on se fait du séducteur professionnel. La passion qui avait balayé ces deux êtres était tellement élémentaire, son éclosion et les créatures choisies par elle tellement peu conformes à l'image généralement associée aux drames de l'amour, le destin avait usé de tours tellement surprenants et arbitraires qu'à présent, en cette heure plus apaisée, un peu guéri de l'envoûtement exercé par la vision de la mort, je fus physiquement secoué de stupeur devant la réalité. Qu'est-ce qu'on sait de la vie ? Rien de réel. On vit au milieu de représentations idéalisées, d'images de cartes postales. « L'amour » : mièvrerie, main dans la main sur fond de clair de lune, ou exhibition corporelle accompagnée de claquements de dents, joués ou véritables, dans une atmosphère moite, sous une lumière tamisée rouge : c'est ce que nous enseigne la littérature, ce qu'on nous montre sur les scènes de théâtre ou sur les toiles du cinématographe. D'un côté, il y a Béatrice, le grand amour de Dante, et de l'autre, ce qu'affirme Boccace, c'est-à-dire que Dante, en réalité, aimait les femmes à goitre. Que savons-nous de cette force qui fait tourner le monde, qui s'appelle l'amour et dont la raison d'être est la même pour l'humanité entière : celle d'accoupler les vivants et de féconder la substance terrestre ? Que savons-nous de la réalité de cette force ? Devant nous, sur la scène, déambule un monsieur d'âge mûr, à la sagesse souveraine, qui souffre à sa façon, noble et distinguée, de l'attirance qu'il ressent pour une jeune créature ; une hétaïre insatiable passe en flottant sur le plateau ; ou un bel homme brise le cœur des femmes avec son sourire glacé. Une femme frigide, incomprise et malheureuse en ménage s'enflamme pour un homme séduisant, une oie blanche se jette aux pieds d'un acteur renommé... Et tous les autres, ceux qui boivent de l'eau de Javel ou avalent du Véronal, et qui, au nom de leur folle passion, tordent le cou aux principes mêmes qui régissent leur condition et leur éducation... Mais, au-delà des faits divers quotidiens, des romans, des pièces de théâtre, et des études scientifiques, que savons-nous de la nature et des desseins véritables de cette force ?... Le savant considère l'amour comme la manifestation d'une maladie nerveuse, une sorte de crise de nerfs aiguë, qui a une fin ; selon les époques, la littérature donne un sens différent à cette émotion, elle l'ennoblit, la qualifie de manifestation émotionnelle humaine de rang supérieur ou inférieur. Mais où est la réalité ?...

Le silence s'étendait sur les sommets. La paix du clair de lune, de la neige et des sapins sombres régnait sur le paysage. Je n'avais pas froid, après ces quelques jours où j'avais moisi sur place, le pur oxygène rafraîchissait les globules rouges qui circulaient dans mon corps comme une gorgée de champagne. La réalité ?... pensai-je. Ce n'était que cela, la réalité. Je voyais aujourd'hui, ici, en haut de la montagne, qu'elle était aussi grossière, aussi surprenante que dans un roman-feuilleton d'horreur ou la chronique de faits divers d'un quotidien, et en même temps féerique, comme un rebondissement dans un conte, quand la barbe pousse au menton d'une reine ou que des bottes se mettent à parcourir sept lieues. Apprends l'humilité, écrivain ! grommelai-je, une profonde, profonde humilité ! Tu ne sais rien des hommes, ni des forces qui les font agir, qui les poussent à vivre ou à mourir ! Tu ne sais rien de l'amour ; tout ce que tu sais consiste en quelques notions mécaniquement élaborées, avec lesquelles tu travailles. La réalité est beaucoup plus étonnante, son imagination plus riche, plus magique, qu'une situation humaine inventée par quelqu'un. Ces derniers jours, j'avais vu ce couple, vivant et mort, j'avais vu leurs dérobades insidieuses, leur existence de fugitifs se resserrer autour d'eux, alors qu'ils se rendaient furtivement dans la salle commune pour écouter les nouvelles à la radio. Je les avais vus étendus, à un moment où ils s'étaient déjà transformés en un de ces phénomènes insignifiants qu'on lit dans les journaux. À travers le grésillement de la radio, ils espéraient avoir des nouvelles de leurs foyers abandonnés, de leurs proches bouleversés, des enfants et de l'époux de la femme, de la famille du gros maître d'œuvre triste – ils auraient aimé entendre l'opinion du monde, qui les aurait condamnés ou absous. Mais la radio ne mentionnait que des capitales détruites, les milliers de morts, des données statistiques, et eux, au sommet de la montagne, ils frissonnaient, perdus face à leur destin, ils agonisaient au milieu des batailles de leur guerre minuscule et singulière et ne recevaient aucune réponse pour leur expliquer cette chose inexplicable qui leur était arrivée. *Pour l'amour faut pas être beau, pour l'amour faut pas être intello...*, je me rappelai la grinçante affirmation de la chanson mais je n'avais plus envie de rire. J'étais rempli d'angoisse et d'un sentiment d'impuissance. Ils étaient calmement allongés sur le lit, en toute décence, comme un vieux couple : des êtres apaisés qui, après les orages de la vie, avaient atteint ensemble le havre éternel. Mais quelles tempêtes avaient précédé ce paisible repos, quelles émotions avaient fait battre ces cœurs simples et affolés ? La femme était visiblement malade des nerfs, le regard fixe de ses yeux bleus, son comportement mécanique, hagard, tout cela trahissait, y compris aux yeux des profanes, que cette créature fanée n'exerçait plus aucun contrôle sur ses nerfs. L'homme était presque indifférent à sa destinée, à mâchonner son cigare, écouter les informations, à jeter des coups d'œil furtifs autour de lui – nul doute qu'il aurait préféré descendre des rasades de genièvre avec les deux Nemrod –, et comme ce rôle absurde qu'il lui fallait jouer, contraint par la passion, lui convenait peu et ne s'accordait ni à son corps, ni à son caractère, ni à sa situation sociale ! Comme le destin peut être parfois ridicule – et en même temps sombre et dramatique !

Le lendemain, nous apprîmes les détails par les journaux qui, à côté des nouvelles tragiques de la guerre, s'étaient jetés sur la friandise que constituait ce « scandale de la bonne société » avec une voracité bruyante : l'époux de la femme était un homme âgé, riche, un architecte de renom ; quant au maître d'œuvre, d'une famille aisée de Kispest, sa fille adulte et sa parentèle portaient son deuil. Et tout cela était si anormal, si incongru... oui, s'il y avait quelque chose d'« indécent » dans ce monstrueux accident, c'était l'âge et les caractéristiques sociales des protagonistes. Aucun élément ne s'imbriquait correctement dans cette aventure triste et sauvage !

Mais que leur était-il arrivé ?... Quelle force avait contraint ces deux êtres à détruire leur vie de façon aussi aberrante et contraire aux règles ? L'homme est-il tellement sans défense ? L'éducation, la morale, les lois de la société, tout cela n'est-il pas assez puissant pour construire une digue contre la passion au moment fatal ?... Ce chemin est glissant, pensai-je, où irions-nous si nous nous engagions, nous, Européens, sur ce sentier anarchique ?... Seule la maladie nerveuse peut justifier une telle révolte. Il nous est impossible d'accepter que des gens sains d'esprit et capables d'autocritique se soumettent ainsi à la dictature de la passion. Je ne peux me résigner à ce qu'il existe un sentiment plus fort que la raison... Qu'adviendrait-il du monde si nous étions d'accord avec cette hypothèse ? Quelles possibilités d'anarchie se profileraient si nous acceptions de telles explosions dans le monde des gens raisonnables et sains ?...

Tel était le contenu de mes pensées dans la clairière. Mais je sentais que mon raisonnement était facile et grossier – car la question « qu'adviendrait-il du monde ? » n'était vraiment pas de mise en ce moment où l'humanité entière donnait le spectacle d'un aliéné, dangereux pour lui-même et pour les autres, qui s'évertuait à se détruire, lui et tout ce qui l'entourait. N'y avait-il aucun espoir en l'homme ?... À cet instant, une ombre se profila sur la neige. Une silhouette sombre apparut entre les sapins et traversa tranquillement la clairière enneigée éclairée par la lune. Tête nue, ses boucles blanches flottant dans le vent, je le reconnus : c'était Z. Sans hâte, il s'avança vers moi et me tendit la main en souriant : « La quarantaine est levée, dit-il sereinement. Nous pouvons espérer que le temps sera clément. »

Sa voix était douce et flegmatique. Sans échanger d'autres paroles, nous nous mîmes en route à travers la forêt vers l'auberge. Je lui aurais volontiers parlé de ce qui avait occupé mon cœur et ma pensée durant l'heure écoulée. Mais pendant le court trajet dans la forêt, je sentis que cet homme n'était pas de ceux qui veulent nécessairement accorder à la raison davantage de pouvoir qu'aux sentiments. Et cette impression était inquiétante. Je ne dis rien. Z. est un artiste, pensai-je, en foulant à ses côtés la neige épaisse, et au sein de la société des hommes, l'artiste est cet élément magnifique et superflu que représente le sentiment dans la structure humaine. Je n'aurais pas pu souhaiter qu'il prenne le parti de la raison, corps et âme. Et puis, en même temps, et comme jamais je ne l'avais perçu avec autant de force ces derniers jours, cet homme vivait en dehors de toute convention humaine et sociale : qu'aurais-je pu lui demander ?... Je sentais qu'il faisait partie de ces exilés volontaires qui, fuyant les offensives de l'époque, se réfugient dans une sorte de forêt vierge immense et solitaire, à l'instar des prêtres avec leurs rouleaux sacrés à l'ère des invasions tartares. Sa discipline, ses manières parfaites, sa courtoisie, son calme silencieux, alors qu'il grimpait à côté de moi le chemin verglacé et glissant, tout cela était plutôt dissuasif et n'engageait en rien à un échange de vues... Nous arrivâmes devant la maison qui, avec ses volets fermés, se tenait dans l'obscurité sur la crête, comme un aveugle, avec la force massive d'un nain, car même sur ces sommets enneigés, on respectait les consignes ordonnant l'occultation des fenêtres, comme si on pouvait craindre qu'un avion en maraude lâchât une de ses cruelles bombes, précisément ici. Z. s'arrêta. La lune éclaira vivement sa figure pâle qui, dans la lumière froide et dure, luisait comme un masque sur une scène, dans les rayons morbides d'une lumière artificielle. Son visage était blanc, maigre et nerveux, et il souriait. Il souriait d'une façon particulière, froide, raide, oui, tel un masque dans quelque drame ancien, à une époque où les acteurs en portaient encore. Ce sourire n'était ni railleur ni confidentiel, il était sage, fixe, comme tracé à la peinture blanche sur son visage émacié. Nous restâmes un moment sans parler : Z. ne bougeait pas, il s'appuyait sur son bâton ; on eût dit que, dans ce décor singulier au clair de lune, il avait attendu un signe, tel un acteur qui attend le geste du metteur en scène pour commencer à dire son texte. Ce visage d'homme âgé, aux traits expressifs et au sourire muet et froid, paraissait fantomatique sous l'éclairage lunaire. « Pourquoi souriez-vous ? » lui demandai-je à voix basse, malgré moi. La question était personnelle, provocante, elle ne s'accordait pas à la tonalité qui s'était établie entre nous au fil de nos rencontres mais je ne pouvais plus me taire. Le sourire ne disparut pas de ses lèvres, il me regarda avec des yeux aussi fixes que des yeux de verre : seul son visage souriait, pas ses yeux. « Peut-être les sacrifices sont-ils nécessaires », dit-il lentement, en détachant les mots, sur le même ton, simple et pédagogique, avec lequel un adulte s'adresse à un enfant lorsqu'il veut lui expliquer une notion difficile à comprendre à l'aide de mots à la fois simples et essentiels. « Vous pensez aux morts », répondis-je, comme un bon élève qui a saisi l'essence de la leçon. Il hocha la tête. « Oui, à ces deux morts, poursuivit-il gravement, en articulant, et à tous les autres qui partent maintenant. Et demain, pour l'éternité. » Je me sentis mal à l'aise et m'évertuai à répondre en souriant, d'un ton léger, comme si cela pouvait diminuer la tonalité sombre de la conversation : « Les peuples de chaque époque ont cru au sacrifice mais parfois il est très difficile d'en comprendre le sens. Particulièrement celui du sacrifice humain. » Il reprit, en insistant : « Les sacrifices sont nécessaires. Sinon, il n'y a ni changement ni rédemption. » Nous restâmes immobiles. « Ce sont des points de vue archaïques, répondis-je avec indulgence. Toutefois je n'arrive pas à croire que ces deux malheureux aient sacrifié leur vie de leur plein gré. Il y a les nerfs malades, la possibilité d'un accident aussi. » Il acquiesça de la tête et s'appuya des deux mains sur sa canne. « La valeur du sacrifice ne dépend pas de la croyance en la plus ou moins grande rédemption de celui qu'on sacrifie ou qui se sacrifie lui-même. Le sacrifice est un fait. Regardez, le temps a changé », dit-il en levant les yeux vers les arbres couverts de neige baignant dans la clarté lunaire. Je fus saisi par le regard de ses yeux fixes comme du verre, le sérieux de sa voix mécanique, la solennité de ses manières et le sourire froid qui n'avait pas quitté son maigre visage de prédicateur. Un frisson glacé me parcourut le dos. Cet homme a été blessé, pensai-je à cet instant. Peut-être est-ce la raison pour laquelle il a disparu de la face du monde. Mais où a-t-il été meurtri ? Dans son âme ou dans son corps ? Le masque blanc et souriant ne répondit pas à cette question non formulée. « Le changement de temps est une réalité et la mort de ces deux infortunés est également une réalité. Mais vous ne pouvez affirmer sérieusement qu'il y ait un lien entre les deux ? » Il répliqua patiemment : « Non, en effet, ça je ne le crois pas. Je ne fais que penser à haute voix. Je suis un homme et je crois chaque jour davantage que tout ce qui le concerne n'existe pas seulement en soi mais dépend également de lui. Il se peut qu'il y ait des liens entre la nature et l'homme, que nous ne connaissons pas. Car c'est Dieu qui est derrière tout cela », dit-il avec simplicité, sans insistance, avec la même éloquence naturelle que s'il avait dit : « La vie organique ne peut exister que là où il y a de l'air », comme s'il évoquait, comme ça en passant, un fait banal universellement connu. « Nombreux sont ceux qui nient l'existence de Dieu. Il en fut ainsi à toutes les époques. Si la nôtre est tellement malheureuse, c'est parce qu'elle ne perçoit plus la proximité de

Dieu… De la religion, oui, il y en a encore mais ce n'est pas la même chose… Il y a des hommes qui croient être religieux parce qu'ils ont peur et qu'ils prient et implorent les saints. Mais ce n'est pas ça, la relation tragique avec Dieu, sans qui la vie n'est rien d'autre qu'une série d'accidents effroyables. Celui qui connaît Dieu n'est pas forcément religieux. Moi, par exemple, je ne le suis pas du tout, dit-il de façon neutre. Il m'arrive d'aller à l'église mais plutôt pour admirer les beaux tableaux ou goûter la musique ancienne et observer les gestes graves et réfléchis du culte. Tout cela est très beau mais on n'accède pas à Dieu à si bon marché. Il faut du sacrifice aussi », conclut-il, têtu. Il parlait ainsi, sans détour et sans transition, comme s'il ne voyait pas de quoi s'entretiendraient deux personnes sinon de l'essentiel. « La femme était malade des nerfs », objectai-je, légèrement troublé, ne souhaitant pas m'appesantir sur ces déclarations personnelles et désireux de rester sur terre. « Oui, acquiesça-t-il en hochant la tête. La pauvre. L'homme a été la victime de la volonté sauvage émanant du système nerveux de la femme. Il était complètement stupide, continua-t-il à voix basse, confidentielle. La paroi de bois était tellement fine que j'entendais toutes leurs conversations la nuit. Il était aussi bête qu'une souche. Il ne comprenait strictement rien à ce qui lui arrivait… Il pleurait, il suppliait la femme, voulait retourner en ville, dans leurs familles. Imaginez donc, cet infortuné avait l'impression d'avoir été enlevé par des malfaiteurs, tout simplement, il ne comprenait pas ce qui lui arrivait, ce qu'il cherchait ici, à côté de cette femme vieillissante, au sommet de la montagne, dans une chambre d'hôtel, loin de tout ce qui faisait la valeur de sa vie simple et triste. Loin de son travail, de sa famille, des petites boutiques graisseuses, éloigné de son cercle d'amis, des gens pour qui l'amour n'était jamais rien d'autre qu'une petite affaire rondement menée après laquelle on se frottait les mains sournoisement, tout simplement il ne comprenait pas ce que Dieu voulait de lui en le détournant du cours de sa vie. C'est rare que les gens appréhendent cela. » Je ne répondis pas. Même au clair de lune, même dans l'atmosphère mystérieuse de la nuit enchantée, tout était exagéré, la voix semblait venir de quelqu'un sur un autre rivage. « Je crois de plus en plus au sacrifice, continua-t-il. Ce qui se passe dans le monde aujourd'hui n'est rien d'autre que du sacrifice. Vous pensez réellement que de grandes nations, l'ensemble de l'humanité, endosseraient ainsi les souffrances, verseraient le sang, détruiraient les plus beaux bâtiments et institutions sans aucune raison ?... Vous croyez vraiment que c'est la volonté d'hommes égarés et mauvais qui occasionne tout cela ? L'impuissance avec laquelle les hommes s'abandonnent à la volonté des chefs de guerre serait-elle si profonde que des milliards d'êtres humains seraient sans défense face à la volonté de quelques individus et de quelques systèmes et exécuteraient aveuglément toutes les variantes de l'autodestruction ? » À présent, il me fixait dans les yeux. « Non, je ne crois pas, dis-je doucement. Mais l'impuissance des grandes masses est un phénomène particulièrement complexe. Il est avéré, comme vous le dites, que certains hommes et certains systèmes savent contraindre la volonté de milliards d'êtres humains pour de longues durées, avec leurs organisations militaires. Ne sous-estimons pas la réalité. » Il contempla la lune. Il répondit, me regardant de ses yeux de verre : « Les hommes exigent des sacrifices car c'est leur seul espoir de rencontrer Dieu à nouveau. Ils veulent des sacrifices... c'est la raison pour laquelle ils acceptent tout. Parce qu'ils ne peuvent vivre sans Dieu. » Il regardait toujours la lune, et moi j'observais son visage.

Il était immobile et je n'étais pas pressé non plus de rentrer à l'auberge où les joies simples de la soirée de Noël nous attendaient : des plats gras, une mangeaille à laquelle les témoins du drame de la matinée ne tarderaient certainement pas à faire honneur comme il se devait. « Nous nous sommes trompés », disait-il en se tournant vers moi et il sourit amicalement, poliment, comme s'il demandait pardon. « Mais en ce moment tant de gens s'égarent en recherchant le sens de ces phénomènes... peut-être méritons-nous, nous aussi, le pardon. Ce que je voulais dire était que chaque croyance populaire prêche la nécessité du sacrifice. Quand la pluie ou le soleil s'absentent trop longtemps, souvent, les primitifs tuent un des leurs. Bien entendu, je ne crois pas qu'il y ait un lien entre le changement de temps sur la montagne et le suicide de nos malheureux compagnons... ne vous méprenez pas. Seulement, je suis persuadé qu'il existe des relations entre tous les phénomènes », et sa voix se fit plus cassante, plus dure, « car derrière chaque chose, il y a Dieu. Telle est ma croyance. Et elle est si forte qu'elle ne trouve sa place dans aucune religion. Quand je me rends compte que des événements extraordinaires ou inhabituels s'alignent les uns à côté des autres, je ne m'appesantis pas longtemps sur leurs rapports éventuels mais je me fais à l'idée qu'à un certain moment telle et telle chose se sont produites, par conséquent qu'un lien explicable ou parfois imperceptible existe entre l'un et l'autre de ces événements. Les hommes développent une surdité singulière et ne deviennent pas sourds seulement aux sons, continua-t-il vivement. Ils s'assourdissent avec le vacarme indistinct de la vie, ils n'entendent pas l'essentiel, ils ne perçoivent pas les avertissements. Mais Dieu nous parle constamment, il nous prévient. Naturellement, il ne s'adresse pas à nous du haut des nuages, d'une voix tonnante. Parfois il parle tout doucement. Ses conseils, ses mises en garde sont laconiques. Qui a dit que, toute sa vie, il avait entendu une voix qui lui soufflait ce qu'il ne fallait pas faire, mais que jamais il n'avait distingué celle qui lui aurait dicté quoi faire ?... Vous ne vous en souvenez pas ? Moi non plus. Goethe, peut-être. En fin de compte, on attribue toujours ce genre de réflexion à Goethe. Il est vrai que Goethe possédait une ouïe parfaite. Ce n'est pas sans raison qu'il détestait les lunettes et toutes les sortes d'appareils et instruments qui rendent l'homme paresseux et plus trop désireux d'observer de près les phénomènes du monde. Les savants des anciennes grandes civilisations, les Assyriens, les Babyloniens, les Chaldéens, les astronomes, les physiciens, les chimistes, vivaient assez près du bruit du monde, même sans instruments, ils entendaient tous les sons des cieux et de la terre, percevaient les choses et en tiraient des déductions exactes... nous, avec nos télescopes, nos cornues, nous avons une connaissance plus précise des détails mais nous sommes plus éloignés de l'ensemble. Dieu ne souffle pas aux hommes ce qu'ils doivent faire, car tel est leur sort : ils possèdent le libre arbitre. Mais celui qui n'est pas complètement sourd entend toujours la voix qui interdit. Eux, les pauvres, l'étaient devenus », dit-il avec un geste à la fois dédaigneux et indulgent en désignant la vallée où les deux cadavres devaient reposer dans la morgue de quelque bourgade. « Ils ont perdu l'ouïe dans la cacophonie de la passion qui a dévalé sur eux comme une cascade et un roulement de tonnerre. Que pensez-vous qu'il y ait eu entre eux ? Pensez-vous qu'ils aient été foudroyés par quelque émotion brûlante ?... Je ne crois pas. Qu'est-ce qui peut enchaîner des personnes comme ces deux-là, les arracher à leur foyer, à leur famille, à la sécurité de leurs affaires, les pousser vers le désert ou les sommets, où ils trouvent la mort comme des sauvages sans défense qui auraient perdu leur tribu ?... Quelle est cette force ? » Cette dernière question, il la posa en élevant la voix et en se redressant.

Il était debout, raide, dans la lumière froide et scintillante. Appuyé sur son bâton, il offrait une vision singulière, semblable à un ancien berger biblique, avec son visage pâle, ses mèches éparses, son regard fixe, un berger anxieux du sort de ses brebis. Je ne le dérangeai pas.

« Nous rentrons ?... », dit-il plus tard, montrant du bout de sa canne la porte de la maison obscure.

Sa voix semblait s'excuser. Comme s'il demandait pardon d'avoir répondu avec autant de passion à ma question – pardon d'avoir, après quelques jours de silence poli, brisé ce silence avec une brusque intimité disproportionnée. En réalité, je ne trouvais pas ces confidences volubiles exagérées ni extraordinaires. Les antécédents de la situation, l'instant particulier, l'envoûtement empli de silence et d'angoisse de la veillée de Noël, cette sincérité absolue et cette familiarité qui émanaient peut-être davantage du corps de Z. que de ses paroles, tout cela concourait à ce que je ressente comme naturel le fait que cette rencontre et cette conversation aient pris ce tour inattendu et cette tonalité surprenante. Nous entrâmes dans la maison, où nous fûmes accueillis par un silence profond. La radio s'était tue, les Nemrod, assis à leur table, tiraient sans un mot sur leurs pipes tout en sifflant tranquillement des petits verres de genièvre, le vieux fonctionnaire amoureux de photographie se penchait sur son album avec les gestes embarrassés d'un étudiant en train de tricher à un examen et qui va se faire prendre, décourageant visiblement toute tentative de sociabilité. L'arbre, décoré de pommes rouges et de bougies blanches, était planté sur une table, au milieu de la salle à manger, et les hôtes firent un geste d'excuse en me signifiant que, ce soir, ils avaient mis le couvert pour moi à la table de Z. car la mienne était occupée par l'arbre de Noël ; Z. m'invita d'un geste courtois à le rejoindre. Le dîner était abondant, comme si l'aubergiste avait tenté de compenser par les joies de la table tout ce qui avait causé à ses invités des chocs, des émotions et des déceptions dans les jours précédents. Nous nous dépêchâmes de manger dans le calme morose et nous n'avions pas encore terminé la perche trop grasse que le photographe amateur se retira. Tout de suite après, les chasseurs commencèrent à ramasser leurs affaires, ils souhaitèrent bonne nuit et joyeuses fêtes à voix basse et embarrassée puis se hâtèrent vers leurs chambres. Par prudence, ils emportèrent une bouteille de genièvre. Il devait être neuf heures ; nous restâmes seuls à la table de Z. dans la salle à manger.

« Vous avez sommeil ? » s'enquit-il amicalement. Et lorsque je lui assurai que non : « Je crois que nous pourrions tout de même célébrer cette triste soirée avec un verre de vin des sables léger. » Il demanda du vin blanc à la serveuse, et de l'eau ferrugineuse. « Joyeux Noël ! » dit-il sérieusement quand on eut apporté le vin, et il leva haut son verre. « Joyeux Noël ! » répondis-je. Nous restâmes sans rien dire. Nous n'étions plus que deux dans la salle, les hôtes fêtaient Noël dans leur appartement. « Joyeux Noël », répéta-t-il, calmement, en reposant le verre à pied sur la nappe à carreaux. « Comme ces mots sont grands, et quelle belle résonance... Elle est aussi grave et pleine qu'une fugue de Bach. » Un intérêt sincère et bienveillant perçait sous ses paroles. « Ce serait bien de comprendre ce qui se passe avec les hommes », continua-t-il, sur le ton de la confidence. Il s'inclina en avant et il plongea ses yeux à l'éclat froid dans les miens avec une expression curieuse et inquisitrice. « Avec les hommes... à qui pensez-vous ? demandai-je. Aux misérables qu'une mésaventure, un accident grotesque de la passion a broyés la nuit dernière ? » Il posa les coudes sur les genoux, se pencha vers moi et, de son regard froid et fixe qui brûlait d'une lueur glacée, comme les yeux d'un animal dans le noir, il me regarda longuement. Il prit son temps pour répondre. Puis, lentement, d'une voix traînante, il dit : « Chaque être humain est obligé de porter la passion sur lui comme une croix. Le péché des hommes et du monde ne s'anéantit que dans les flammes. Vous croyez que la terre se consume à présent sans raison, le jour, la nuit ? » Il posa cette question de si près, avec des accents tellement inquiétants que j'en frémis et en eus littéralement froid dans le dos. « Que voulez-vous dire ? » lui rétorquai-je, troublé. Sans bouger, la tête penchée sur le côté et appuyée sur ses paumes, il me regarda fixement et ce regard me pressait comme une question. Tout ce qui était gênant et exagéré dans cette situation fondit dans l'ardeur de cet échange muet. Jamais, à l'occasion d'une rencontre avec quelqu'un, je n'avais encore ressenti la proximité singulière de cet instant-là, de ce soir-là, je ne peux pas donner de nom à cette sensation, je me souviens seulement avoir été envahi de l'excitation particulière due à l'attente. Ce fut un de ces moments rares dans la vie où un homme, grâce à la force d'une passion, d'une obsession ou d'une croyance, dévoile un pan de la signification cachée du monde. Telle fut alors mon impression. Tout ce qui s'était produit au cours de cette journée, ici et dans le monde, se mêlait étrangement dans les paroles de Z. « Ce que je veux dire, répondit-il lentement, c'est que moi-même j'ai arpenté l'autre rive sous l'empire de la passion. C'est le seul chemin possible pour l'homme s'il veut la rédemption et s'il souhaite parvenir jusqu'à Dieu. Et qui ne désire pas la rédemption ? » demanda-t-il tranquillement. Et comme je ne disais rien : « Ce n'est sans doute pas un hasard que vous et moi nous soyons rencontrés ici, au sommet de la montagne, et que nous passions ensemble la soirée de Noël. Vous avez connu un des acteurs de mon histoire. » Je compris qu'il pensait à la dame dans le salon de laquelle nous nous croisions bien des années auparavant et je lui montrai par un signe que j'avais compris ce qu'il entendait par cette confidence.

Le silence était profond et dense. Je jetai un coup d'œil à ma montre-bracelet. Il était neuf heures passées. Ici sur les hauteurs, le temps se mesurait différemment qu'à la ville et les soirées précédentes, à la même heure, j'avais déjà pris congé de la compagnie. Cependant, je sentis que j'aurais manqué de tact si, ce soir-là, je m'étais dépêché. Je ne savais pas moi-même ce que j'attendais... peut-être, ce qui ne m'aurait pas étonné d'après les prémices, une de ces conversations nocturnes, quelque grande confession, une conclusion pathétique à ce jour singulier. Mais Z. se tut puis, à ma surprise, bâilla un grand coup, avec entrain. « Je suis fatigué, dit-il, en s'étirant et en se levant. Quelle journée !... Vous avez lu les journaux ? Un tremblement de terre a détruit les villes d'une région lointaine de la planète, on a détecté des cas de peste dans une ville proche des Balkans et ce matin, les bombes ont encore pulvérisé une ville européenne… La guerre, les épidémies, la terre qui tremble, tout ça colle magnifiquement. Oui, ce sont là les marques de l'apocalypse », dit-il avec simplicité, et il bâilla à nouveau. Toute tension dramatique avait disparu de sa voix, il parlait de façon neutre, comme quelqu'un qui constaterait le malheur du monde et hausserait les épaules en signe d'impuissance. Ensuite, sans transition : « Il serait plus sage de nous coucher. Cette piquette ne mérite pas qu'on s'y attarde. » Il se dirigea vers la sortie. Je me levai et le suivis lentement. Arrivé à la porte, je lui dis : « Je croyais que vous vouliez encore me dire quelque chose. » Il s'arrêta sur le seuil et me fixa avec étonnement : « Quelque chose ? Que pourrais-je dire ? Nous nous sommes tout dit. » Il contempla le plafond, pensif, et secoua sa tête grise. « Non, mon cher ami, poursuivit-il simplement, vraiment, je ne sais pas ce que je pourrais ajouter. Que pouvons-nous nous dire, en tant qu'êtres humains ? Puisque rien ne peut être d'aucun secours, continua-t-il plus vivement. Aujourd'hui, vous l'avez vu et vous en avez fait l'expérience. L'émotion brute et irrationnelle arrache les gens à leur destinée, la révolte des éléments saccage le monde construit par les hommes, le drame est le même à petite et grande échelle : ici, sur la cime, la tragédie assourdissante d'une malade et d'un imbécile, en bas dans la vallée une autre tragédie, celle de l'humanité gémissante prise dans l'étau de la fatalité. Partout la destruction, tout cela parce que les hommes ne connaissent plus Dieu. C'est de cela que vous souhaitez parler ?… Vous voudriez que nous nous lamentions, comme un chœur grec ? Évidemment vous connaissez tout cela. Vous êtes écrivain, vous devez savoir que, sans l'aide de Dieu, il n'existe pour l'homme aucun salut sur la terre. » Il haussa à nouveau les épaules et se prépara à monter. Mais il s'arrêta sur la première marche et se retourna :

« Jusqu'à quand restez-vous ici ? » demanda-t-il doucement.

Dans la maison, il semblait que tout le monde dormait. Je répondis à voix basse que je comptais rester encore deux jours ; je rentrerais au deuxième jour férié[1]. Z. hocha la tête : « Je partirai à la fin de la semaine. Je vais en Suisse pour un long séjour. » J'ajoutai quelque chose concernant la joie de ses fidèles à le voir bientôt à nouveau devant un piano. Il me sonda d'un œil interrogatif dans la pénombre. « Devant un piano ?... Moi ? » Un étonnement sincère perçait dans sa voix comme si j'avais porté sur lui un soupçon blessant et saugrenu, et que je le suspectais de dompter des ours ou d'élever des puces en secret. « J'ai cru que vous alliez en Suisse pour donner un concert », dis-je, confus. Il sortit une lampe de sa poche, remit la pile en place et dirigea brièvement le rayon vers le sol comme s'il y cherchait quelque chose. « Moi, un concert ?... » murmura-t-il sur un ton amusé en regardant l'escalier. Puis brusquement, il leva la tête et me regarda dans les yeux et en même temps tourna la lumière de sa lampe de poche sur mon visage. « Ah mais vous n'êtes pas au courant ? » Il m'avait posé la question d'une voix

1. En Hongrie, le 26 décembre est férié.

plus forte, comme s'il doutait de moi et que c'était pour cela qu'il éclairait mon visage. « Jamais plus je ne donnerai de concert. » Voyant qu'il se taisait et n'expliquait pas cette affirmation, je répliquai, embarrassé, que je ne connaissais rien de ses intentions. « Mes intentions ? marmonna-t-il avec indifférence, je n'en ai pas. Seulement je ne peux plus jouer. Plus jamais », continua-t-il calmement. « Que s'est-il passé ? » m'enquis-je à voix basse, choqué. « Ça », rétorqua-t-il en levant haut sa main droite. Il plia trois doigts et mit l'annulaire et le petit doigt à hauteur de mes yeux. Je ne vis aucune blessure sur aucun des doigts. « Vous avez mal à la main ? » demandai-je, gêné. « Non, je n'ai pas mal. Paralysie. Ces deux doigts sont paralysés. Il y a un nerf minuscule là », m'informa-t-il gentiment, comme s'il s'agissait d'enseigner une connaissance de base à un non-initié. « Un nerf moteur qui anime ces deux doigts. Ce nerf est mort, il s'est consumé au cours d'une maladie. Jamais plus je ne m'assiérai devant un piano », dit-il sans pathos. Puis il me considéra avec une expression aimable, expectative, comme quelqu'un attendant patiemment les questions d'un débutant. « Quand cela est-il arrivé ? » demandai-je très doucement. « Il y a trois ans. Trois ans et quatre mois. En septembre, quand la guerre a éclaté. Vous ne le saviez pas ?... » Il joua avec sa lampe, allumant et éteignant la petite ampoule. « Non », répondis-je, un peu honteux. Et comme pour tenter de justifier une négligence, je marmonnai, sur la défensive : « La seule chose que je savais c'est que vous vous étiez retiré, que vous vous produisiez rarement et que vous vous occupiez de vos élèves. » Il haussa les épaules : « Il faut bien vivre. » Puis il se mit à monter lentement l'escalier.

Je le suivis sans dire un mot, en trébuchant. Dans le couloir, nous passâmes devant la porte où les scellés avaient été mis, devant la chambre où s'était déroulé le drame de la nuit précédente. Z. ne marqua pas de halte, il continua à avancer d'un pas tranquille. Au bout du couloir, devant ma chambre, il se retourna et me tendit la main. « Bonne nuit ! » me dit-il d'une façon directe et chaleureuse. « Ce fut une dure journée, une nuit de sommeil nous fera du bien. » Je lui serrai la main et ne la lâchai pas : « Que s'est-il passé avec votre main ? lui demandai-je doucement. Vous pouvez me le dire ? » Il me répondit patiemment : « Mais je vous l'ai dit. Je suis tombé malade il y a trois ans. J'ai passé une longue période couché dans un hôpital, à Florence. Deux de mes doigts sont restés paralysés. Voilà tout. » Nous demeurâmes silencieux. « Je ne savais rien de tout cela », dis-je. « Ah mais c'est qu'on ne se vante pas de ce genre de chose ! » répondit-il sur un ton familier. « J'ai réussi à disparaître des salles de concert sans que personne ne batte même un cil. C'est là qu'on voit aussi ce que ça vaut, tout ça… » Il rit. Son rire était comme un grondement sourd, effrayant. « Tout ça, quoi ? » demandai-je. « Oh, la gloire, le monde », et il haussa encore les épaules. Les mots m'échappèrent : « Mais c'est affreux. Vous ne pourrez plus jamais vous installer à un piano… » La tête penchée de côté, il me regarda avec gravité. Sa voix traîna, indifférente : « Affreux ? Ce serait peut-être affreux si cela s'abattait sur nous de façon inattendue. Mais tout vient à son heure. On met longtemps à s'enferrer dans une situation, et on a le loisir de s'habituer aux changements. » Il ajouta, plus vivement : « Pensez donc, si l'humanité avait dû, il y a cinq ans, prendre conscience brutalement de tous les événements de ces dernières années... les gens seraient peut-être devenus fous... Nous avons eu le temps de nous habituer parce que les choses se sont passées les unes après les autres. Comme nous nous habituerons à ce qui se produira dans l'avenir. »

Je lâchai sa main et restai planté là, dans le noir, désemparé. « Quelle était votre maladie ? » lui demandai-je ensuite. Cette conversation murmurée dans le couloir de l'hôtel, sur le ton du secret, aurait pu évoquer deux complices se remémorant un de leurs anciens crimes. « Une maladie, répondit-il, simplement. Elle a un nom, un très joli nom. Mais ce n'est qu'une poubelle où on peut jeter toutes sortes de choses. La seule réalité est la maladie, rien d'autre. La réalité, c'est que j'ai été dépossédé de la musique. Mais il faut bien que je vive, comme je peux. C'est pourquoi je pars en Suisse. » Je lui proposai, s'il le souhaitait, d'écrire à mes amis suisses ; peut-être connaissaient-ils une sorte de cure qui le guérirait de cette paralysie... « Je ne crois pas, dit-il calmement, mais je vous remercie de votre bienveillance. Personne ne peut m'aider en dehors de moi-même. La musique m'a certes quitté... mais en même temps, je me suis séparé d'elle aussi. Il y avait une raison à cela. Et les deux raisons, ma maladie et ma fuite devant la musique, étaient liées. Cette leçon, je l'ai très bien assimilée. L'organisme humain contient quatorze milliards de cellules nerveuses qui ne se renouvellent jamais. Si l'une d'entre elles est détruite, il est impossible de la faire revivre. Les globules sanguins, les tissus, le système osseux, tout peut se renouveler ; mais la cellule nerveuse est unique. Quatorze milliards – il rit –, un beau chiffre. Quelle richesse... Pensez donc, quatorze milliards de cellules photographiques et dans chacune d'entre elles, un souvenir, une humeur, une minuscule image... tout cela relié par l'intelligence... on peut se souvenir d'un visage qui nous vient de notre enfance et ce souvenir existe là-bas, quelque part, dans une de ces cellules. En ce qui me concerne, me manquent seulement quelque cent mille d'entre elles, celles qui commandent les doigts de la main droite. À part ça, je suis parfaitement guéri. Je pourrais même aller jusqu'à dire que j'ai eu de la chance... d'autres sont restés paralysés toute leur vie à la suite d'une telle maladie, ils ne marchent plus, il faut leur donner à manger, parfois ils ne peuvent plus avaler, parler, ils deviennent sourds. La maladie m'a épargné, plus qu'eux. Elle ne m'a confisqué que la musique. » Il proféra ces mots avec une acceptation noble et naturelle, comme un roi en exil constaterait qu'on ne lui a soustrait que son royaume... « Oui », répondis-je, troublé. « Je comprends maintenant. Alors bien sûr cela change tout... » Il ne me laissa pas poursuivre dans le lieu commun. Il reprit vivement : « Ne me plaignez pas. La maladie donne à l'homme tout autant qu'elle lui enlève. » Je manquai de tact en répliquant : « Autant que la musique ? » « Autant, mais différemment, répondit-il, avec obstination. Je l'ai écrit. J'aurais aimé comprendre tout ce qui s'est passé, alors je l'ai consigné par écrit. Je n'ai rien d'autre à faire en ce moment… Vous souhaitez lire ces notes ? Je ne peux me vanter d'avoir fait œuvre de littérature, ça je ne peux vous le garantir. Mais vous, en tant qu'écrivain, comprendrez peut-être… Il est vrai – il soupira – qu'il est très difficile de communiquer nos expériences à d'autres. C'est-à-dire, ce qui s'est produit, oui, ça, on peut le décrire comme quand on écrit un constat. Mais ce qui fut la cause de tout… c'est très dur de l'énoncer. Quasiment impossible. Je plains les écrivains. » Je m'efforçai de lui répondre sur le ton de la plaisanterie ; je le remerciai, au nom des écrivains, de sa compassion, car elle était justifiée et j'ajoutai que naturellement, ce serait une joie et un honneur pour moi de lire ses notes, le moment venu. « Oui », dit-il, puis il me tendit à nouveau la main, d'un geste décidé. « À l'occasion. Très volontiers. Bonne nuit ! » Il me laissa dans le couloir ; il ne se retourna pas, il entra dans sa chambre. Je l'entendis fermer à clé.

2

Je quittai la montagne au bout de deux jours. Les fêtes s'étaient déroulées dans une neige crissante et luisante de soleil. Le dimanche, des visiteurs étaient montés de la vallée ; l'aubergiste put enfin afficher complet. Des chasseurs, des touristes se succédaient sans cesse et le second jour de Noël, les deux Nemrod organisèrent un triomphal dîner de chasse car l'un des deux, le grand échalas, avait abattu son premier coq de bruyère. Le monsieur à qui sa passion photographique n'accordait aucun répit rapporta également un riche butin des clairières ensoleillées ; il s'enferma pendant des heures dans l'unique salle de bains délabrée de l'hôtel pour développer ses douzaines de clichés pittoresques à la lumière d'une lampe à pétrole enveloppée de cellophane rouge. Les lieux se remplirent de mouvement et de voix stridentes ; les seuls à évoquer les morts étaient les nouveaux arrivants, les visiteurs de l'après-midi venus de la vallée qui voulaient voir la scène où s'étaient produits des événements de portée nationale. La légende criminelle, qui vit et s'amplifie inéluctablement en pareil cas, dont la première version était celle de l'aubergiste, s'était ensuite répandue et, à chaque nouveau narrateur, se parait de nouvelles couleurs. Tout le monde savait à présent que dès son arrivée, le triste couple *avait semblé louche*, la femme de l'aubergiste avait tout de suite vu à leurs bagages que *quelque chose n'allait pas*, les femmes de chambre avaient observé comment les infortunés *s'étaient préparés jour et nuit à la mort*. On régala les visiteurs – qui savouraient ces friandises, rares et succulentes – de commentaires agrémentés de bassesses et d'allusions raffinées. Quant à nous, qui avions été les témoins de cette sombre et douloureuse surprise de Noël, nous ne parlions plus des défunts. Je parcourais la forêt sans relâche ; l'atmosphère rayonnait d'ultraviolets. Pendant les brefs moments où je fréquentais la salle commune, j'avais hâte d'en finir avec les repas bruyants ; les visiteurs en provenance de la vallée avaient envahi l'auberge de leur bonne humeur festive et criarde et le propriétaire pouvait à bon droit espérer que la roue allait tourner dans le bon sens ; son rêve de bâtiment en béton et de dancing de néon rouge n'était peut-être pas complètement une chimère... Le temps resta froid mais autour de midi, nous pouvions nous promener sans manteau sur les chemins ensoleillés.

Durant ces deux journées, je ne vis Z. que pendant les repas. Le matin suivant notre conversation, il m'avait salué d'une manière à la fois amicale et réservée, puis, à la table du petit déjeuner, il s'était penché sur son journal. Ensuite il avait pris congé, comme avant, indifférent et courtois, comme si, la veille au soir, nous n'avions pas évoqué des sujets intimes, il avait enfilé sa veste et s'était dirigé, tête nue, vers la forêt. Visiblement, il en connaissait bien la topographie, il en avait exploré les chemins et les percées et c'est pourquoi je ne l'avais jamais rencontré. La forêt s'étendait à l'infini, une forêt vierge inviolée, si bien que, même au grand jour, je me gardais de quitter les sentiers balisés. C'est pourquoi les deux derniers jours de ce séjour de Noël qui avait mal tourné et pris une allure aussi pénible, je les passai seul. Je ne peux pas prétendre que Z. évitait toute rencontre mais il est évident qu'il ne les recherchait pas non plus. Après tous nos échanges, cette retenue me sembla indiquer qu'il regrettait ses confidences. Comme s'il était assailli par une gueule de bois – lors de situations extraordinaires, les gens cèdent au pathétique de la situation et, pris d'une crise de loquacité et de familiarité, étalent devant de parfaits étrangers leurs pensées secrètes pour, le lendemain, masquer le remords qui les torture de cette indiscrétion occasionnelle, par une froideur, une mauvaise humeur et une retenue excessives. Il se peut qu'il se soit produit quelque chose de ce genre avec Z., du moins, c'est ce que je pensai. Tout ce qu'il m'avait raconté de sa maladie, de la paralysie de sa main, me touchait profondément et sans doute ce qui m'affectait encore plus était sa façon de rendre compte du grand accident de sa vie. Sa disparition, le silence indifférent qui avait enveloppé sa personne depuis des années et ensuite cette rencontre inopinée au sommet de la montagne, le drame épouvantable qui s'était joué et dont nous avions été témoins et figurants, la soudaine prolixité dont Z. avait fait preuve, tout cela entretenait des rapports à la fois incompréhensibles et effrayants. Comme si le seul but de ce voyage n'avait été que la découverte de la vérité sur le sort de Z. En même temps, je sentais à quel point tout effort déployé pour nous rapprocher du mystère d'un être est vain : en réalité, je n'avais toujours aucune certitude quant au destin de Z. Le malheur de sa maladie l'avait certes exilé des salles de concert ; mais pourquoi ne composait-il plus ? Je me posai la question. Z. n'était pas seulement un interprète, c'était également un compositeur dont les œuvres, particulièrement celles qu'il avait écrites à partir de chants populaires français, hongrois et roumains, étaient référencées et tenues en grande estime par le monde de la musique. Et depuis des années, aucune nouvelle de son travail, jamais un article de journal, une critique, rien ! Que s'était-il passé avec cet homme ? Je suspectais autre chose que ce qu'il m'avait dit… Cependant il écrivait ! À présent, je me souvenais. Il écrivait, oui, il avait évoqué un certain travail qui n'avait « aucune valeur littéraire » et qu'il me donnerait, si je le désirais. Je décidai, tout en respectant sa réserve embarrassée, de lui rappeler, avant mon départ, sa promesse et de lui demander son manuscrit, qu'il ne voulait peut-être pas me montrer par excès de modestie. En effet, pendant les deux jours suivant notre conversation nocturne, en dehors des salutations usuelles, Z. ne m'avait pas adressé une seule parole. Il était resté tout aussi courtois, retenu et indifférent qu'aux premiers temps de notre rencontre ici, comme si rien ne s'était passé, comme si, cette nuit singulière de Noël, nous n'avions pas discuté de la maladie, de la mort et de la destinée... Le soir précédant mon départ, je pris la décision de l'attendre dans la salle à manger, de lui dire adieu et – si possible – de lui toucher un mot de son manuscrit. Mais il était neuf heures passées et Z. n'avait toujours pas paru à sa table. L'aubergiste m'informa ensuite qu'il était parti : « Seulement pour trois jours, dit-il. On lui a envoyé une voiture de la ville. »

J'appris que, de la petite ville proche, on avait invité Z. à rejoindre la vallée ; il avait emporté avec lui cette « machine bizarre » qui ressemblait à un gramophone mais qui n'en était pas un – dans son ignorance, l'aubergiste parlait ainsi, avec un dédain mêlé de respect, du magnétophone dont se servait Z. lors de ses voyages en vue de collecter des musiques populaires. On venait de lui proposer d'enregistrer des chants de Noël dans un village proche de Transylvanie et comme on lui avait également fourni une voiture, il avait profité de cette occasion rare et s'était pressé de descendre dans la vallée. Je demandai s'il n'avait pas laissé de message, une lettre pour moi, un manuscrit. Mais il n'y avait rien, ni message, ni rien d'autre... Peut-être avait-il oublié sa promesse, peut-être avait-il parlé trop vite et l'avait-il ensuite regretté. Il était sans doute content de l'occasion que cette excursion lui offrait de s'éclipser. En tout état de cause, la seule certitude était que Z. s'en était allé de façon inattendue et que je quitterais moi-même les cimes sans lui dire adieu. Je priai l'aubergiste de saluer le professeur de ma part et de lui remettre ma carte sur laquelle j'avais griffonné mon adresse et mon numéro de téléphone.

Les semaines passèrent sans que Z. se manifeste. Je n'en entendis pas parler non plus : les journaux ne mentionnaient pas son nom et aucune des connaissances que je rencontrai n'avait de nouvelles le concernant. Il était sans doute parti pour la Suisse ; peut-être, malgré tout, espérait-il secrètement que les médecins suisses renommés guériraient sa main malade. Ensuite, les semaines, les mois passèrent et l'existence difficile qui s'était abattue sur nous tous en ces temps effroyables effaça lentement de ma conscience le souvenir troublant de Z. et de ce Noël particulier. Le malheur qui menaçait l'ensemble de l'humanité à cette époque était aussi incommensurable que si un bouleversement tectonique balayait et transformait la surface du monde que nous connaissions. J'oubliai ce Noël à la montagne, les amoureux tragiques et Z. Le malheur recouvrit d'un voile noir de deuil bien d'autres souvenirs, les images aimables, tendres et sensibles des rencontres, des situations et des êtres. Des mois s'écoulèrent, précisément huit mois, lorsqu'un jour d'automne, dans le tramway, la lecture du journal du matin m'apprit la mort de Z., dans une ville d'eaux suisse. Le faire-part était succinct. Mais on commença à se souvenir, des articles hauts en couleur et des hommages de ses contemporains évoquèrent l'importance des œuvres et le rôle du grand musicien. Durant cette époque où des métropoles disparaissaient toutes les semaines, la nouvelle de la mort de Z. me toucha d'une manière étrange. Je songeai que le destin était plus fort que tout ; cet homme, qui avait échappé aux zones bombardées en se réfugiant dans l'un des derniers îlots de paix, avait payé son écot fatal à la destinée comme tous ceux qui avaient perdu la vie par centaines de milliers, par millions, sur un front ou un autre... Z. était mort dans un hôpital à l'équipement moderne et à l'organisation exemplaire, dans cette Suisse paisible ; je ne savais rien de précis des circonstances entourant son décès. Cependant, trois semaines après l'annonce de sa disparition, je reçus une épaisse enveloppe par la poste. L'expéditeur en était l'ambassade suisse dont un des fonctionnaires m'avisait en termes d'un laconisme officiel que le manuscrit contenu dans l'enveloppe provenait de l'héritage du pianiste hongrois Z., décédé à la clinique de X. et, selon la volonté du défunt, m'était destiné. L'ambassade transmettait le manuscrit et demandait un récépissé pour cet envoi. C'était tout.

Oui, c'était tout, et j'eus beau secouer scrupuleusement l'enveloppe, feuilleter les pages tapées à la machine, je n'y trouvai point les quelques lignes que j'espérais, qui m'auraient été destinées personnellement, ces lignes de la main de Z. qui m'auraient confié ce manuscrit et même chargé de son devenir... Je me renseignai sur l'existence possible de parents, de famille – dans un village éloigné vivait une vieille tante, mariée, une femme simple qui répondit de façon naïve et ignorante aux questions de ma lettre. La dame dans le salon de laquelle j'avais croisé Z. avait déménagé avec son mari diplomate dans un pays neutre dès la deuxième année de la guerre. J'appris également que le défunt n'avait pas d'amis, ni de familiers, en tout cas personne qui aurait pu affirmer à bon droit connaître ses intentions et m'aurait donné des conseils relatifs au manuscrit qui m'était parvenu, certes confié par l'auteur mais sans aucun mode d'emploi et fragmentaire : il n'avait pas vraiment de début ni de fin, comme s'il l'avait arraché d'un cahier qui aurait contenu d'autres notes. Était-ce un journal ou des souvenirs, avait-il été composé en vue d'être publié ou seulement lu par quelques personnes de confiance, Z. avait-il souhaité que d'autres le lisent ou avait-il jeté des mots sur le papier mû par une nécessité vitale ? Même après plusieurs lectures consciencieuses du manuscrit, il me fut impossible d'en décider... Mais justement, cette lecture multiple m'avait convaincu que l'éventualité de publier ces pages ne serait pas contraire aux intentions du mort. Quand un être prend la plume pour consigner le souvenir d'expériences personnelles, c'est toujours aux autres hommes qu'il souhaite parler même s'il choisit de communiquer sous la forme pudique d'un journal ; en effet, la littérature nous enseigne que les plus grands journaux intimes furent écrits pour être divulgués au public. Ce texte ne faisait pas semblant d'obéir au genre du journal, l'auteur écrivait comme s'il parlait à quelqu'un de ce qui devait être important et vital pour lui. Mais en le lisant, j'acquis la conviction que je ne devais pas considérer ce récit comme une histoire privée : lorsqu'un homme, au bord de la tombe, raconte avec sincérité ce qu'il a connu de plus essentiel dans sa vie, il espère certainement que sa confession pourra venir en aide à d'autres. Il se peut que cet espoir soit vain ; mais c'est avec ces vains espoirs que les hommes se consolent de leur destin précaire.

C'est pourquoi je rends ce manuscrit public, sans aucun changement, et je me fie au lecteur pour déterminer, après l'avoir lu jusqu'au bout, s'il y a perçu seulement une affaire privée ou, au contraire, autre chose de plus général, qui appartiendrait au sort commun à tous les hommes... C'est ce que j'ai éprouvé et je crois que j'agis dans l'esprit de Z. en m'abstenant de tout commentaire au texte imprimé. Quand une voix s'exprime à partir de l'autre rivage sur des questions de vie et de mort, sur les grandes émotions qui animent les êtres, tels la croyance, l'amour et la passion, ceux qui sont encore sur cette rive ne savent pas répondre. Ils se taisent et écoutent. C'est avec cette attention et une curiosité impuissante que je me suis penché sur ces pages au moment de ma première lecture. Cet écrit ne donne pas non plus de réponse à la question des relations entre la vie et la mort... mais de toute façon, y a-t-il une autre réponse que l'humilité avec laquelle nous devons accepter notre destinée ?

Voici le manuscrit de Z.

3

… Fin septembre, je décidai d'accepter l'invitation du gouvernement italien et de me rendre à Florence. C'est l'ambassadeur qui m'avait remis l'invitation et, au vu de ma surprise et de mes objections, il avait entrepris de me convaincre avec de sérieux arguments. Même aujourd'hui je n'ai aucune idée de ce que cet homme savait sur les liens qui m'attachaient à E. Ce cercle très fermé, étouffant, qu'on appelle dans les grandes villes « la bonne société », avec ses couches les plus secrètes, les plus profondes et les plus distinguées auxquelles appartiennent tous ceux qui touchent à la diplomatie, était naturellement au courant du fait que j'étais, depuis des années, un hôte de la maison d'E. L'ambassadeur d'Italie vivait depuis trois ans parmi nous et il ne se passait pas un mois sans que nous nous rencontrions dans un des salons où se retrouvent, qu'ils le veuillent ou non, de façon récurrente et constante, tous ceux que la naissance, le rang, la fortune ou la fonction unissent dans une sorte d'aristocratique communauté d'intérêts. Je l'avais vu aussi à mes concerts : cet homme grisonnant, distingué et mélancolique, qui dégageait une discrète et mystérieuse tristesse, dont l'origine n'était liée ni à sa famille ni à sa personne mais plutôt à sa condition d'homme européen, était lui-même musicien amateur ; comme tout mondain cultivé mais sans aucun talent spécifique, il se sentait attiré par tout ce qui avait trait à l'esprit et à l'art et n'avait jamais caché qu'il considérait le talent artistique comme l'unique rang essentiel au monde, qui devançait pour lui tout autre rang et titre par la naissance. « C'est Dieu qui a donné son statut à l'artiste, les hommes ne peuvent plus lui offrir que de la poudre d'or », avait-il dit une fois. Il savait certainement que depuis des années, j'étais un ami, un membre de la famille, dans la maisonnée d'un de ses collègues diplomates, où les deux époux m'honoraient de leur affection et de leur confiance. Dans le petit univers où les gens comme lui vivaient selon un certain mode, tout le monde était au courant et croyait détenir une vérité qui, exprimée de façon banale et crue, paraissait sans doute très vulgaire : j'étais l'ami de la femme, le mari ne disait rien et s'accommodait de ce triangle avec indifférence, voire un certain soulagement. Bien entendu, jamais E., son époux ni moi-même n'avions discuté de cela mais je pense que tous les trois étions conscients de cette rumeur vulgaire et pourtant très aisément imaginable : nous nous y étions résignés, nous la supportions sans rien pouvoir y faire, d'une part parce qu'il semblait indigne de protester contre ce soupçon et d'autre part parce que nul d'entre nous n'avait ni la force ni la possibilité de le faire. L'ambassadeur m'incita longuement et amicalement à accepter l'invitation du gouvernement italien ; il dit que l'artiste qui consentait à offrir le plus noble des divertissements pour enchanter le public, même en temps de guerre, servait la culture ; l'artiste était toujours un diplomate ; et il énuméra d'autres lieux communs de la même eau. Voyant que j'hésitais, il me regarda gravement dans les yeux et poursuivit, avec la hauteur modeste et aimable de l'homme du monde :

« La guerre est là et peu à peu, les passages à niveau entre les nations seront baissés. » Il posa une main sur mon épaule. « Il sera bientôt impossible de voyager en Europe. Mais vous avez besoin de partir d'ici à présent. N'est-ce pas ?

— À quoi pensez-vous ? » demandai-je.

Nous nous dévisageâmes, les yeux grands ouverts. Il haussa les épaules, l'air de dire : « Tu sais bien à quoi je pense, à quoi bon se jouer cette comédie ? » Je compris qu'il songeait à E., à la relation qui m'attachait à elle – à laquelle lui et bien d'autres croyaient –, à ce lamentable triangle auquel il était temps de mettre fin. Il me le faisait comprendre avec tact et sans paroles mais en même temps sans équivoque et j'admis que cela ne serait pas mal de m'éloigner pour un certain temps. Car le propre de la calomnie, même si elle n'a aucun fondement réel, est de se transformer en réalité. Je compris ce que je savais déjà depuis longtemps mais que je ne regardais pas volontiers en face : je devais ce voyage à E. et à son mari, j'étais leur débiteur, il était de mon devoir de défaire ce triangle mystérieux qui nous enfermait tous les trois dans l'enchantement persistant d'une sorte d'amitié improbable, incompréhensible aux yeux des étrangers. Qui aurait pu comprendre ? À qui aurais-je pu demander de croire à quel point cette amitié était absolument pure et dénuée d'arrière-pensées ? Aurais-je pu souhaiter qu'on considérât l'affection que cette femme, jeune, belle, exceptionnelle, me témoignait depuis des années, publiquement, avec la sincérité hautaine des êtres souverains, autrement que la percevaient et la jugeaient les gens en général ?... Le musicien célèbre, la belle dame cultivée et mondaine, le mari diplomate vieillissant – quel triangle idéal ! Qui aurait pu penser à autre chose qu'une liaison, au sens le plus banal, le plus grossier du terme, à l'un de ces petits jeux amoureux que la vie crée et modifie maintes fois, avec désinvolture ? En considérant notre amitié à trois de l'extérieur, j'étais obligé de comprendre les gens. D'ailleurs, les questions que ces derniers temps je me posais à moi-même, avec leur franchise railleuse et perfide, reflétaient la vision des autres. Il est fréquent qu'une relation forgée par l'amour se transforme en amitié, plus rare cependant que l'étincelle amoureuse jaillisse d'une longue amitié. Mais pouvais-je désirer que les gens comprennent ce qui nous maintenait tous les trois dans un lien aussi profond, aussi indissoluble ? Impossible qu'il n'y ait pas Éros à la base d'une relation qu'une femme jeune et belle et un homme ont tissée au cours d'une amitié de longues années. Je me souvins de rêves où le corps d'E. se détachait des brumes oniriques pour venir à moi dans la tendre séduction de sa chair et aussi de notre première rencontre quand la présence d'E., son corps et son allure m'avaient délivré un message sensuel sans équivoque.

Sans compter qu'il y avait dans l'apparence physique de cette femme un prodige de provocation, de charme et de sensualité. Sa blondeur dont les nuances somptueuses n'étaient atténuées par aucun barbouillage de coiffeur, cette blondeur sauvage, généreuse et tendre dont la nature n'a doté que les filles du Nord, la flamme sombre de ses yeux, sa carnation d'un blanc profond, tout ceci constituait une déclaration de guerre au monde : je suis là, battez-vous pour moi ! Et combien s'engagèrent dans cette lutte sans espoir ! Notre amitié durait depuis huit ans, et pendant ces huit ans, j'avais observé – j'allais dire, « nous » avions observé, parce que depuis longtemps, nous étions, le mari d'E. et moi, secrètement alliés à son service – des hommes sûrs d'eux, croyant fermement en leur pouvoir de séduction, ou d'autres, désorientés, éperdus, fascinés par sa beauté, qui tentaient de se rapprocher d'elle, quelquefois avec une insistance présomptueuse et d'autres fois dans un saisissement tragique, et qui prenaient aussitôt la fuite, confrontés aux dangereux précipices de cette merveille. Car autour d'E., pour certains hommes, il y avait un gouffre, mais peu d'entre eux se rendaient compte du péril à temps ! Qui savait tout cela ? Moi, sûrement, et ce secret était le sens douloureux et triste de ma vie. Le mari savait, lui qui acceptait son sort avec la patience magnanime d'un homme venu d'un autre monde, révolu, peut-être de l'époque gothique. Et peut-être l'homme devant moi, ce monsieur âgé qui me conseillait de partir et de donner des concerts, savait-il quelque chose aussi ?… Nous nous regardâmes attentivement.

« J'ai beaucoup d'amis à Florence, dit-il modestement. Je suis moi-même toscan », ajouta-t-il presque en s'excusant. Oui, je savais qu'il était « toscan », il descendait de la plus ancienne famille de Toscane, le nom de ses ancêtres apparaissait même dans *La Divine Comédie*. « Si vous partez, nous tâcherons, mes amis et moi, de tout faire pour que vous ne vous sentiez pas seul. »

Tout cela semblait courtois et ni lui ni moi ne soupçonnions alors à quel point j'allais avoir besoin de lui, et que ses amis, en effet, honoreraient sa promesse, et que je ne me sentirais pas seul à Florence... Que sait-il ? me demandai-je. Il me regardait avec douceur de ses yeux bleus et glauques de vieil homme, avec cette politesse aimable dont usent les êtres qui, ayant vu le monde et la misère humaine de leur position supérieure, se penchent sur l'humanité avec une compassion impuissante... Pendant des années, il avait vécu en Chine, en Amérique, dans des grandes cités occidentales où il représentait son pays, il avait vu le vaste monde et, avec le recul, il avait appris à respecter celui des hommes, toutes ses errances et sa pesante misère... Aucune ironie, aucun mépris dans son regard. Je compris qu'il savait quelque chose, peut-être davantage que les autres, et je compris aussi qu'il me voulait du bien, au-delà de la mission qu'on lui avait confiée.

Je lui demandai un délai de réflexion. Je parlai avec E. et son mari. Cette conversation – nous le pressentîmes tous les trois – serait lourde de conséquences. Trois jours s'écoulèrent, puis j'allai trouver l'ambassadeur pour le remercier de son invitation et lui dire que je l'acceptais. Deux jours plus tard, un des employés de l'ambassade apporta chez moi mon passeport tamponné des visas nécessaires, mon billet de wagon-lit et tout ce dont j'aurais besoin pour mon séjour à Florence : une autorisation de paiement à une banque locale, mes honoraires pour le concert et la lettre de recommandation de l'ambassadeur. Fin septembre, le jour où le quotidien du soir que j'achetai à la gare donnait la nouvelle de la chute de Varsovie, je pris le train rapide pour Rome via Florence. La soirée était tiède et moite, ça sentait l'automne. J'avais l'intention, après Florence, de me rendre d'abord à Vérone puis, pour quelques jours, au lac de Garde. Je m'assis près de la fenêtre, je contemplai le Danube, le pont de chemin de fer. D'ici trois semaines, je serais rentré.

Le voyage se déroula sans bruit et sans histoires, on eût dit que des mains géantes m'avaient soulevé au-dessus des dangers et des difficultés. Un citoyen appartenant à une nation neutre traversait d'autres nations neutres qu'aucune flammèche de guerre n'effleurait à ce moment-là... L'ancien personnel des trains internationaux s'empressait au service des passagers des wagons-lits avec la même prévenance qu'en temps de paix ; le contrôleur me demanda mon passeport, me souhaita bonne nuit et m'assura qu'à la frontière yougoslave, les douaniers et les gardes-frontières n'importuneraient pas les étrangers endormis... Nous longions le lac Balaton ; je confiai ma cabine et mes bagages aux soins du contrôleur et j'entrai dans le wagon-restaurant. Tout m'était familier dans ce beau train et m'accueillait avec l'abondance et l'insouciance d'une époque de paix : la carte qui offrait des mets savoureux et des boissons étrangères, la politesse feutrée du personnel trié sur le volet, le confort ondoyant des grands wagons Pullman. Ce train courait à travers des paysages paisibles, loin de tout ce qui rappelait la guerre, laquelle, ces jours-là, paraissait un cauchemar lointain, incompréhensible et improbable. Je m'assis à la table étroite, j'ouvris une petite bouteille de vin français, ôtai mes gants, allumai une cigarette américaine – à cette époque, mes amis diplomates me gâtaient en m'offrant en abondance de telles raretés –, je posai sur la tablette les journaux du soir et les magazines achetés à la gare et je m'absorbai dans cette sensation agréable et familière, l'une des plus belles expériences de la vie, le voyage, ou plus précisément tout ce qui l'accompagne : l'impression que les conventions écrites ou implicites qui réglaient ma vie et mon travail, mes relations personnelles et sociales, avaient perdu toute validité. Partir en voyage, cela avait été l'aventure la plus grande et la plus pure au monde de ces dernières décennies ! Mais nous, les enfants de cette ère-là, ne voyagions-nous pas avec une mauvaise conscience, une angoisse secrète ?... Tous ceux qui prenaient un train, un bateau ou un avion entre les deux guerres nourrissaient, malgré l'excitation joyeuse du départ, la crainte que ce voyage fût l'un de leurs derniers déplacements libres et sans souci ! Ce monde empli de nouvelles alarmantes et de panique dans lequel nous vivions depuis une vingtaine d'années ne nous accordait pas, même pendant nos allées et venues, l'évasion totale. Je songeai que Goethe voyageait encore pour le plaisir d'amasser de nobles butins ; nous qui ne sommes pas des Goethe et qui vivons dans un âge où rien n'est stable, nous voyageons comme celui qui, à la dernière minute, tenterait l'impossible, dans son désir d'échapper à un territoire bloqué par la fatalité... S'échapper, mais où ? Le monde entier ployait et tremblait sous le joug féroce d'un destin identique, cela nous l'avions su dès l'instant où les feux de la Première Guerre mondiale s'étaient embrasés. Je voyageais, certes, mais cette merveilleuse expérience qui, au cours des dernières décennies, m'avait tant de fois consolé de tout ce qui me paraissait injuste ou insupportable dans mon sort ne m'apportait ni bonheur débordant ni bien-être ravi. Je regardais les gros titres des journaux qui traînaient sur la tablette, je goûtais l'arôme doux-amer du vin rouge français mélangé à la cigarette américaine, je traversais des paysages connus – demain matin, je serais à Venise, vers midi à Florence où, demain soir, dans une belle salle, devant des amateurs de musique me prêtant une attention recueillie, je m'assiérais au piano et m'efforcerais d'exprimer pour eux ce que signifiait la musique pour moi... –, j'avais toutes les raisons d'avoir confiance dans le destin. Je n'étais plus tout jeune mais je me sentais en bonne santé ; quelques semaines auparavant, j'avais été perturbé dans mon travail par de longs moments où je ne me sentais pas bien, j'éprouvais des maux de tête, une sorte de fatigue – il est vrai que ces derniers temps, le travail me coûtait beaucoup d'efforts, et peut-être pas seulement le travail... Sage ordonnance de la destinée que ce voyage. Le voyage est une renaissance, un moment d'irresponsabilité, une transe bienfaisante et une rencontre avec les fantômes de la jeunesse évanouie ! L'ambassadeur avait eu raison, il fallait que je parte, et particulièrement à Florence, la ville dont je n'ai jamais pu prononcer le nom sans ressentir le transport et le plaisir intenses que seuls certains morceaux de musique peuvent susciter en moi. Encore quelques heures et, par la grâce des mécanismes parfaits de la civilisation, je me tiendrais au bord de l'Arno, je verrais les collines et les tours des églises, les toits des maisons et les rues étroites de cette ville où tout ce qui m'importe est rassemblé en une magnifique abondance : l'harmonie, l'harmonie éternelle de la force créatrice qui assemble des pierres, des lignes, des couleurs et des lumières pour composer des chefs-d'œuvre intemporels au-dessus de la misère du monde. Seul peut-être l'amour de jeunesse dont le souvenir fait encore battre le cœur de l'adulte se compare à la façon dont je pensais à Florence. Je prononçai son nom dans ma tête et le plus noble, le plus généreux chant d'allégresse envahit mon corps de ce bonheur particulier, où on ne veut rien de ce qu'on aime, rien d'autre que s'émerveiller et aimer. Et me vinrent immédiatement à l'esprit E. et tout ce qui était derrière moi. Je commençai à feuilleter les journaux.

Varsovie était tombée. Comme les Polonais étaient proches de mon cœur – un peuple qui avait un destin, un destin obstiné et implacable qui les vouait à une disparition récurrente ! Et c'était aussi le sens véritable de ce destin qui leur permettait de se relever à chaque fois des profondeurs de leur malheur, avec une force sauvage et une résistance opiniâtre. Peut-être se seraient-ils éteints si une destinée plus paisible leur avait offert une existence plus confortable et moins dangereuse, peut-être se seraient-ils anéantis de l'intérieur, auraient-ils cédé à tout ce qui, dans leur être, tenait de l'atavisme polonais, dispersé et négligé. Mais cet âpre lien, ce sévère destin historique, les maintenait en vie au milieu des grandes nations prédatrices, tombant toujours, toujours se relevant, à la polonaise, c'est-à-dire un peu bruyamment, exagérément, mais sympathiquement, grâce à leur effort – un peuple en relation intime, profonde, avec la musique ! Je songeais à cela en lisant les gros titres des journaux du soir qui proclamaient la chute de Varsovie ; et aussi à Chopin. Que pouvais-je faire pour les Polonais ?... Je n'ai jamais pu m'adresser au monde autrement qu'à travers la langue musicale ; à présent que le râle d'une nation frappée à mort résonnait dans le monde des hommes, je n'avais d'autre possibilité que de faire entendre la voix la plus noble par laquelle ce peuple s'était adressé jadis à l'humanité : je redonnerais vie à la voix de Chopin dans une salle de concert européenne ! Je laissais à d'autres le soin de parler de politique ; à l'instant où les armées allemandes se jetaient sur le corps d'un peuple, moi, ce soir à Florence, je jouerais l'étude « La harpe éolienne »... *Allegro sostenuto.* Et toutes les autres, les douze études de l'*Opus 25.* C'est tout ce que je pouvais faire. Quant à l'autre peuple qui a offert une musique absolue au monde, qu'il s'exprime dans la même salle de concert, après Chopin, avec les mots de Beethoven. En ce moment où tonnent les canons allemands et polonais, la *Sonate Appassionata,* justement elle, sera la réponse. Car je dois faire quelque chose. L'artiste ne peut rester muet quand deux peuples, le polonais et l'allemand, s'étreignent d'une étreinte mortelle. Que s'expriment ces deux âmes dans une salle de concert d'Europe – deux contraires, deux univers ! Et cependant, ce que disent Chopin et Beethoven est fatalement unique... Et si je devais donner un bis ? Jouerais-je Tchaïkovski pour que l'instant historique soit complet ?... Devrait-elle retentir aussi, la musique du Russe, alors que celle du Polonais et de l'Allemand clame avec force ce que la fureur du monde nie avec tant de puissance : l'harmonie ?... Durant ces instants dans le train qui m'emmenait vers l'Italie, le soir où Varsovie tomba, je songeai sérieusement à cela. Et je savais que l'emphase avec laquelle je justifiais mon entreprise n'était pas qu'un jeu de l'esprit. L'ambassadeur avait raison : elle avait une sorte d'utilité. J'interpréterais la musique polonaise, allemande et russe dans le monde parce que pour le moment et pour longtemps, le monde ne voulait rien entendre d'autre que ses propres râles d'agonie. Je repliai les journaux et payai.

On m'avait reconnu dans le wagon-restaurant. Cela faisait longtemps que ce genre d'attention ne me procurait plus aucun plaisir. On parcourt le monde comme un message vivant et, un jour, on a le cœur soulevé par la nausée due à cette popularité douteuse. Je regagnai en hâte le wagon-lit et verrouillai la porte de ma cabine. La guerre était très loin, la nuit était paisible et chaude. Le train s'arrêta, j'entendis des voix étrangères, des mots slaves. Nous étions à la frontière. J'éteignis la lumière et m'endormis aussitôt.

Je me réveillai en entendant une voix. Je consultai ma montre à la lueur pâle de la petite veilleuse encastrée dans le mur de la porte : il était quatre heures du matin. Le train filait à toute allure sur un pont ou un viaduc et les roues cliquetaient au-dessus de l'abîme avec une force tragique. Puis les rails coururent sur un revêtement souple ; à travers les barres de métal, on sentit un soubassement de terre compact et plus léger, et le fracas disparut. Nous approchions de la frontière italienne. Dans trois ou quatre heures, nous atteindrions Trieste ; j'ouvrirais le store de cuir et je verrais la mer par la fenêtre. Je ne l'avais pas vue depuis un an. Je ressentis une extrême tristesse. Je m'assis sur la couchette étroite, je tendis les mains vers une cigarette et le briquet.

C'est à cet instant précis que cela commença. Mais quoi ?... La maladie ? Ou autre chose ?... Dans les mois qui suivraient, j'évoquerais souvent le souvenir de ce moment. J'essaierais de le décortiquer, comme s'il avait été une sorte de fragile trouvaille, une minuscule unité, un genre d'atome qui aurait, dans son tréfonds, contenu l'explication de tout ce qui avait trait à la vie : un élément microscopique et souverain qui aurait eu une réserve d'énergie matérielle et spirituelle à la fois. C'est l'instant où tout « a commencé », où ma vie s'est séparée de tout ce qui la fondait et lui conférait un sens jusque-là, où quelque chose est brutalement mort en moi et où je suis né une deuxième fois, en mourant à la vie et en naissant à la mort. Ai-je eu mal quelque part à cette minute ? Je ne me souviens d'aucune souffrance. Ai-je ressenti de la peur, une inquiétude particulière ? Rien, je n'ai rien senti. J'étais calme. Cependant, en même temps, j'ai su avec une cruelle acuité que « cela avait commencé », comme un homme qui ressent ce qui le menace dans le grondement lointain d'une catastrophe universelle. Je tâtai mon pouls, mon cœur battait calmement, à profondes pulsations régulières. Voilà, ça y est, pensai-je, et je me rassis sur la couchette.

Le train surplombait une des vallées du Karst. Eh oui, si c'est là, on ne peut rien faire, fut ma pensée suivante, il faut le supporter. Comment est-ce que ce sera ?... Douloureux ? Sensible ? Angoissant ? Bruyant ?... Je n'arrivais à imaginer aucune de ces possibilités. Et en même temps, objectivement, je songeais que je n'avais pas la moindre idée de ce que pouvait être le « ça » de « ça y est »... La mort ? Je me portais comme un charme. La cigarette avait un goût plaisant. À midi, j'arriverais à Florence. Avant le concert, je longerais le bord de l'Arno, je me promènerais jusqu'au Cascine. Ou plutôt, non, je traverserais le Ponte Vecchio, j'irais voir le marché des argentiers, je saluerais la statue de maître Cellini... Non, en fait je me baladerais sur la via Tornabuoni, je boirais un vermouth chez Giacosa, je regarderais les belles de Florence et leurs fringants soupirants.

Ce serait magnifique, je laisserais lentement Florence agir sur moi, mais pas de la même manière que lors de la première rencontre, où je m'étais jeté sur son corps sublime avec le désir égoïste d'un amant vorace ; cette fois, ce serait avec l'émerveillement intelligent d'un admirateur initié. La revoir et la recevoir à nouveau seraient une volupté plus grande que de la découvrir et s'en emparer. Maintenant Florence allait se donner, avec l'impudeur sûre d'elle-même et fière de l'amoureuse familière qui ôte ses voiles sans crainte et sans protestation... Ensuite je pensais... non, je savais ! Du haut de mon crâne à la pointe des pieds, de tout mon corps je savais ceci : quel dommage que justement, cela ait commencé maintenant ! Mais quoi donc, pour l'amour de Dieu ? Et j'avais déjà la réponse : à partir de cet instant, tout serait différent. Comprends-moi, dis-je à la voix, maintenant que c'est arrivé, tout sera différent, la musique, ton rapport à la musique, ton rapport au monde, à ton corps, aux êtres que tu as aimés... À E. aussi ? Oui, à E. aussi, répondis-je calmement. Et cette voix dont je ne savais pas d'où elle m'interpellait – provenait-elle de mon corps ou, au-delà du fracas du monde et du claquement du train, du cosmos – demandait, avec une force objective, froidement : « Dis-moi, l'aimais-tu, cette femme ? N'était-ce pas une sorte de relation artificielle et vaine dont tu t'échappes à présent ? Comment un homme peut-il aimer une femme qui n'a jamais donné son corps à son amoureux ? Quel jeu cruel a rempli ton temps ces dernières années ? C'était un jeu insensé et malsain et, devant cette liaison sans espoir, peut-être as-tu éprouvé le besoin de trouver refuge dans la musique ? » La voix posait des questions, j'aurais pu transcrire le ton de sa musique, l'accent de sa réalité ! et je répondis immédiatement : « Je sais qu'E. n'est pas une amante terrestre. » La voix, agacée : « N'aie pas peur des mots ! Amante terrestre, quel mensonge ! Dis simplement la vérité. *Frigide !* Un mot détestable, je sais, une tonalité médicale, il fait penser à des laboratoires, il sent le phénol et le formol. Tout ce que vous deux, son mari et toi, expliquez avec autant de délicatesse et d'hyperboles n'est qu'un cas pathologique banal, qui plus est, pas si rare que cela ! Le monde civilisé est rempli de femmes de ce genre, et on ne peut même pas dire que cette insensibilité, cette froideur, cette surdité du corps qui peuvent se développer en véritable terreur, en répulsion maladive dans le corps et l'âme de ces infortunées, soit une maladie réservée aux classes aisées et à ces femmes riches et gâtées qui s'ennuient. Combien y en a-t-il, et comme elles sont malheureuses, parmi les pauvres et les miséreux ! Ce n'est pas seulement l'épouse du banquier qui est *frigide* mais la sous-concierge, l'ouvrière agricole aux cinq enfants, pauvre, vivant dans une incommensurable misère de femme et d'être humain qui deviennent, elles aussi, froides et insensibles dans une civilisation dont l'ordre social tue lentement toute spontanéité dans les nerfs... Mais tu sais tout cela, tu le sais avec ton esprit ! Pourquoi n'oses-tu pas le reconnaître avec ton cœur ?... » Je répondis, perdu dans mes pensées : « Parce que je l'aimais. » La voix éclata. « Ce n'est pas vrai ! cria-t-elle. On dirait que tu t'es vexé parce que ce corps n'a pas davantage répondu à ton appel qu'à celui de son époux et de tous ceux qui se rapprochaient d'elle, remplis de désir. Ce n'est qu'une belle marionnette, froide et souriante, au milieu de ses succès mondains et de ses livres... quel ennui ! Tu ne l'as jamais aimée. Tu as accepté un rôle, le rôle d'ami désintéressé, parce que tu étais blessé, parce que tu ne pouvais pas devenir son amant... tu as prétendu, pour elle et pour toi, qu'il existait entre vous quelque chose de supérieur, de plus noble que ce qui existe en général entre hommes et femmes. Tu mens, pauvre sot. C'est ta vanité qui t'a attrapé dans cette toile soyeuse ! » Ainsi parla la voix. Je ne dis rien. Je regardai le porte-bagages ; l'étiquette avec mon nom, accrochée à ma valise, oscillait au mouvement de balancier du train ; je l'observais. « Oui, répondis-je enfin, doucement, docilement. Oui, il y a beaucoup de vérité là-dedans. En effet, cette femme est malade. Et pourtant j'ai été le seul homme dans sa vie qui ait réussi à faire naître des sensations dans les tissus magnifiques de cette beauté froide et malade, qui ait su éveiller des passions dans ce système nerveux détruit, qui ait apporté une flamme dans ce corps, des sentiments, de l'inquiétude, une forme de vie... C'est aussi la vérité. Et ce pouvoir m'a lié à elle, un peu comme un médecin attaché à un malade qu'il est seul capable de soigner et de maintenir en vie. » La voix impatiente rétorqua : « Fariboles ! Fadaises ! Un homme n'émeut une femme que d'une seule façon : à travers les sens, avec sa force physique et mentale. Ou bien la femme accepte ce désir et cette volonté, de tout son corps et de toute son âme, humblement, ou bien il faut la quitter. » Je haussai les épaules. « Mais je l'ai quittée. Tu vois, je suis parti en voyage. Je ne la verrai pas pendant trois semaines et eux partent en Grèce à la fin de l'automne. Peut-être ne la reverrai-je plus jamais. » La voix se taisait. Mais je lui répondis sans qu'elle m'eût posé de question. « Car, vois-tu, la musique l'a touchée. C'est la seule force sur terre qui ait pu vraiment la toucher. Et c'est pourquoi j'ai tout de même pu donner quelque chose à cette triste amoureuse : la musique. Il est des hommes qui aiment avec leur corps, d'autres avec l'argent ou avec leur esprit. Moi, je l'ai aimée avec la musique. » La voix ne sut quoi répondre, comme si elle acceptait l'explication et hochait négligemment la tête. « C'était dans la relation entre nous un lien plus fort que tout rapport physique, un lien sensible, suffocant. Toi qui sais tout et qui me parles de l'autre rive, tu connais certainement la force terrible de la musique ! C'est plus fort que le baiser, que la parole, que le toucher. Ce que l'on ne peut exprimer avec son corps et son esprit, on peut enfin le dire avec la musique. Moi, il n'y avait que moi qui pouvais m'adresser à ce splendide corps malade... tu ne le savais donc pas ? Je lui parlais avec la musique. » La voix se fit entendre, plus douce, plus conciliante : « C'est vrai. La musique est une force impressionnante. Mais on ne doit pas l'utiliser pour atteindre un but sur terre. Prométhée fut châtié pour avoir volé le feu au ciel. La musique ne sert pas à faire la cour, ni à faire l'amour. La musique est un lien abstrait entre l'homme et l'univers, un lien immatériel. À quoi pensais-tu ?... Ce qui s'est passé était de la frivolité. Une entreprise malsaine, oublie-la. Tu le sais maintenant ?... » Je répondis humblement, conciliant : « Oui, je le sais. Depuis quelques minutes. Comment cela sera-t-il ?... » demandai-je avec curiosité. La voix, après une longue pause, comme si elle s'était retirée dans un lieu éloigné, répondit doucement : « Autrement. »

Suivit un long silence. Je fermai les yeux, j'entendis le claquement des roues. Jamais je ne doutai, ni alors ni plus tard, que j'avais entendu une voix réelle dans ces instants, qu'on aurait peut-être pu enregistrer sur une machine. Je savais aussi que ce n'était pas Dieu qui s'était adressé à moi – Dieu n'use jamais de paroles – mais quelque personne dénuée de corps. Un ange peut-être. Mais dans la mesure où jamais nous ne pourrons connaître la véritable nature de ce genre de créature, je n'insistai pas pour savoir... J'étais allongé sur la couchette étroite et les interstices du store de cuir laissaient filtrer la lumière de l'aube. Un silence merveilleux régnait dans la cabine, en moi, dans mon cœur et mon âme. Un silence et presque une sérénité... comme une absolution. Il se passa longtemps, peut-être des heures. La certitude que maintenant je n'avais plus à agir parce qu'un processus était en route, quelque chose qui n'existait pas jusque-là et contre quoi je ne pouvais rien entreprendre car ce qui avait commencé était indépendant de ma volonté, cette certitude envahit tout mon corps. À quoi ressemblait ce sentiment ? Il n'était ni bon ni mauvais. Et parce que cela m'avait brutalement atteint, comme quelqu'un qui marche dans la rue en sifflotant et à qui on assène soudain un coup de trique sur la nuque, je n'avais pas eu le temps d'avoir peur ni d'être surpris. Le changement était là, que pouvais-je y faire ? Je m'habillai, me rasai. Je bougeai mes mains, comme pour tenter de me convaincre que je contrôlais toutes mes capacités. Mes mains remuèrent avec obligeance. Dans trois semaines, elles seraient moins obéissantes. Que peut-on faire quand notre vie se brise, comme si le sol s'ouvrait après un glissement de terrain et coupait en deux une paisible maison familiale ?... Rien, il n'y a rien à faire. On reste couché par terre ou sur un parquet, comme moi sur cette couchette, on regarde, on attend quelque chose. Puis on se relève et on cherche sa place au cœur de cette situation différente. J'allai à la fenêtre, je relevai le store. Le train filait au-dessus de Trieste, à flanc de colline, en hauteur. Dans les profondeurs, on distinguait le phare et la mer. Elle scintillait, blanche et lisse sous le soleil ; elle était aussi blanche, molle et enflée que le ventre d'une baleine échouée sur le sable. Je baissai la vitre ; la senteur de l'aube mélangée au tendre et chaud parfum de l'automne et de la mer s'exhalèrent vers moi. Je me penchai, je baignai mon visage dans la lumière et la tiédeur de l'air.

Je n'entendais plus la voix. Par la suite, au cours des heures et des années pénibles qui allaient suivre, je ne l'entendis jamais plus, pas davantage que je ne l'avais entendue tout au long de ma vie antérieure. Je ne sais si je l'entendrai encore un jour. Ce n'était pas la mienne, j'en suis sûr. Pas même « la voix du remords ». Elle ne m'était pas familière – car enfin je m'y connais quelque peu en tonalités – et je suis incapable de dire si elle était humaine ou si c'était une voix dont le timbre différent, musical ne pouvait se comparer à la voix humaine. Ce que je savais, c'est que quelqu'un m'avait parlé. Je ne pourrais pas dire non plus avec certitude si c'était un ange car je ne sais même pas s'ils existent. Il se peut qu'ils ne soient qu'une invention humaine. Et s'ils existent, s'adressent-ils à nous ? Il se peut que tout ce que les hommes racontent sur eux ne soit que de l'imagination. Personnellement, je n'en ai jamais rencontré. C'est pourquoi je restai debout à la fenêtre et, parce que je ne savais rien de Dieu ni des anges, je baignai mon visage dans la brise tiède et parfumée d'iode et de sel et je sus qu'un événement s'était produit cette nuit, que j'avais compris quelque chose, non pas avec mon cerveau mais avec mon corps, et que cette chose avait commencé. Je restai à la fenêtre jusqu'à l'arrivée à Trieste, lorsque le contrôleur frappa à la porte de ma cabine.

À Florence, il bruinait. Deux messieurs m'attendaient à la gare : le directeur du palais Pitti – le concert devait avoir lieu dans la salle blanche du palais – et un officiel de la ville. J'étais invité par l'État et on me reçut avec une courtoisie discrète. Une grande automobile me conduisit en ville ; la pluie, le vent chaud et le souffle lourd des lauriers humides envahirent l'intérieur de la voiture par les fenêtres ouvertes. Nous roulions à côté de jardins qui embaumaient le laurier et l'aloès mouillés. En entendant le klaxon de la voiture officielle, les agents de la circulation nous laissaient passer à chaque carrefour, nous progressions ainsi le long des rues étroites sans nous arrêter. Je ne vis rien de Florence durant ce bref parcours. Je répondais aux questions amicales de mes compagnons et je ressentais la même angoisse qu'un étudiant à l'approche d'un rendez-vous galant. Florence était là, toute proche, je la verrais bientôt, j'en respirerais le parfum. Quelque part par ici devait se trouver le jardin de Boboli, en face le palais Pitti où ce soir, pendant une petite heure, je ferais la paix entre les Polonais, les Allemands et les Russes… Le fait de savoir que Florence était là, près de moi, que je pouvais la toucher, la voir, me remplissait d'une excitation fiévreuse et d'un sentiment de bonheur. J'allais prendre bientôt congé de mes accompagnateurs, j'allais m'échapper de l'hôtel pour me hâter vers le bonheur de ce rendez-vous inespéré. Je parcourrais les rues étroites, je me promènerais devant le Dôme, traverserais le pont Santa Trinità et lèverais les yeux vers la modeste colline de San Miniato. Aurais-je le temps de louer une voiture et d'aller faire un petit tour d'une demi-heure à Fiesole avant le concert ?… Oui, très certainement. Je répondais de manière distraite – l'officiel de la ville disait quelque chose sur la guerre, il aurait aimé avoir des nouvelles de l'étranger – mais en ce moment, pour moi, la guerre était loin, et Florence était présente, si proche. Avais-je jamais ressenti un tel émerveillement physique à rencontrer une autre ville ? Oui, une fois, à Paris, dans ma jeunesse. Mais nous étions arrivés à l'hôtel.

Je ne vis rien de Florence durant le court trajet. Plus tard, au cours des mois que je passai dans cette ville, non plus : la fenêtre de la chambre d'hôpital donnait sur un mur coupe-feu qui cachait obstinément la ville à ma vue. Une nouvelle cérémonie m'attendait à l'hôtel : un monsieur en uniforme, le dirigeant local du parti fasciste, la poitrine constellée de médailles et d'insignes du parti, plusieurs hauts fonctionnaires, des journalistes et le *manager* de l'établissement me gratifièrent d'une réception solennelle, avec queue-de-pie et courbettes. Nous descendîmes de l'ascenseur au premier étage pour former une procession solennelle, selon un certain ordre hiérarchique, et le groupe sombre se déplaça silencieusement vers l'appartement qui m'était réservé, le long du couloir recouvert d'un épais tapis. Dans la pièce d'apparat, des serveurs apportèrent du vermouth et des amuse-gueule tandis qu'un personnel invisible rangeait mes bagages dans la garde-robe voisine. Les fenêtres du salon donnaient sur l'Arno ; l'espace d'un instant, je vis quelque chose de Florence. Je m'avançai vers la fenêtre et regardai le fleuve… mais déjà quelqu'un me saluait : un homme chauve, un des notables du lieu, s'adressait à moi d'une voix douce et avec une amabilité souriante. Il me fallait répondre. Il y eut un éclair de magnésium, on me prenait en photo, et le dirigeant local du parti fasciste – un homme corpulent, imposant, qui portait une chemise noire et des bottes laquées et dont l'habit guerrier, un peu théâtral, ne convenait pas du tout à son visage poupin de grand-père – prononça des paroles officielles à propos de la vertu magique de nos deux pays qui construisait des ponts au-dessus des précipices et des dissensions du monde... Les journalistes notèrent consciencieusement cette déclaration. Lorsqu'il se tut, nous comprîmes tous qu'il n'y avait vraiment plus rien à ajouter. Pendant un bref moment, nous nous regardâmes, l'air gêné, et nous échangeâmes des banalités sur le temps, le voyage, la musique et la guerre. « Alors, à ce soir », dit le corpulent notable qui se leva puis me serra la main. « Le maestro a sans doute besoin de se reposer. » Devant mes faibles dénégations, ils prirent congé en saluant, le bras levé ; au bout de quelques minutes, je restai seul dans la grande pièce.

Je me souviens vaguement des heures suivantes. Il y a quelque chose d'élémentaire dans l'éruption d'une grande maladie, comme dans tout ce qu'organise la nature. Il s'agit bien d'une véritable « éruption », semblable à ce qui se passe quand un homme se met à parler ou à agir sous l'empire d'une grande passion, quand un fleuve sort de son lit, quand une montagne se fracture, crache du feu et engendre un désastre. Mes hôtes étaient partis mais je n'avais plus la force de retourner à la fenêtre pour savourer la merveilleuse vision offerte par Florence au visiteur ébloui, à son arrivée... Je restai planté au milieu de la pièce, immobile, longtemps. Comme un homme qui survivrait, tragiquement seul dans l'univers. Il ne comprend pas encore précisément ce qui s'est produit – une bombe est tombée, le plafond de la maison s'est fendu, la terre tremble ou on l'a attaqué et une balle, un coup, un couteau, l'a touché... – et la seule chose qu'il comprenne est que les autres hommes sont partis ailleurs, quelque part sur une autre rive, et lui demeure complètement seul. C'est dans cette solitude que je restai à Florence, ville aimable et hospitalière, dès la première heure de mon arrivée. Solitaire dans cet endroit où j'avais désiré me rendre de tout mon cœur, dans ce salon somptueux qui était ma demeure du moment, où je n'avais qu'à presser une sonnette pour que la cité amicale accoure à mon aide avec tous ses moyens – un mot à dire et on m'amènerait par avion le médecin qui pourrait éventuellement me secourir. (Quelques jours plus tard, à la demande de la branche du parti local et sur ordre des cercles officiels de Rome, on fit d'ailleurs venir à mon chevet un professeur, chercheur de renommée internationale, spécialiste du mal qui s'était abattu sur moi.) Je savais que je me trouvais parmi des gens qui m'aideraient, avec la solidarité et l'empressement engendrés par la conscience d'appartenir à la même culture... et en même temps, je savais que cela ne me servait à rien d'être en Europe, dans une des villes les plus cultivées du monde, il n'y aurait personne qui pourrait véritablement m'aider. Par-dessus tout, je savais que je restais seul, aussi seul que si l'humanité m'avait oublié au milieu d'un désert – c'est ainsi que doivent se sentir des explorateurs polaires quand ils voient l'avion qu'on a envoyé à leur recherche passer avec indifférence au-dessus d'eux, dans le lointain. C'est la fin. Ils font le compte de leurs réserves, il leur reste tant de forces, de nourriture, d'envie de vivre et de bois de chauffage. Et après ?... Comment ce sera après ? Je me souvins de la voix avec laquelle je m'étais entretenu dans la nuit et qui avait dit, de très loin, impassible : « Autrement. »

J'observai cet « autrement » ; j'entrai dans la chambre à coucher. Un lit fait m'y attendait mais je n'eus pas la force de me dévêtir. Je m'étendis tout habillé sur la chaise longue. Les murs étaient tendus de soie jaune et au-dessus du lit était suspendue une reproduction en plâtre de Luca Della Robbia, un détail du chœur des enfants. Les six petits chanteurs dodus, nus sous de légers voiles, aux corps charnus et joufflus, dans un foisonnement frais, une abondance crue, me souriaient et de leurs bouches ouvertes s'envolait une mélodie secrète, inaudible et malgré tout bourdonnante, comme si l'artiste avait immortalisé l'instant même de la naissance du son, comme s'il avait enregistré dans la matière compacte le processus le plus mystérieux de tous, où l'harmonie et la mélodie viennent au monde à travers la texture charnelle d'un corps humain... Je contemplai attentivement cette copie. Oui, c'est ainsi qu'était née la Voix : un homme avait regardé en direction du ciel et avait dit quelque chose, sans se rendre compte, une chose qu'il n'avait pas pu jusque-là exprimer avec des mots. Je fixai le relief qui représentait le mystère de l'harmonie musicale émanant de ces corps d'enfants et ce fut comme si, soudain, j'avais compris le mystère de l'existence – une paix profonde m'envahit. Je compris que le seul sens de ma vie était le service de cette harmonie bourdonnante ; et maintenant tout était en ordre et à sa place, parce que j'avais accompli mon devoir, j'avais servi fidèlement la musique, je n'avais jamais consciemment failli à l'harmonie et j'avais exprimé de toutes les forces de mon corps et de mes nerfs, de mon intelligence et de ma volonté, ce que signifiait la musique. Mais alors tout va bien ainsi, pensai-je, et je fermai les yeux, comme quelqu'un ayant résolu un problème difficile, répondu à une question fatidique et qui s'endormirait, épuisé. Qu'aurais-tu pu faire de plus ?... Je n'aurais rien pu faire d'autre dans la vie, me répondis-je. Je n'avais pas le droit d'être faible, paresseux, superficiel ou lâche quand il me fallait comprendre puis exprimer la musique : c'était ma raison d'être sur terre. Carrière, contraintes, exercices, tout cela n'était supportable que parce que je devais faire éprouver la musique au monde ; de temps à autre, je devais me faire l'interprète des sons créés par Mozart, Bach, Gluck, Chopin et Beethoven. Tel était mon devoir. C'était simple... Et à présent ? Eh bien, à présent, c'est le début de « l'autrement ». Il semblerait que ce soit ma fin. Comme une hémorragie dont on sait que personne ne peut l'arrêter. Je n'ai mal nulle part. Comme tout arrive différemment dans la vie, avec une merveilleuse simplicité... différemment de la peur et de l'angoisse qu'un homme tenté par le découragement a imaginées. Je n'ai mal nulle part, je n'ai peur de rien. Si je le désirais vraiment, je pourrais m'arracher du divan, le téléphone est près de moi, je pourrais appeler chez moi, des amis, demander de l'aide... de l'aide, à qui ? Un médecin ? Un médecin pourrait-il encore me venir en aide ? Je savais avec certitude que non. Appellerais-je E. ou son mari ?... Mais ils étaient déjà ailleurs, un ailleurs que j'avais quitté. Mes amis ?... Je n'avais pas d'amis : l'artiste n'a personne car il ne peut rien partager, toute son attention, toute la force de ses sentiments sont entièrement vouées à l'exécution du devoir qu'on lui a assigné. Je ne peux rien faire, il faut que je me tienne tranquille. Peut-être cette situation, cette impuissance, cette paralysie dont aucune force humaine ne peut plus m'extraire, n'est-elle pas si mauvaise que cela ? Maintenant, enfin, je me repose. Est-il possible que ce soit un repos final ? Cela dépend : ai-je une dette envers quelqu'un ou quelque chose ? Tant qu'on a une dette, on vit, on travaille, on agit. Moi, j'ai servi…

Et à présent, soudain, je commençais à observer. J'avais l'impression d'errer dans une obscurité profonde et d'entrevoir enfin une lueur au loin. Comme si j'avais enfin atteint un lieu où je voyais le but, où je pouvais espérer une explication… J'avais servi ? Oui, j'avais fidèlement servi. J'étais arrivé au plus près de la musique, j'avais exécuté d'une main de plus en plus sûre ce produit singulier, sauvage, indomptable, d'imaginations échevelées ; d'année en année, je sentais augmenter ma capacité d'appréhender une œuvre, ma compréhension technique, la sûreté et la profondeur de mon audition ; j'avais également une plus grande conscience de ma frappe sur le piano. J'étais arrivé au bout, pourquoi faire le modeste ? Il existe peu de personnes qui aient saisi et interprété ce qui, en musique, est perceptible et exprimable, avec plus de conscience, de technique et de discipline que moi… pourtant, brusquement, je compris que je m'étais trompé… Des vagues glacées inondèrent mon corps. J'étais allongé sans bouger, je sentais les flots de cette prise de conscience m'envahir, comme un être pétrifié dans un désert glacé qui n'a même plus le désir de bouger... et qui, soudain, comprend et voit tout : à la fois la route qui l'a mené jusque-là et l'intention qui l'a conduit sur cette route. Je n'ai pas été « saisi d'horreur », non : mais j'ai observé, immobile, dans un engourdissement glacé. Je compris que je m'étais trompé précisément au moment où j'avançais avec certitude, en toute conscience. Car je savais tout de la musique, je connaissais toutes les clés, les liaisons... mais le sens de la musique, qui n'est pas de la technique mais une aventure, s'était évanoui de ma vie. Oui, je le comprenais à présent. Quand avait-il disparu ? Je ne connaissais pas la réponse. La répétition, la perfection professionnelle et l'accomplissement des détails m'avaient fait rester en deçà de la musique. Peu d'artistes ont vécu qui ont autant servi la musique, aussi fidèlement que moi, qui lui ai consacré volontairement, de façon désintéressée, toutes mes capacités physiques et mentales ; mais en revanche, ce qui est le contenu divin de la musique, je l'avais perdu. Pendant vingt ans, trente ans, non – je fus frappé d'horreur ! –, quarante ans, tous les jours, quatre heures de travail. Pendant quarante ans, tous les jours, de la « musique », résolument, quarante ans d'exercices quotidiens des doigts, quarante ans à déchiffrer tous les jours quelque chose du véritable contenu d'un mouvement ; et en même temps rester objectif : ne pas se fâcher quand le *forte* résonne, ne pas faire du sentiment quand le *piano* miaule... Quarante ans à sculpter au quotidien la figure spirituelle de la musique, la perfectionner. Et en même temps s'égarer dans les chemins de la perfection. Mais n'est-ce pas le service du détail qui est le plus important ?... L'humanité ne sait pas combien coûte ce service. Ils ont raison, ceux qui évoquent en termes crus l'ingratitude du monde, il a raison, le sage qui remarque que le touriste exalté par le temple de la vierge Athéna se borne à admirer les colonnes doriques du Parthénon, et que seul l'un d'entre eux, parmi des millions d'autres, demandera à ce qu'on lui apporte une échelle, sur laquelle il montera pour examiner les personnages secondaires sur les frises, que Phidias a sculptés avec la même perfection que la statue solennelle de la déesse, à l'imposante et convaincante théâtralité. L'art reste toujours l'art des détails. Bach n'est pas seulement un « tout » qui bouleverse et pénètre jusqu'à la moelle, mais il est aussi dans les plus petits détails, dans l'organisation parfaite des éléments minuscules d'une fugue... J'ai servi le détail. Aurais-je pu faire autrement ? Et le « prodige », qui est toujours comme une apparition de Dieu, entre tonnerre et vapeurs célestes, n'avait pu être une vision et une réalité pour les autres que moi, le médiateur, l'exécutant, j'avais servi les détails et renoncé au prodige lui-même. Les années, les décennies s'étaient écoulées, vouées au perfectionnement... et je n'en étais resté que plus pauvre. Il m'a fallu tout donner aux détails. Car je n'étais pas le seul à jouer du piano, il y avait mes mains, mon torse, dont j'avais dû éduquer la posture de la même façon qu'un maître cavalier éduque son corps à la discipline, à l'immobilité, à la solidarité absolue de ses forces s'il ne veut pas, au moment du grand saut, que son cheval le jette à terre au-dessus du précipice. Les mains, le corps, le mode de vie – durant des années, la culpabilité de me laisser aller à boire un ou deux verres de vin parce que je savais que le lendemain j'allais le payer, j'allais devoir me battre un quart d'heure de plus avec le fauve noir, le piano, pour le dompter ! –, toutes les tentations et les possibilités du monde n'étaient que des attributs du service. Parfois, il m'arrivait de jouer convenablement Bach ou Chopin... Convenablement, vraiment ? La salle applaudissait, les juges s'enthousiasmaient. Mais tout cela n'était qu'un malentendu. Car moi seul je savais ce que je devais encore aux détails, ceux où je n'étais pas assez fort, pas assez attentif, pas assez prêt au sacrifice... oui, moi seul, je savais. Il n'est pas de voie plus désespérée que celle menant à la perfection ; chaque pas s'ouvre sur des horizons nouveaux et infinis : on est saisi d'épouvante à voir ces distances en sachant qu'on n'a pas le droit de reculer, ni de se reposer, sinon on tombe. À présent, j'étais tombé... L'aventure avait disparu à un certain endroit de ce chemin périlleux... parce que la musique n'était plus une aventure pour moi mais une sorte de travail forcé surhumain. N'est-ce pas, toutefois, ce que ressent chaque artiste vers la fin ? Michel-Ange n'a-t-il pas éprouvé la même chose en sculptant sa *Pietà* qui se trouve ici, tout près, à Florence, dans une église ? Il aurait été temps d'ailleurs que je me mette en route pour voir Florence et la *Pietà*.

Mais je ne fis pas un mouvement. Comme si on m'avait abattu. Peut-être quelqu'un allait-il entrouvrir la porte, un groom ou un journaliste... Peut-être m'apporterait-on un verre de citronnade ou un quelconque médicament. Oui, peut-être... J'étais calme, et tout ce que j'ai noté ici coulait et ondoyait dans mon esprit de la même manière que lorsqu'on s'assied au piano et qu'on fait des gammes sans but ; on ne veut pas invoquer des mélodies connues, ce ne sont que les doigts qui montent et descendent sur le clavier. J'étais à présent à Florence... qu'étais-je donc venu y faire ? Il me fallait jouer ce soir dans la salle blanche du Pitti. Voilà ce que je savais de ma situation sur terre. Voilà ce qui se produisit : j'eus l'impression d'être sorti de moi-même et d'observer mon corps fonctionner comme un corps inconnu, qui aurait compris qu'il avait encore une mission à accomplir. Il se mit à vivre sa propre vie – le professeur qui assista au concert le soir, et m'emmena dans la nuit de l'hôtel à l'hôpital, n'en comprit pas davantage que moi qui pourtant observais mon corps – et comme un soldat blessé qui se rend compte, à la dernière minute, qu'il n'a pas le droit de fermer les yeux parce qu'il n'a pas encore exécuté les ordres, je me soulevai de la chaise longue. La discipline qui avait donné le sens le plus profond, peut-être le seul sens réel à la plus grande partie de ma vie, à mes quarante années de travail, fonctionna encore une fois dans mon corps et mon système nerveux, comme un réflexe dans un tissu mort qu'on irradie de rayons électriques. Mon corps se mit en route parce que, ce soir-là, je devais jouer Chopin et Beethoven et mes nerfs activèrent encore une fois toute mes réserves d'énergie. Je m'assis sur la chaise longue et je sonnai. Je demandai au garçon du café brûlant et beaucoup de citrons. Je fouillai dans mon sac de voyage à la recherche d'un sédatif mais aussi d'un excitant que, depuis quelques années, il m'arrivait de prendre le soir quand j'anticipais la grande fatigue des soirées de concert ou de réunion mondaine. De ce produit, je ne savais qu'une seule chose : il stimulait le cortex cérébral. En effet, il me donnait l'impression d'être traversé par un courant électrique. Je bus du café brûlant, un vrai poison, j'avalai le cachet d'excitant, puis le jus de trois citrons additionné de beaucoup de sucre : tout ceci mécaniquement et avec l'habitude d'un médecin qui s'occupe d'un grand malade ; ensuite je demandai un barbier par le téléphone intérieur. La femme de chambre tira silencieusement les rideaux et la pièce s'emplit de la lumière artificielle des lampes tamisées. Florence disparut derrière les persiennes fermées. Le barbier arriva en s'inclinant et, sans un mot, me rasa avec ardeur pendant que la femme de chambre préparait mon bain et sortait mes affaires de mes bagages. Il était sept heures passées. Je pris mon bain et m'habillai, j'endossai un frac et nouai tranquillement mon nœud papillon blanc devant le miroir de la salle de bains ; j'inspectai mon visage dans la lumière aveuglante. Il était blanc, pas seulement pâle mais couleur de craie. Mes doigts ne tremblaient pas, ils accomplissaient volontiers leur travail, ils obéissaient à toutes les petites commandes ; une grande paix m'envahit, parce que je savais que mes doigts, mes fidèles compagnons, allaient encore m'obéir pendant quelques heures : j'allais jouer Beethoven et Chopin car tel était mon devoir. Que se passerait-il après ?... Eh bien, ce serait « autrement ». Mais jusque-là, mon corps et moi allions rester ensemble car il y avait quelque chose de plus fort que le corps, que la maladie, que toute volonté et émotion sur terre, oui, et même – je le crois encore aujourd'hui, stupéfait, et je l'écris humblement – plus fort que le destin et Dieu Lui-même : la discipline de l'artiste, la conscience du créateur, qui ne s'éteint pas tant qu'il n'a pas achevé son œuvre. C'est le seul terrain où l'homme peut se mesurer à Dieu et où il occupe un peu le même rang : quand il crée, à partir de rien, comme Lui. Et tant que ce devoir le fait vivre, ni la maladie ni la mort n'ont de prise sur lui. Combien de temps me restait-il ? Il me fallait jouer une heure et demie ; j'étais un artiste ; donc je devais vivre encore une heure et demie. Ensuite je me livrerais aux forces qui s'étaient emparées de moi tout comme on abandonne le condamné aux bourreaux... Ce ne serait pas si mal de me reposer. Mais tant que ces doigts pouvaient interpréter Chopin, je n'avais pas le droit de me reposer.

Le téléphone intérieur sonna. On m'attendait dans le hall. J'étais encore face au miroir, je contemplais mon visage livide comme si je faisais mes adieux à quelqu'un. Voilà comment j'étais... À présent j'étais malade, pas malade comme tant d'autres fois dans ma vie, où, fatigué, affaibli, j'avais subi les désagréments liés à quelque problème de digestion ou de changement climatique. Non, cette fois, j'étais malade différemment, comme si on m'avait empoisonné. J'avais entendu dire autrefois que cette impression d'empoisonnement était typique des grandes maladies... Avais-je mangé, bu quelque chose qui m'avait fait du mal ? Je ne m'étais rendu compte de rien. Les victimes d'intoxication par un produit organique avarié ou une substance chimique éprouvent ce genre de sensation mais c'est également ainsi que débutent une pneumonie, un cancer, un problème cardiaque, toutes sortes de maux, quand on sent qu'un changement majeur est en train de se produire en nous. Je me souvins des paroles d'un médecin avisé qui m'avait dit ne jamais se sentir aussi inquiet que lorsqu'un malade, dès son entrée dans le cabinet, déclarait d'un ton presque neutre : « Docteur, je n'ai rien mais je ne me sens pas bien. » Quand il est prononcé avec sincérité et d'une voix assurée, ce « je ne me sens pas bien » soulève plus de suspicion chez un bon médecin que des résultats d'examens cliniques et biologiques – en effet, un bon médecin entend, avec une oreille de musicien, si le patient est un malade imaginaire qui geint ou s'il parle du fond de son âme et de son angoisse. Ce sentiment d'empoisonnement profond et élémentaire est une marque du destin. Je me souvins de la soirée où, dans un coin du salon, nous avions longuement discuté de cela avec un célèbre chirurgien, parmi les gens en tenue de soirée ; le fameux chirurgien souriait d'une façon singulière, sa main tapotant la région de son cœur par-dessus sa chemise de smoking. « En fait, avait-il dit calmement, ces temps-ci je ne me sens pas bien non plus. Mais si j'allais voir un confrère, je ne saurais lui préciser ce dont je me plains. Je n'ai rien », ajouta-t-il, et il eut un rire ironique et entendu, « mais je ne me sens pas bien. Buvons une coupe de champagne. » Et il avait tendu la main vers une coupe. Trois mois après, il était mort, emporté par la maladie professionnelle des chirurgiens : une crise cardiaque. Eh oui, on m'a empoisonné, pensai-je. J'étais planté devant le miroir et la voix ironique du professeur résonnait dans ma tête. Mais ça peut encore tenir une heure et demie, me dis-je, et je regardai la silhouette en smoking dans la glace. J'endossai un pardessus, descendis lentement les escaliers et me mis en route pour aller jouer Chopin et Beethoven dans la salle blanche du palais Pitti. Sur la marche inférieure, j'entendais déjà les premières mesures de l'ouverture de « La harpe éolienne ».

Du concert, je me souviens d'un visage de femme et du velours rouge de son chapeau, de sa blondeur, de son nez retroussé et de son teint velouté qui chatoyait sous l'effet du rouge ardent de ce chapeau. C'était un visage charmant. Ce chapeau rouge flottait au milieu de la splendeur blanc et or de la salle, tache de couleur vive comme sur une toile d'un peintre français du début du siècle, sans aucune signification thématique mais conférant une atmosphère joyeuse et une impulsion vitale à un paysage ou à une scène bourgeoise, dont elle secoue l'ennui bien-pensant. Je m'assis au piano, me penchai, le torse droit, au-dessus des touches et, à cet instant, je vis la femme au chapeau rouge. Je ressentis une grande confiance en moi. Le monde était loin, tout était embrumé, flou ; seule la tache rouge émettait de la lumière, comme un phare. Aucun mal ne pouvait m'atteindre, tout pouvait arriver dans ce nouvel espace qu'était devenue ma vie depuis quelques heures : un simple coup d'œil au chapeau rouge et immédiatement, je savais où j'étais !... Des flammes froides et scintillantes illuminèrent la salle. Je sentais la foule dans la lumière, comme tant de fois auparavant, pendant ces quelques instants où un millier de personnes se taisent à la fois. À présent, ils attendaient la musique. À présent, ils comprenaient pourquoi ils avaient acheté des billets, pourquoi ils étaient partis de chez eux, pourquoi ils avaient revêtu des habits sombres. Les poitrines et les cous des femmes luisaient dans la lumière froide ; mille corps unis par un même sortilège – que je connaissais bien, et qui se déversait sur eux de l'intérieur de moi – attendaient sans bouger que se produise quelque chose. Comme si les ondes qui affluaient de mon corps au maintien raide, penché sur les touches du clavier, captivaient l'attention et la volonté de ces mille autres corps, tous se turent, avec empressement. Non, pas tous. Quelque part dans les derniers rangs de l'orchestre, quelqu'un s'agitait, faisait du bruit. Au tout dernier rang, quelqu'un parlait tout doucement puis soupirait. Je ne bougeai point. Je connaissais tout cela aussi bien qu'on connaît tous les mouvements automatiques de son corps. Quand je le veux, ma main ou ma jambe font un mouvement, quand je le veux, mille personnes se taisent presque contre leur gré, presque hallucinées, mille personnes retiennent leur respiration. Il n'existe plus dans cette salle aucun autre pouvoir que celui de la musique, qui empoigne de la même manière le public, qui attend la musique, et moi, qui l'invoque – comme les prêtres et les fidèles au moment de la bénédiction, nous sommes tous sous le charme de forces surnaturelles. Car voilà ce qu'est cet instant : une célébration. Ce n'est pas en vain que les hommes ont revêtu de sombres habits. Ce n'est pas sans raison que dans la salle étincellent l'or, le marbre, le feu des lustres, la splendeur sombre et parfumée des lauriers. Nous nous sommes rassemblés pour une cérémonie – ce n'était pas la première fois que je le ressentais au cours de mon existence, et je savais que l'anticipation de la fête était ce que la vie pouvait donner de meilleur aux hommes et certainement ce qu'elle m'avait donné, à moi. Ces instants, une seconde avant la première note, cette tension fatale de l'attente qui avait envahi chaque terminaison nerveuse dans cette salle, la certitude que cette pression tétanisée et cette attente dans lesquelles mille personnes avaient oublié leurs soucis et le sens de leur propre vie venaient de moi, c'est en effet ce que la vie m'a donné de meilleur. La musique n'avait pas encore retenti, la première note ne s'était pas fait entendre, sortant de ce corps noir au système nerveux comparable à celui des êtres humains, aux cordes métalliques fragiles, de ce fauve mystérieux, le piano – mais la fête était déjà entière. Cette force, née en même temps que le monde, nous élevait, nous, les hommes, du quotidien vers le sacré. Une fusion singulière s'opérait à présent entre mon corps et celui des mille autres personnes : je leur transmettais quelque chose qui faisait circuler le sang plus fougueusement dans leurs veines, d'aucuns pâlissaient, d'autres rougissaient ou inclinaient la tête, des glandes lacrymales s'activaient, des mains tremblaient. Et moi, transporté par ce monstre mythologique sublime, je volais, le piano et moi ne formions plus qu'un seul corps, comme le cavalier et le centaure légendaires – car sans doute seuls les héros et les animaux volants des légendes connaissent cette union magique de deux corps étrangers. Les nuages, le temps, le monde, nous abandonnons tout derrière nous – encore un instant, et la musique allait résoudre tout ce que les paroles et les choses n'expriment qu'avec paresse. Et je savais que ce serait pour la dernière fois.

C'est pour cette raison que je fis durer cet instant suspendu. Il me fallait doser les fractions de secondes si je ne voulais pas que cette tension presque surhumaine qui saisit dans une transe l'auditoire d'une salle de concert avant la première note se relâche. Car ce qui se produisait en ce moment était une merveille – moi, l'artiste, et elle, la foule muette dans la salle, nous lancions dans une entreprise commune. Et si eux ne m'aidaient pas, s'il se trouvait un seul être dans cette pièce que je ne pouvais associer à cette invocation, qui pensait à autre chose, qui retournait dans son esprit quelque devoir ou souci du quotidien, alors moi aussi, là-haut, sur scène, j'avais échoué. Nous faisions la musique ensemble maintenant, mille personnes silencieuses et moi, un autre, sur la scène. Cette tension qui nous reliait les uns aux autres était presque insupportable ; je sentais que si je les faisais encore attendre ne serait-ce qu'une seconde, ils allaient peut-être se révolter, se jeter sur moi et me déchiqueter. Et en cet instant, parfaitement mûr, impossible à différer plus longtemps, j'entendis les premières notes de l'étude de Chopin que mes doigts avaient frappées sur l'ivoire noir et blanc.

C'était l'instant de la résolution. Je le connaissais bien : c'est ce que doit ressentir le pilote quand l'avion se détache du sol et se déplace dans un élément plus tendre que la terre. J'étais à présent dans mon élément, la musique ; je m'étais séparé de cette salle, je m'étais séparé de la terre et de tout ce qui, autour de nous, nous retenait à elle, je n'avais plus qu'à me laisser aller aux forces de la musique pour que tout cela s'envole vers des paysages merveilleux, sur un tapis magique. Des forces calmes et sans passion me soulevaient ; mais déjà mes mains sentaient lentement venir les mouvements du *presto*, de l'*allegro*, de l'*agitato*, déjà j'entendais de loin le grondement profond et mystérieux de l'Étude « Le vent d'hiver[1] ». *Allegro con brio*... J'étais chez moi. Des milliers de notes allaient suivre, chacune à sa place avec une précision effrayante, chacune ayant une valeur et un rythme indépendants qu'on ne pouvait ni ne devait – y compris quand on était à moitié mort – perdre de vue... Ce n'était plus moi qui jouais ; cette force qu'on appelle musique me traversait et jouait avec moi, elle m'utilisait une dernière fois pour s'exprimer

1. *Étude n° 11 en* la *mineur* de Frédéric Chopin.

et me rejetterait ensuite comme un instrument obsolète et abîmé. C'est ce que je ressentais. Est-ce que je jouais « bien » ?... J'étais assis, immobile, dans une posture rigide ; seuls mes doigts étaient vivants. Oui, je crois que je jouais « bien », avec la pratique d'une vie entière, pour la dernière fois, je jouais comme quelqu'un qui meurt et ressuscite, et quitte un territoire pour entrer dans un autre. La salle jouait avec moi maintenant, je sentais la proximité physique du public, des ondes muettes m'atteignaient et me soufflaient que c'était bien... Et la tache rouge au milieu du champ d'or et de blanc, comme elle était banale, aimable et attirante... Une femme blonde au nez retroussé coiffée d'un chapeau rouge, avec les couleurs dont Renoir magnifiait les petites-bourgeoises dodues qui, dans leur apparat bleu ciel et rouge, et malgré leur mauvais goût, occupent une place élégante et glorieuse sur le trône de l'art. C'était la vie, cette aventure sensible et sensuelle, passionnée et ordinaire, à laquelle ne mène aucun chemin du monde, où hurle le souffle brûlant de l'*allegro con fuoco*. Et là, je disais adieu à la fois au chapeau rouge et à la musique.

Au petit matin, le professeur se résigna à me faire une autre piqûre. Je vis son visage soucieux, son combat intérieur muet. Il était à mon chevet depuis minuit ; il avait d'abord injecté dans mon bras quelque substance chimique, pris mon poignet, senti mon pouls, et m'avait assuré que j'allais m'endormir immédiatement ; il était sorti de la pièce et il avait éteint la lumière. Mais je ne m'étais pas endormi. J'étais resté allongé, éveillé dans l'obscurité, et je surveillais la douleur. Comment était-elle, cette douleur ? Je fermai les yeux et je fis connaissance avec elle. Elle ne ressemblait à rien de familier. Elle était nouvelle, surprenante, ne rappelait ni le supplice de la rage de dents ni le déchirement fulgurant de la bronchite. C'était un phénomène violent, défini, sans équivoque, qui ne cessait pas une seule seconde ; ça avait commencé du côté du cœur, c'était lentement descendu vers l'estomac et ça s'était niché quelque part de ce côté-là. Je sentis que la douleur avait trouvé sa place dans mon corps, qu'elle y avait en quelque sorte emménagé. Je la percevais comme si c'était une balle ou un couteau, un corps étranger qui aurait pénétré les tissus et reposerait au tréfonds de ce tendre matériau. Et à présent qu'elle était là, perceptible, comme une blessure ou une tumeur, je me calmai d'un seul coup. Comme si tout ce qui m'avait hanté et obsédé ces vingt-quatre dernières heures venait de prendre subitement forme. Je pensai, alors c'est ça, la douleur. Les mains tranquillement posées au bord du couvre-lit, avec cette immobilité naturelle et respectueuse des malades, j'étais allongé sans bouger, mais d'une façon plus profonde et plus horizontale qu'une personne en bonne santé, un peu comme les morts ou ceux qui ont perdu conscience, ou qu'on a abattus. Un boxeur doit se sentir ainsi lorsqu'il se retrouve allongé sur le ring, le ventre frappé par un crochet de l'adversaire. Je me souvenais vaguement que les crochets dans la région du ventre pouvaient être mortels.

Bizarre, songeai-je, quand ai-je été frappé ?... Dans la salle blanche, il ne s'était rien produit, j'avais même plaqué les derniers accords de la *Sonate Appassionata, allegro ma non troppo,* dont j'entendais le son à présent, dans la nuit, dans le calme profond de cette chambre d'hôpital, mais déjà comme une vibration lointaine, étrangère à mon corps et à mon âme. La tache rouge dans la salle blanche avait émis sa lueur jusqu'au bout. Quelle aimable femme c'était, pas vraiment Renoir, non, plutôt Boucher, un de ces tableaux paysans où les bergères sont représentées ainsi, dodues, blondes, le nez retroussé, à la fois innocentes et perverses. Je m'étais vraisemblablement incliné comme il fallait ; je me souviens que la propriétaire du chapeau rouge avait applaudi comme les autres. J'avais vu ses deux mains blanches, rondes et douces ; ce sont de telles mains qui, sur les tableaux de Boucher, font toutes sortes de choses indécentes avec une solennité grave et pudique. Puis j'étais sorti de la salle. La loge était emplie de la senteur des lauriers. Une demi-heure après, on m'avait amené ici ; c'est le professeur qui m'y avait conduit dans sa propre voiture, ils n'avaient pas appelé d'ambulance. J'étais assis à côté de lui, il conduisait d'une main experte le long des rues sombres, nous bavardions. Je me souviens de m'être excusé auprès de lui de ce dérangement nocturne ; il m'avait courtoisement enjoint de ne pas avoir honte et de me sentir malade selon mon humeur. Comme un hôte qui aurait dit à un invité : « Je vous en prie, faites comme chez vous, soyez donc malade chez nous, *sans façon,* n'est-ce pas ?... » Cette exhortation aimable et bienveillante m'avait tranquillisé et désarmé. Il est vraisemblable que si ç'avait été un mauvais médecin doublé d'un imbécile qui m'avait emmené à ce moment-là à l'hôpital et m'avait assuré d'un air important que je n'avais rien de grave, j'aurais été envahi de colère. Cet homme-là ne m'a pas consolé, ni alors, ni jamais ; il m'a toujours parlé objectivement, de ma maladie et de mon sort, comme tout adulte évoque le destin avec un autre adulte, simplement, en homme. « Je crois que je suis très malade », avais-je dit dans la voiture. Il avait regardé la route plongée dans l'obscurité, hoché la tête et répondu de bonne grâce : « Oui, il me semble. » Il n'avait pas dénigré le malade en moi, ni ne m'avait considéré comme un enfant ou un écervelé, il m'avait préservé mon rang d'homme ; j'en éprouvais de la gratitude envers lui. « Il existe une sorte de médecin insupportable, lui avais-je confié, vous savez, inhumain, vaniteux, qui entre dans la chambre où le malade agonisant a usé ses dernières batteries et a déjà changé de couleur. Et alors, ce médecin, gaîment inquisiteur, lui demande : "Eh bien, comment va notre petit hussard ?..." Vous connaissez ce genre ? » Il avait ri. « Oui, je connais. » Puis nous avions continué à rouler, en silence et à toute vitesse, dans la Florence nocturne. « Je ressens de grandes douleurs », avais-je dit, et l'espace d'un instant, j'avais regardé par la fenêtre et reconnu le bâtiment de la Signoria. « Oui, avait-il acquiescé, je vois. Vous devez souffrir terriblement. » Comme s'il avait dit que mon chapeau était noir, il parlait des faits, sans s'emballer, sans insistance. « Vous savez », avait-il poursuivi amicalement, sans me regarder, et de ses vieilles mains blanches il avait tourné précautionneusement le volant, s'était engagé dans un virage et avait arrêté la voiture devant un grand bâtiment, « j'ai l'habitude de dire qu'il y a deux produits sans lesquels je n'aimerais pas être médecin. » Il avait enlevé la clé de contact ; le voyant vert magique qui témoignait de la vie de la voiture s'était éteint. « La morphine », avais-je hasardé. « Oui, la morphine », avait-il répété cordialement, puis il avait ouvert ma portière, m'avait aidé à sortir, « et le bicarbonate de soude. Dans vingt minutes, les deux vont sûrement agir. » Il m'avait pris par le bras et accompagné à l'ascenseur.

Il revint avec la seringue. Il commençait à faire jour. Il s'arrêta devant mon lit, l'aiguille à la main, et m'observa avec attention. « Ça fait très mal », dit-il en hochant la tête, puis il se pencha légèrement au-dessus de moi, à la façon d'un myope, comme si ce n'était pas moi, une personne, qu'il regardait mais une forme extraordinaire, obtenue en laboratoire, de la douleur. C'est ainsi qu'il m'avait fixé quelques heures auparavant quand nous étions arrivés à l'hôpital. Il ne m'avait pas demandé si j'avais mal, il avait plutôt constaté le degré de ma douleur, un peu comme s'il avait affirmé : « Nom d'un chien, aujourd'hui il fait quarante degrés. C'est vraiment quelque chose. » J'avais dit, sans bouger : « J'ai très mal. Je ne savais pas qu'une telle douleur existait. » Nous étions debout, sous une forte lumière. « Est-ce insupportable ?... » avait-il demandé sérieusement, sur le ton de la conversation. J'avais réfléchi.

« Presque. Je crois que cette douleur est de celles dont on dit qu'elles sont insupportables. Mais je me rends compte qu'on peut la supporter quand même. » Il avait déclaré avec bienveillance : « Je suis heureux de votre sincérité. Non, il n'existe pas de douleur insupportable. Il en est de terribles mais jamais elles ne sont insupportables. Quand elles le sont vraiment, nous ne les sentons plus. » « Quelle est la hiérarchie des douleurs ? » lui avais-je demandé. Le professeur avait haussé les épaules puis il avait confié : « Difficile de répondre à cette question. Il y a les douleurs cardiaques, les attaques coronariennes, les calculs rénaux, les calculs biliaires, toutes sortes de douleurs inflammatoires, l'enfantement… La souffrance physique humaine couvre un vaste champ. Mais je crois que vos douleurs se situent assez haut dans cet ordre », avait-il continué avec courtoisie, comme s'il ne voulait pas minimiser la portée de mes douleurs et souhaitait épargner mon ambition et ma sensibilité.

Vers le matin, il me fit une deuxième piqûre, puis il me prit la main et sans mot dire, sans bouger, il resta assis à mon chevet. Le contact de cette main humaine me fit du bien. La douleur s'apaisa. Dans l'accalmie frémissante qui advint, je me tranquillisai à ce contact. Dans ce monde étranger et au sein de la misère qui s'était abattue sur moi de façon inattendue, elle me signifiait sans aucune sensiblerie que la solidarité et l'entraide fonctionnent même en pleine horreur. La douleur s'était subitement volatilisée, tel un vacarme assourdissant qui s'arrête brutalement, sans transition, pour une raison ou une autre. La paix, tel un voile, descendit lentement sur moi. À travers ce voile, je voyais le vieux visage ridé à la barbe blanche, ce visage d'homme fatigué par la veille mais au regard attentif et objectif qui, maintenant que l'effet de la deuxième piqûre se manifestait, se transformait singulièrement. « Que ressentez-vous à présent ? » J'entendais sa voix, mais de loin, comme s'il chuchotait. « Rien », répondis-je, tout aussi doucement que lui. Il hocha la tête, et apparut sur son visage ce sourire triste que je ne peux oublier : un sourire d'impuissance, comme s'il avouait dans ce hochement de tête que là se trouvait à peu près la limite de son savoir et de sa capacité d'aide et que tout ce qu'un homme pouvait faire pour un autre dans une urgence aussi fatale, c'était cette injection opiacée qui offrait, pour une courte période, la paix dans une âme et un corps torturés. Il se releva, dit quelques mots à voix basse à l'infirmière et sortit de la pièce sans adieu.

C'est ainsi que cela a commencé. Les détails des mois suivants, je ne m'en souviens que vaguement. La maladie, comme toute situation humaine, induit très vite une sorte de règlement autour de ses manifestations. Il est vraisemblable qu'une sorte d'emploi du temps régit la vie d'un condamné à mort dans sa cellule : il aménage le temps qui lui appartient encore ; il écrit une lettre, il mange ; il reçoit des visites et il pense à diverses choses suivant un certain ordre. Les situations humaines extraordinaires se construisent en suivant un déroulement précis. Dans la matinée, je me réveillais de la piqûre et, déjà, le personnel de l'hôpital s'activait et tournait autour de moi, on organisait l'emploi du temps de la maladie. On procédait à ma toilette, on me donnait à manger, on prenait ma température ; puis on faisait le ménage de ma chambre ; quelqu'un chantonnait doucement dans le couloir ; je voyais en face de moi un mur pare-feu sur lequel étincelait le soleil matinal d'automne. La douleur changeait de place par rapport à celle de la nuit. Elle était là, je le remarquais tout de suite, dès mon réveil, avec une curiosité possessive car, d'une façon bizarre, l'être humain s'approprie immédiatement tout ce qu'il considère comme sien, même si c'est une chose terrible. Cette douleur était mienne donc, dès le réveil, nous nous saluions. Était-elle vraiment à sa place ? Oui, précisément, autour de l'estomac. Mais le matin, cela me faisait mal différemment, sur le mode de la journée, et même sur le mode matinal : semblable en cela à l'amour qui n'est pas le même le matin que l'après-midi ou la nuit – sa température, son atmosphère, son intimité sont différentes –, la qualité de la maladie change selon les heures de la journée. La douleur était à présent neutre, comme si elle avait marchandé avec le jour. Le matin, la maladie n'a pas le temps de montrer sa force véritable et toutes ses propriétés. À un moment, c'est le barbier qui arrive, une autre fois, c'est le médecin de garde du matin, le visage reposé, qui apporte des nouvelles de la ville ou du monde : la maladie est contrainte de s'apprivoiser pendant ces heures-là. Je l'observais à présent dans mon corps de la même façon qu'une femme enceinte doit prêter attention à son fœtus, je ne la ressentais pas comme une plaie ou une tumeur, c'était autre chose, ça ressemblait plutôt à l'effet d'un coup ou d'un traumatisme. Elle était telle une créature consciente à l'intérieur d'un corps d'homme. J'avais l'impression que cette créature vivait une vie distincte de la mienne. Elle avait une signification aussi, particulière, monstrueuse, grotesque. Elle avait sûrement une volonté, des caprices, parfois elle était surprenante et inventive, parfois apathique et nonchalante. Toujours sournoise, impitoyable, cruelle, parfois elle jouait avec moi comme un fauve avec sa proie ou un tortionnaire chinois avec le condamné qu'on a confié à sa merci. Parfois l'animal ou le bourreau se fatigue, devient grincheux, bâille, s'ennuie. Parfois, la bête se terre, parce que le malade rassemble toutes ses forces et hurle contre son tortionnaire, lui crie que ça suffit maintenant, qu'il le laisse tranquille. Dans ces moments-là, la bête se tait hypocritement, disparaît quelque part, se terre dans une de ses cachettes. À part ça, elle est curieuse – d'après mon expérience – et le territoire qu'elle a envahi, elle l'explore de fond en comble avec l'astuce et l'agilité précautionneuses et vigilantes d'un monte-en-l'air. Ici, elle tapote puis, un peu plus loin, elle appuie sur une poignée de porte. Elle s'intéresse à la région des yeux, des oreilles, de l'estomac, du cœur. Elle s'aventure inopinément du côté des intestins pour chercher ensuite refuge vers les membres. Après, elle se lasse et ne donne aucun signe pendant un temps. Comme si elle avait dit adieu. Où se cache-t-elle alors ?... Des heures et de longues journées durant, elle ne se manifeste pas. Le corps se méfie mais l'âme revient à elle et imagine qu'un miracle est survenu, qu'elle est sauvée. Elle élabore des projets pour la nuit ou le jour prochain… Ensuite, de façon inattendue, dans le ravissement du premier sommeil, la douleur frappe sa victime à la poitrine, atrocement mais aussi, en même temps, d'une manière horriblement puérile, comme un adolescent imbécile qui joue grossièrement et cruellement avec un camarade désarmé et sans méfiance. En riant, reposée, pimentant son terrible jeu de nouvelles idées, elle commence à brûler, scier, piquer, tourmenter le corps, lequel – après la première alarme de terreur – tend avec obligeance ses membres à son bourreau. Le corps souffre, grille sur son brasier invisible, grince des dents dans son tourment ; mais on est ailleurs, à distance… Comme si on contemplait le tourmenteur imprévisible de loin, parfois presque avec hauteur et sérénité. « Eh bien, que sais-tu encore faire ?… » demande l'âme. Et le bourreau chinois s'acharne et se lance sur les nerfs de l'estomac, il va nous montrer qu'il connaît encore maintes choses, des variations dont le malade n'a même jamais rêvé.

Les premiers jours se déroulèrent dans une sensation physique d'un degré supérieur, comme au début d'un mariage. La douleur et le corps se découvrent, ne peuvent se rassasier l'une de l'autre, ils retombent sans cesse l'une sur l'autre – c'est ainsi au début. Pendant cette période, durant quatre jours, nuit et jour, était souvent apparu, à côté de mon lit, l'un des pèlerins en blouse blanche, qui m'administrait sans mot dire une piqûre et m'offrait, en même temps que sa compassion silencieuse et sa pitié triste, une sorte d'oubli transitoire. Quelle substance me donnaient-ils ? De la morphine ? Du Pantopon ? De la Dolantine[1] ? Ils ne me disaient jamais rien. J'acceptais ces cadeaux miséricordieux sans poser de questions, presque avec indifférence, comme un assoiffé reçoit les quelques gorgées d'eau qui vont apaiser un instant son supplice. La seule chose que je comprenais était que je devais vraiment souffrir beaucoup pour que nuit et jour, sans que je le demande, on entre dans ma chambre avec la petite seringue, comme si cela allait de soi. Le corps observait : il lui arrivait parfois de questionner, il faisait la différence et des comparaisons. L'effet de la piqûre n'était pas toujours le même : la douleur parfois brasillait obstinément sous un picotement à peine perceptible et me transperçait comme la braise d'un cigare brûle le papier de soie. Parfois l'effet était profond et puissant, particulièrement la nuit, vers deux heures, après la torpeur du soir : le produit ne m'endormait pas mais me permettait de passer le temps d'une façon supportable comme si on avait dit au bourreau chinois : « Ça suffit pour cette nuit. Moins fort... »

Au matin du quatrième jour, le professeur entra dans la chambre et s'arrêta au pied du lit. Son assistant, que je connaissais déjà, plus âgé que les autres internes, à la constitution massive, au front bas, clignant des yeux sans arrêt, qui se mettait parfois à rire sans raison et qui ensuite, dans sa gêne, se mordait la lèvre inférieure, se planta à côté de lui. Il y

1. *Pantopon, Dolantine* : produits opiacés.

avait aussi dans la chambre une infirmière, une de ces créatures impersonnelles déguisées en noir et blanc qui apparaissaient silencieusement à toutes les heures du jour et de la nuit. C'était le moment de la visite officielle. La voix du professeur résonna différemment, concernée, polie.

« Vous avez bien dormi ? » demanda-t-il, un peu comme un juge.

— Oui, répondis-je, désorienté, naïvement. La piqûre de cette nuit était bonne. »

Le professeur sourit.

Il s'assit à côté du lit, prit mon pouls et dit gravement :

« Cette piqûre, vous l'avez reçue cette nuit pour la dernière fois », il se tourna vers l'interne et lui ordonna sur un ton militaire : « Cette nuit, on va lui donner autre chose. Et encore, seulement s'il réclame. »

Ils n'ajoutèrent rien d'autre. Je compris que c'était eux qui me commandaient et que je n'étais plus le maître de mon destin et de ma volonté. L'interne mordait sa lèvre inférieure enflée et me regardait d'un air ennuyé comme s'il avait déjà entendu cela et savait ce qui se passerait cette nuit, et la nuit prochaine, et les autres nuits... et qu'il était excédé à l'avance par les discussions et les explications à fournir. Je compris que ce que venait de dire le médecin était important, qu'il venait de trancher une question essentielle.

« Mais pourquoi ?... demandai-je. Cette piqûre me faisait tellement de bien !... C'est la première fois depuis quatre jours que j'ai dormi. J'ai senti la douleur mais de loin, comme on entend des voix provenant d'une pièce voisine. »

Le docteur hocha à nouveau la tête, tel un professeur félicitant un élève qui a bien répondu :

« Justement pour cette raison, dit-il.

— Vous ne voulez pas que la douleur s'en aille ? lui demandai-je avec agressivité.

— Je veux que vous guérissiez. Pour cela, il faut du temps. Je ne peux pas vous guérir au prix d'une accoutumance aux stupéfiants. »

Nous nous regardâmes attentivement, comme deux lutteurs avant le combat.

« Maestro, dit-il gentiment, poliment, aujourd'hui vous vous sentez mieux. Vos douleurs sont moins insupportables. N'est-ce pas ?...

— Je me suis habitué », répondis-je prudemment.

Je sentais que je devais me défendre : cet homme m'attaquait, il voulait m'acculer. Il voulait m'enlever le poison dangereux, le stupéfiant qui supprimait mes douleurs. Il me fallait être prudent, je ne pouvais pas leur permettre de me refuser ce cadeau qui me procurait un bien-être temporaire. Comme chaque grand malade, je savais qu'à partir de cet instant il me faudrait lutter de manière rusée et subtile pour obtenir tout ce qui adoucirait mes souffrances. Je savais également que je ne présentais plus l'intérêt d'un nouveau patient ; au bout de quatre jours, on m'avait trouvé une place parmi les personnes soignées dans cette grande institution. Ils en avaient un peu assez de moi, d'autres malades étaient arrivés, qui souffraient plus fort et de façon plus intéressante que moi. À mon tour d'attaquer :

« Qu'est-ce que j'ai ?... » m'enquis-je en m'asseyant dans mon lit.

Le professeur me regarda avec attention, comme si j'avais été un objet. Comme s'il n'avait pas entendu ma question. Avec attention, certes, mais en même temps avec une sorte d'absence. Il se leva, alla vers la fenêtre, contempla le mur pare-feu – ce mur de mortier gris, tout ce qui me restait des monuments de Florence. Il haussa légèrement les épaules, comme s'il discutait silencieusement avec quelqu'un. Il se retourna, enleva ses lunettes et, tenant celles-ci à la main, il me dit calmement :

« Je crois qu'il est plus judicieux de vous parler sincèrement. Votre mal n'est pas ordinaire. Mais vous allez en guérir un jour. Il faut vous préparer à... »

Il se tut. On aurait dit que tous les trois, l'interne, l'infirmière et moi, le malade, retenions notre respiration.

« Je vais rester paralysé ? demandai-je.

— Je ne crois pas, dit-il simplement, aimablement. Il faut vous préparer à rester longtemps chez nous. Vos douleurs vont cesser. Nous ne possédons pas de remède contre cette maladie mais nous avons beaucoup de substances qui soulagent. Vous allez en prendre toutes sortes, continua-t-il, un peu nerveusement. Beaucoup de vitamines. Plus tard, peut-être des rayons. Il ne faut pas s'effrayer durant le déroulement de la maladie. C'est un jeu de patience. Il ne faut avoir peur de rien », dit-il, et il opina de la tête par trois fois, comme pour bien certifier que lui non plus n'avait pas peur.

« Qu'est-ce que j'ai ? demandai-je en élevant la voix.

— Que ferez-vous d'un terme latin ? répondit-il doucement, patiemment. Ce mal n'est pas fréquent. Il est causé par une infection, une sorte de virus. Nous n'en connaissons pas la cause. Des nourrissons peuvent aussi bien l'attraper que des vieillards. Je ne crois pas me tromper, poursuivit-il, toutefois sans assurance.

— Vous avez vu beaucoup de malades comme moi ?

— Oh oui, j'en ai vu », dit-il avec embarras. Puis, en fixant un point au-dessus de ma tête, à la manière de quelqu'un qu'on harcèle de questions inconfortables et qui ne sait pas mentir, il continua, un peu gêné : « Je suis spécialisé en médecine interne. Un neurologue va vous examiner. On a téléphoné de Rome. X. – il prononça un nom – va venir de Naples. C'est quelqu'un de formidable. C'est le ministère qui en a décidé ainsi. »

Il avait dit cela sur un ton d'excuse, avec une intonation complice, me donnant à entendre que ni le ministère ni même X. ne pouvaient faire grand-chose mais qu'il fallait supporter tout cela. Nous nous regardâmes comme des joueurs de cartes au moment décisif du jeu.

« Tout de même, continuai-je obstinément, quel est mon mal ?

— Le mot que je pourrais vous donner n'est qu'un mot, rien de plus. Vous m'avez demandé si j'avais déjà vu beaucoup de cas comme le vôtre », poursuivit-il, avec l'entêtement masochiste d'un maniaque de la vérité incapable de ne pas répondre sincèrement à une question. « Eh bien, pas beaucoup. En tout, peut-être vingt. Ou quinze. En trente ans... » Et il eut un sourire d'enfant, triste, un peu honteux.

« Et ils ont guéri ? » demandai-je.

Il acquiesça gravement.

« Beaucoup ont guéri.

— Complètement ?... »

Nous nous regardâmes dans les yeux cette fois. Il soutint mon regard un certain temps puis détourna la tête.

« Maestro, je sais que c'est un moment très dur. Cela fait quatre jours que nous vous avons amené ici. Au cas où vous ne vous en seriez pas rendu compte, vous avez passé ces quatre jours dans une sorte de coma. Mais nous avons dépassé le stade violent du début. Cette maladie commence parfois ainsi, de cette façon dramatique, au niveau du cœur ou des nerfs gastriques, avec de grandes douleurs. Vous m'écoutez ?

— Oui », m'empressai-je de répondre.

En cet instant, je ressentis un grand calme. Je me plongeai dans le regard bleu clair, pur et enfantin du professeur et je sus que cette fois il allait me dire la vérité.

« C'est le moment où la maladie attaque les nerfs sensitifs. C'est la première crise. Elle est en train de passer... Ce qui suit peut encore être douloureux mais vous pourrez le supporter avec de petits remèdes. Je vous recommande de prendre du banal Pyramidon[1]. C'est un excellent médicament. Je commence à y croire dur comme fer. Mais je vous

---

1. *Pyramidon :* analgésique.

dis cela comme ça. Il y a tant de médicaments... » Il sourit ironiquement, fit un signe de la main. « Dans quelques mois, vous serez vous-même le meilleur médecin de vos douleurs. Vous saurez avec une précision hallucinante quoi demander, et quand...

— Dans quelques mois ?... »

J'entendis ma voix : on eût dit le cri terrifié d'un être au bord d'un précipice. Il me regarda calmement. Il parla à nouveau comme un juge qui émet un verdict, sans colère, presque indifférent, parce qu'il ne peut pas faire autrement :

« Un mois, trois mois... Je vous l'ai dit, cette maladie va être un jeu de patience. »

Il se mit à marcher dans la pièce, les mains croisées dans le dos. Il s'arrêta en face du lit et me regarda dans les yeux :

« Ne vous effrayez de rien. Je vous ai promis que vous alliez guérir. Il est rare que je fasse ce genre de promesse. Mais nous aurons besoin de beaucoup de temps et de patience, tous les deux. Ayez confiance en la vitamine B. Vous allez en recevoir des doses massives, par intraveineuse », en fait, il s'adressait déjà à l'interne mais il ne le regardait pas. « Ayez confiance dans les transfusions de votre propre sang. Ayez confiance dans les piqûres, en général... », poursuivit-il, sans insistance, gentiment, avec amitié.

Je posai encore la même question :

« Quelques mois ?... »

Ma voix était comme le couinement d'un condamné implorant la pitié à la lecture de sa sentence. Je ne la reconnus pas. Il acquiesça poliment :

« Naturellement, je ne peux vous donner une durée précise. Le collègue de Naples en saura certainement plus long sur cette maladie. Mais en ce qui concerne les cas que j'ai connus..., le mal ne les a pas lâchés avant quelques mois. Cela dit, je vous répète que les douleurs les plus vives vont s'apaiser. Ce qui viendra par la suite... il ne faut pas en avoir peur. »

Et comme s'il craignait d'en avoir dit plus qu'il n'était permis, d'avoir outrepassé sa responsabilité médicale, il reprit d'un ton presque menaçant, en élevant la voix :

« N'ayez pas peur !... Je vous le répète. Regardez-moi ! Je ne mens jamais à mes patients, jamais ! Parfois il arrive que je ne dise rien... mais je ne leur mens jamais. Il se peut que vous ayez passé le pire. Vous comprenez ?... »

Il s'exprimait avec colère à présent et je sentis à nouveau dans son regard la même impuissance que la nuit où il m'avait injecté le puissant produit. La tristesse de l'impuissance.

Nous nous fixâmes. Je comprenais chacune de ses paroles, car à cet instant, nous ne parlions pas qu'avec des mots. Je compris que cette visite matinale n'était pas une banale formalité : on allait procéder à la lecture du verdict. Cet homme m'observait depuis quatre jours comme un juge examine un accusé ; il croyait tout connaître de moi et de mon affaire. Il était venu pour me faire part de la sentence et m'inviter à purger ma peine. Parce que maintenant, je savais que cette maladie était une punition. Peut-être toute maladie est-elle une punition... je ne sais pas vraiment, peut-être y a-t-il aussi des accidents. Mais maintenant, c'était moi qu'on punissait, pour quoi ? Quelle erreur avais-je commise, quel mal avais-je fait ? Je soupçonnais tout ceci d'avoir un vague lien avec la musique, avec E., mon mode de vie, ma façon de travailler, qui j'étais et tout ce que je représentais... et d'être une sorte de châtiment compliqué que j'avais appelé sur moi parce que je ne vivais pas, ne travaillais pas et n'aimais pas comme il l'aurait fallu. Mais comment « aurait-il fallu », pour l'amour du ciel ?... Personne ne m'avait jamais rien dit. Personne ne m'avait jamais aidé ! Où, en quoi, avais-je fauté et pourquoi cette punition ? Nous nous toisâmes et sans que nous ayons échangé une seule parole, je fus persuadé que cet homme connaissait mes pensées et savait ce qui me torturait à présent. Il avait déjà entendu cette question que personne n'exprimait jamais. Il me regardait patiemment. Et comme si je le voyais pour la première fois, je l'observais en détail. Jusqu'ici, je n'avais pas eu le loisir de m'occuper de sa personne : celui qui se noie n'a pas le temps de prêter attention à l'aspect de son sauveur. Mais le professeur avait raison, je n'étais plus entraîné par le maelström, il était temps d'ouvrir les yeux et de reporter mon attention sur le monde... À présent il ne s'agissait plus que de nager jusqu'au rivage et de m'accrocher à ceux qui m'aidaient.

Il devait avoir environ mon âge. Il avait les cheveux entièrement gris, sa barbe était blanche et il commençait à devenir discrètement chauve, un peu honteusement, comme ceux qui ramènent quelques mèches d'un gris jaunâtre en travers du sommet de leur crâne dans l'espoir de faire illusion. Il était grand, avec les épaules en avant comme un rachitique, son corps massif était voûté. Il était un peu gauche, ne sachant quoi faire de ce grand corps et ayant un peu honte aussi de sa maladresse et de son imperfection. Il possédait de grandes mains osseuses en forme de pelles, très blanches, maladivement blanches, ainsi que des pieds d'une taille démesurée, dans des chaussures élastiques, le genre de souliers qui ressemblent à des bateaux. C'est ainsi qu'il se tenait devant mon lit, avec ses épaules tombantes et ses membres informes, mal tourné mais pourtant imposant, perdu dans une impuissance à la fois mélancolique et ridicule, conscient des dimensions inhabituelles de son anatomie mais sans aucun besoin de se préoccuper de cette anormalité ; il semblait las de ce corps et n'avait aucune intention de perdre du temps pour lui trouver une place dans le monde. Il arborait une barbe blanche pointue et matoise, le genre de barbe paillarde et allègre que portent les héros d'âge canonique du *Décaméron* qui lisent les humanistes en souriant dans leur coin et qui, le soir venu, pendant les vêpres, courent après les jeunes filles. Sa bouche était charnue, gonflée de sang et rougeoyait au milieu des poils blancs de son visage ; sa moustache, tombante et jaunie par le tabac, se confondait avec les entrelacs clairsemés de sa barbe. Ses yeux brillaient d'une lueur bleue et froide, comme une veilleuse nocturne dans une salle d'hôpital, fraîche et indifférente au-dessus des misères humaines.

C'étaient ces yeux que je scrutais. Je voyais cet homme pour la première fois. Jusque-là j'avais su qu'il était là, quelque part à proximité, l'un des acteurs de cette révolution dans ma vie. À présent, en ce premier instant plus calme, je le regardais comme, pendant la guerre, après une attaque, on regarde son ennemi ou son camarade, l'homme avec lequel on est associé à la vie et à la mort dans une situation fatale. Que savais-je de lui ? Il était médecin, il aimait la musique, il dirigeait un grand hôpital... Tout cela ne comptait pas en ce moment. Pouvait-il m'aider ? Voilà ce que lui demandait mon regard. Il le soutenait, froidement, gravement. Il ne me rassurait pas mais il ne se dérobait pas non plus. Tout allait découler de cet échange de nos yeux. Car ce qu'il avait affirmé et répéterait encore, « vous allez guérir, je n'ai pas l'habitude de mentir à mes patients », n'était que des mots, même s'il disait la vérité. À cet instant, je compris que tout ce qu'il pouvait entreprendre dans mon intérêt – les piqûres, les rayons, les soins et les médicaments – serait inutile et insignifiant si, à ce moment précis, nous n'établissions pas, lui, le médecin, et moi, le malade, un lien et un contrat particuliers, où je devais accepter le fait qu'il était mon médecin et que pour cette raison même, il pouvait me guérir. Nous savions tous les deux, sans mot dire, que tout dépendait de cela et que les paroles, les médicaments et les soins venaient seulement en plus.

Nous nous dévisagions toujours. Et je sus alors que cet homme sage, ce praticien expérimenté, n'était pas mon médecin et ne pouvait pas me guérir.

C'est pourquoi nous nous mîmes à bavarder :

« Vous craignez les stupéfiants pour moi ?... demandai-je sur le ton de la conversation.

— Je les crains pour tout le monde », s'empressa-t-il de répondre avec bienveillance, presque libéré, comme si ce silence et cette observation avaient été pénibles pour lui aussi, comme s'il savait qu'il avait échoué, qu'en vérité il ne pouvait rien pour moi, que d'autres forces étaient à l'œuvre et se battaient contre et pour moi ; il était soulagé que nous ayons dépassé ce moment douloureux où le médecin ne peut plus tricher avec son patient et où il peut parler d'autre chose. « C'est mon devoir d'avoir peur pour tous ceux qui reçoivent ce type d'opiacé pour un temps assez long... Vous n'avez peut-être pas une nature addictive mais je n'en sais rien. Nous connaissons des malades qui, après une seule piqûre, deviennent irrémédiablement morphinomanes ou dolantinomanes. D'autres qui ne supportent pas ces produits. D'autres encore qui, à la fin de leur maladie, rejettent la morphine... J'espère, maestro, que vous faites partie de ces derniers. Mais en tout cas, nous allons faire attention. Et naturellement je ne vous laisserai pas souffrir. On vous donnera du Pantopon, vous le supporterez peut-être mieux. Ou de la Stéralgine, dit-il gravement, comme s'il parlait avec un spécialiste. Ayez confiance en moi.

— J'ai confiance en vous. »

Il se leva, s'inclina. Nous savions tous les deux qu'à partir de maintenant il allait me soigner au mieux de ses connaissances mais qu'en réalité il ne pouvait rien pour moi. C'était à moi qu'il incombait dorénavant de guérir ou de disparaître, selon mon destin.

Comme au théâtre, dans une scène dramatique où l'un des héros quitte la scène et où seuls restent des personnages de second rang qui font passer le temps avec des intermèdes nécessaires, après le départ du professeur, l'interne et l'infirmière respirèrent plus librement. Comme s'ils étaient passés d'un *garde-à-vous* à un *repos*. L'infirmière tenait un plateau à l'horizontale entre ses deux mains tendues, immobile, dans le même genre de posture que les prêtresses sur les médailles grecques qui, en marche vers l'autel des sacrifices, présentaient les plats contenant les accessoires nécessaires. L'éther, l'alcool, les remèdes et les instruments étaient rangés sur le plateau émaillé dans toute la splendeur scintillante et froide du métal et du verre. L'interne s'agenouilla sans dire un mot devant mon lit, s'installa confortablement, prit mon bras dans sa main comme s'il s'agissait d'un objet et commença à tapoter l'endroit où se trouvait la veine.

« Mauvaises veines », remarqua-t-il d'un ton méprisant, tel un commerçant qui dénigre une marchandise d'occasion.

D'un mouvement de tête, il signifia à l'infirmière de lui passer la seringue. Je connaissais déjà bien chaque geste de ce rituel muet. De deux doigts, il frotta les vaisseaux du pli du coude, posa un garrot en caoutchouc rouge plus haut sur le bras, méticuleusement, en fronçant les sourcils, attendit un instant puis, quand une veine bleu pâle se gonfla, il arracha le caoutchouc et, avec une habileté de prestidigitateur, enfonça l'aiguille. L'odeur aigre-douce de la vitamine B envahit la pièce.

J'observais son travail avec la curiosité et la patience d'un néophyte. Les secondes passaient lentement, le courant rapide du torrent circulatoire assimilait le produit ; pendant ce temps-là, nous conversâmes.

« Combien m'en donnez-vous ? demandai-je.

— Dix centimètres cubes.

— C'est beaucoup ?

— Pas mal », et il hocha la tête.

« Est-ce que cela en vaut la peine ? » dis-je, soupçonneux.

De sa position agenouillée, surveillant scrupuleusement à travers ses lunettes aux verres épais le cheminement de la substance injectée et prêt à aspirer avec la même aiguille le sang de ma veine, « mon propre sang » qu'il me réinjecterait ensuite immédiatement, il leva les yeux un instant et haussa les épaules.

« Pourquoi me posez-vous une telle question ? remarqua-t-il gravement. Je ne suis que médecin. L'expérience et la loi du plus grand nombre nous ont appris que les vitamines guérissent quand elles sont prises en très grande quantité. Mais pour en être sûr en ce qui vous concerne, il vous faudrait exister en deux exemplaires : l'un des deux recevrait de la vitamine et l'autre pas. Il est possible que celui qui n'en aurait pas eu guérisse de la même façon.

« Coton », demanda-t-il à l'infirmière par-dessus son épaule.

Il nettoya la goutte de sang qui avait surgi à l'endroit de la piqûre et il souleva mon bras.

« Vous ne croyez pas exagérément dans les médicaments, dis-je sur le ton de la conversation.

— Vous aimeriez savoir si vous allez guérir ou pas », répondit-il, et il se leva, essuyant de la paume la poussière sur ses genoux. « Il est indéniable que vous en avez le droit. Vous me soumettriez volontiers à un feu croisé de questions, moi, votre médecin, comme si j'étais complice d'un délit. Je sais cela et je m'en défends comme je peux. Par exemple, je ne réponds pas quand un patient se tourne vers moi avec de pareilles questions.

— Vous êtes italien ? demandai-je.

— Non, dit-il calmement. Je suis de Prague.

— Ah oui, Prague, fis-je poliment. Vous êtes allemand ? Ou tchèque ?

— Je suis autrichien, dit-il, toujours aussi calme.

— Ah oui. » Nous nous tûmes. Il était debout, lourd, et me contemplait en clignant des yeux, avec résignation, ayant l'habitude de ces questions et considérant de son devoir de médecin de répondre aux sollicitations impatientes et dénuées de sens des malades.

« Cela fait longtemps que vous avez quitté Prague ? » lui demandai-je, gêné, parce que à présent il fallait que je dise quelque chose.

« Pas très longtemps. Quand j'y ai été contraint. Jadis, j'avais un sanatorium dans les environs de Prague. »

Pas de récrimination, ni de plainte, ni de dénonciation dans sa voix. Je n'y entendis pas non plus vibrer le moindre parti pris. Il parlait objectivement : il donnait une information sur un revirement de fortune. Il souriait aimablement. Et comme s'il savait ce qui allait suivre :

« Souhaitez-vous encore quelque chose, maestro ? » me demanda-t-il poliment, s'apprêtant à sortir.

« Non, répondis-je. Si vous avez à faire…

— J'ai toujours à faire », dit-il tout en avançant une chaise près de mon lit pour s'asseoir. « Par exemple, vous rassurer. C'est au moins aussi important que les piqûres et les rayons. Je vois bien que vous êtes inquiet », dit-il en me fixant de ses yeux brillants d'attention.

Je haussai les épaules.

« Le professeur a dit des choses. Mais il en a également tu.

— Parce qu'il est médecin, rétorqua-t-il d'un ton sévère. Que peut-il faire ?… C'est un homme remarquable. Mais il n'est que médecin. »

Je souris.

« Et ce n'est pas assez ? »

Il secoua la tête comme s'il discutait avec quelqu'un d'invisible. Il se roula une cigarette. Ses doigts vivaient une vie indépendante, avec une conscience et une habileté merveilleuses. Chacun de ses mouvements était discipliné comme les doigts d'un musicien.

« Non, dit-il gravement. Il ne sait que soigner. Guérir, seul Dieu le peut. »

À présent je me sentais vraiment inquiet. Il maîtrise parfaitement l'art de faire des piqûres mais il est fou, pensai-je. Je suis entre les mains d'un fou. J'essayai de répondre poliment :

« Vous voulez dire, c'est la nature qui guérit.

— Non, répliqua-t-il vivement. Je veux dire exactement ce que je dis. Dieu guérit, personnellement. La nature n'est que matière et instrument entre les mains de Dieu. Celui qui n'a pas trouvé son chemin vers Dieu ne peut pas guérir. Il ne peut que soigner, impeccablement. On vous soignera, n'ayez crainte. J'aimerais que vous guérissiez, maestro. Vous pouvez encore tant donner aux hommes... et ce n'est pas négligeable aujourd'hui où ils font tout ce qu'ils peuvent pour détruire ce qui a un sens dans la vie. N'ayez pas peur. » Il répéta les paroles du professeur et me regarda amicalement, en jouant avec sa cigarette.

« Ça, le professeur l'a dit aussi. De quoi ne faut-il pas que j'aie peur ?

— Le médecin qui sait guérir », confia-t-il doucement, un peu penché en avant, comme un adulte s'adresse à un adolescent ou un savant qui ne tient pas à étaler son savoir parle à un profane, « le vrai médecin est très rare. À toutes les époques, il a été rare. Hippocrate était un vrai médecin, Paracelse également. À Prague, j'en connaissais un. Il n'était pas célèbre, c'était un simple médecin généraliste. Mais il savait quelque chose que parfois même les plus fameux d'entre nous ne savent pas. Un bon médecin, en réalité, est un chaman », conclut-il sans insister, et il sourit gentiment, avec les mots les plus simples, voulant sans doute me faire part, à moi qui étais novice en la matière, de ce secret surprenant dont je ne comprenais pas l'importance.

J'essayai de répondre de façon neutre, comme si nous partagions la même opinion et qu'il n'avait fait qu'exprimer ce que je croyais et pensais de la médecine.

« Oui, dis-je. Et vous, vous êtes chaman aussi ? »

Il pencha la tête de côté et me fixa d'un air choqué :

« Le problème est là », dit-il vivement, sur le ton curieux et naïf d'un enfant. « Je ne peux pas savoir si j'en suis un. Je crois savoir qu'un chaman est un émissaire, un intermédiaire entre Dieu et les hommes. La maladie n'est rien d'autre qu'une perturbation de l'ordre du monde. Dieu abandonne l'homme, il se retire de l'homme… et c'est alors que s'ensuit la maladie. Bien entendu, on n'en parle pas dans les livres de cours », ajouta-t-il, et il eut un sourire tordu de sa bouche édentée. « Dans les livres, on ne mentionne que le foie et la rate. Et le cœur. Et c'est normal parce que des médecins, il n'y en a pas beaucoup, alors que les malades sont légion, et c'est pourquoi, au temps des guerres persiques, Hippocrate avait autorisé ses collègues qui étaient chamans, c'est-à-dire prêtres, à initier des étrangers aux mystères de la médecine. Car dans les grandes civilisations, seuls les prêtres pouvaient guérir… Je veux parler des cultures vivant en harmonie avec Dieu, tels les Chaldéens, les Grecs, puis plus tard les chrétiens. Le médecin de Prague était chaman : il ramenait le malade à Dieu. Je vois bien que vous ne comprenez pas. Naturellement, ce médecin prescrivait aussi des laxatifs et sollicitait parfois un chirurgien. Mais ce ne sont que des conséquences et des instruments, comme les rayons X et l'analyse des cellules sanguines. Le vrai médecin guérit, même sans adjuvants.

— En un mot, vous n'êtes pas chaman ? » répétai-je avec une certaine cruauté.

Il sourit tristement, secoua la tête :

« Non, je ne suis plus chaman. » Il désigna du doigt ses oreilles. « Je n'entends plus cette voix... Vous comprenez ? »

Je répondis par une question, empli de jouissance par ma propre cruauté :

« Mais vous l'avez entendue à un certain moment ?

— À un moment, oui », fut sa réponse distraite, exprimée avec un mouvement d'humeur et comme en passant. « Ne parlons pas de moi. Je vois que vous avez peur. Le professeur ne vous a pas rassuré. C'est compréhensible, cependant c'est un homme formidable, il sait tout ce qu'on doit savoir sur la maladie tout en étant conscient aussi qu'il ignore bien des choses. Mais ça ne suffit pas. Il faut donner quelque chose au malade... et pas seulement des médicaments. Voyez, pendant la Grande Guerre, il y avait à Francfort un Juif. C'était mon patient. Peu importe son nom. Il était juif, il avait combattu pendant la guerre, il était écrivain mais pas un écrivain qui écrivait des livres dont ensuite on lisait les critiques et dont on faisait la publicité dans les journaux... Il était écrivain autrement. Il s'intéressait au judaïsme, à Dieu et puis aussi au caractère germanique. Peu de gens le connaissaient. Il aurait aimé faire coïncider sa propre judéité et son caractère allemand… ce fut la cause de tout. Il ne lui était jamais rien arrivé de mal pendant la guerre. Mais après l'armistice, à Francfort où, avec l'aide des Rothschild, il avait créé une sorte d'école laïque juive, un jour il est tombé malade. On a d'abord cru qu'il était atteint de la paralysie de Landry… c'est une variété de paralysie. Ne vous en faites pas, votre maladie est d'une autre nature. Tout comme celle de mon patient d'alors… car de la paralysie de Landry, on meurt en quelques jours. Mais cet homme-là a survécu huit ans. Vous voulez savoir comment il a vécu ?… Je vais vous le dire. Il est de mon devoir d'en parler. Il est resté pendant huit années immobile sur son lit, ses réflexes ont disparu les uns après les autres, la paralysie a gagné les mains, les jambes, puis la capacité de parole, la déglutition, les organes digestifs. On le nourrissait artificiellement, on vidait de son corps paralysé les aliments digérés artificiellement, il ne parlait plus, il ne pouvait soulever ses mains. Quel était son mal ?… Je pourrais moi aussi répondre comme l'a fait le professeur plus tôt, qu'importe le mot ? Sclérose latérale amyotrophique… mais en disant cela, je n'ai rien dit. Il n'existe pas de traitement connu. Le malade ne sent aucune douleur, n'éprouve aucun sentiment de peur. Il est simplement impotent, il se transforme en mort vivant au cours des années. C'est ce qui s'est produit avec mon patient. Seuls ses yeux étaient vivants et il arrivait à bouger quelque peu le petit doigt de sa main gauche. Le processus de la paralysie est lent et progressif. Lorsqu'il a senti qu'il était perdu, mon patient a confié à un artisan le soin de réaliser une machine à écrire avec un clavier aux lettres plus grandes que les ordinaires. La machine fut construite et l'écrivain a recommencé à travailler. Sa façon de procéder était la suivante : il fixait une lettre sur le clavier jusqu'à ce que sa femme tape la bonne touche. C'est ainsi qu'il a écrit des critiques pour la rubrique radio d'un journal allemand à propos des pièces musicales les plus sérieuses, qu'il a traduit des vers de poètes américains en allemand, répondu à toutes les lettres qu'on lui écrivait et, avec l'aide d'un collègue, traduit de l'hébreu en allemand l'Ancien Testament. Il a vécu huit ans ainsi. Il ne se plaignait jamais. Il était toujours de bonne humeur. Les Rothschild de Francfort, quand ils éprouvaient le besoin de passer une bonne demi-heure, faisaient un saut à l'appartement où il était alité et toujours ils recevaient quelque chose : de la gaîté et de la confiance... Et cet homme qui était incapable de bouger, d'avaler, de parler, qui ne vivait et ne donnait de signaux qu'à travers ses yeux, a transmis des messages à des centaines de gens, en dictant avec ses yeux des lettres où il offrait des conseils, des encouragements et des consolations. La veille de sa mort, il écrivait à un de ses amis qu'il lui semblait que l'homme avait plus de capacité à souffrir qu'à être heureux... Ce fut sa seule plainte. Au bout de huit années de maladie ininterrompue, de paralysie totale et de travail acharné, il est mort parce que son corps a lâché. »

Il se tut et, la tête penchée de côté comme souvent les myopes, il me regarda avec curiosité derrière ses lunettes, tel un enfant précoce qui a éveillé l'intérêt d'un adulte par une farce inattendue et qui guette sa réaction.

« Vous pensez que c'est ce qui m'attend... Cette impuissance de huit années ? »

Il s'esclaffa, secoua la tête :

« Je pense seulement que l'homme est infini, répondit-il cordialement. Plus infini que la maladie et que tout ce qui lui arrive. Mais il n'est pas aussi infini que Dieu, Celui qui l'a abandonné. »

Puis il se dirigea vers la porte. Il se retourna sur le seuil pour s'adresser à l'infirmière :

« Le patient va se reposer, sœur Dolorissa. Et on doit lui donner une piqûre ce soir, ne l'oubliez pas. »

Il sortit de la chambre. L'infirmière, grande, corpulente et imposante, le plateau d'instruments à bout de bras, le suivit sans mot dire, solennelle et compassée, tout à fait comme une prêtresse détentrice de secrets supérieurs qui juge indigne de gratifier d'un coup d'œil les misérables fidèles. Le médecin s'effaça et laissa passer la sœur dans le couloir.

Je restai seul et m'attelai à la maladie comme à une quelconque tâche, un voyage aventureux ou un travail dont on ne mesurerait pas les véritables difficultés dès le début. La seule chose que je devinais était que cette tâche allait se révéler compliquée et longue à accomplir. Le professeur avait parlé en termes de mois et l'interne ne m'avait guère rassuré. L'exemple de l'écrivain juif qui, tout en étant paralysé, avait écrit des lettres et des livres savants pendant huit ans en faisant des signaux avec ses yeux ne m'avait pas conquis et je ne ressentais aucune inclination à le suivre. Je ne m'en sentais la force ni dans mon corps ni dans mon âme et la seule chose que m'avait fait comprendre cet exemple était qu'un sort similaire m'était dévolu ; ce singulier médecin autrichien, qui n'était pas chaman mais qui croyait dans la possibilité de voyager dans les cieux, avait voulu m'avertir du développement probable de mon sort. Je regardai mes mains : mes doigts bougeaient sans problème, hormis une sensation que j'éprouvais à leur extrémité, de faibles picotements, une sorte de fourmillement qui m'avertissait de quelque chose qui se tramait dans mon corps, indépendamment de ma volonté. La douleur se reposait à présent, elle devait rassembler ses forces en vue de la nouvelle manche du tournoi. J'étais fatigué et apathique. Le monde était très loin. Pas vraiment loin dans l'espace et dans le temps mais, de sa réalité, je percevais ce qu'un être pas encore né doit discerner avant la naissance, ou un cataleptique avant la mort réelle. Le monde, c'était les mers, les livres, un retable dans une église, la couleur des yeux d'une femme, tout ce qui appartient à la vie d'un homme. J'étais étendu dans mon lit : on m'avait mis un peu au courant des choses, on m'avait fait part de la sentence mais on ne m'avait pas dit de quelle manière elle allait être exécutée.

J'avais le temps, différemment de ceux qui allaient et venaient de l'autre côté du mur pare-feu, au sein de trois dimensions : j'étais allongé dans le territoire du temps, profondément enfoncé dans mon lit, presque confortablement. Quelque part il y avait

Florence. Quelque part il y avait la guerre. Quelque part, des salles de concert où tempêtait la musique. Quelque part vivait E. et dans son temps à elle – pour moi, les termes « il y a très longtemps » et « à l'instant » avaient perdu leur sens –, elle avait encore sûrement un lien avec moi ; mais plus comme avec un homme vivant, en chair et en os, plutôt sous forme de souvenir, le souvenir de quelqu'un qui était mort ou parti en voyage vers une région inexplorée. Ni câbles téléphoniques ni ondes ne reliaient ce territoire au passé. Le mal était entier, réel, essentiel. Je m'attelais à faire sa connaissance. Tel un naufragé jeté sur une île par la tempête, je commençais avec des gestes précautionneux et timides à m'orienter dans cet environnement nouveau, cette jungle pleine de périls. Je passais en revue la maladie, je cherchais ma place dans ce nouvel espace où je me trouvais plongé dans un climat différent de jadis. Des dangers planaient, des surprises rôdaient comme des sauvages et des fauves dans la brousse. Peut-être allais-je en mourir. Peut-être allais-je rester handicapé. J'avais compris ma leçon : il y a des gens qui restent huit ans paralysés sur leur lit sans pouvoir déglutir ni parler… Mais le chaman avait dit que l'homme était infini. Je m'examinais pour voir si je sentais cet infini dans mon corps malade. Je l'observais finement, précisément, comme un naufragé qu'un cataclysme a arraché à la matrice protectrice, à la lumière et au confort d'un grand et beau navire, pour le jeter dans la nouvelle et surprenante réalité d'une île perdue. La maladie grondait doucement dans mon corps, telle une bête assoiffée de sang qui flaire une proie. La douleur ressemblait à un chasseur primitif avec ses flèches empoisonnées. Cette modeste comparaison m'occupa un moment. Mais ensuite il me fallut passer à autre chose parce que la maladie était aussi un travail forcé, un événement de portée universelle en miniature, obéissant à un emploi du temps précis, au règlement duquel je n'avais pas le moyen d'échapper : on venait de nouveau prendre ma température, puis un médecin inconnu arrivait, qui me demandait gentiment si je me sentais la force et l'envie de descendre dans les salles souterraines de l'hôpital où m'attendait un appareil moderne, une machine qui fonctionnait avec des ondes courtes et qui, grâce à ses bienfaisants et mystérieux rayons, détectait la maladie pour ensuite l'éradiquer. Il souriait d'un air entendu, comme un souteneur qui fait miroiter au client des plaisirs jusqu'alors inconnus ; il s'en allait et laissait place à une de ces créatures blanches et noires qui se déplaçaient comme des félins silencieux, apportaient des médicaments ou me nourrissaient : les infirmières, les sœurs qui arpentaient le territoire de la maladie, telles des ombres de légende entre les lignes d'une histoire singulière... Puis venait la nuit, et la douleur, et l'interne qui ne faisait pas du tout le chaman à ce moment-là mais portait un habit sombre, s'apprêtait à passer une soirée à l'Opéra, se penchait, pressé, au-dessus de mon lit, et donnait, sur un ton inflexible, ses instructions à l'infirmière, précisant le moment où elle devait me donner un sédatif et à quelle dose. Il me considérait d'un air distrait, comme on regarde un membre de sa famille, trop connu, dont on s'est lassé et qui ne présente plus aucun intérêt pour nous. Des semaines s'écoulèrent sans qu'il aborde le sujet du chamanisme, ou sans qu'il répète que la maladie n'était qu'une perturbation de l'ordre cosmique : il se contentait de faire son travail avec une magnifique et habile précision, il injectait des vitamines dans mes veines, parfois il s'arrêtait devant le lit, il rejetait la tête en arrière, fronçait légèrement les sourcils et il me fixait ainsi, comme un sculpteur ou un peintre examinerait la progression d'une de ses œuvres, une statue ou un tableau... Quant à moi, j'étais allongé dans la réverbération de son regard comme un travail commencé que lui, le médecin, se trouvait dans l'obligation de terminer. Cette chose inachevée était la maladie, ça, j'avais compris. Je supportais son regard, les piqûres, la cure de rayons, les médicaments et moi aussi, j'observais. En tout cas, les premières semaines, j'observais avec bonne volonté, bien que tout ce qui se passait ne m'intéressât que moyennement, je n'avais aucun projet. Mais le professeur arrivait tous les jours, me saluait, me montrait toujours autant de courtoisie, était toujours aussi affable, impassible et objectif, comme s'il constatait avec satisfaction que tout se passait normalement pour un homme qui – Dieu sait pourquoi ? – avait résolu de se livrer à cette occupation particulière, la maladie. Il n'avait évidemment rien à voir avec celle-ci. Visiblement, il désirait que je guérisse. Puis il allait dans la pièce voisine voir un autre patient... et parfois, après ses visites, j'étais envahi du sentiment que, même d'une façon compliquée et insondable, cet homme m'était infidèle. Il me soignait consciencieusement mais il ne me donnait pas tout ce que j'aurais pu attendre de lui… mais qu'est-ce que j'attendais ? J'avais le temps, je réfléchissais. J'attendais davantage que tous les malades : je sentais une forme de retenue dans son comportement, dans son être, comme s'il savait qu'il devait partager ses forces entre tous les souffrants et les infirmes et ne pouvait donner à un seul patient au détriment des autres davantage de ce courant particulier qui est le sens de la guérison. Je fantasmais de la sorte. Et en même temps, je savais que cette exigence jalouse n'était rien d'autre qu'un égoïsme de malade. Le médecin autrichien se mordait les lèvres, parfois il haussait les épaules, reniflait et quittait la pièce. Les jours et les nuits s'écoulaient. J'étais à Florence, seul, avec la maladie.

Le professeur de Naples arriva également ; il se montra à la porte, s'arrêta sur le seuil et dit en pointant son index : « Tirez la langue. » Derrière lui, dans l'encadrement de la porte, se tenaient mes amis, le professeur et l'interne, souriants et amusés, unis par une complicité muette, m'encourageant presque du regard et par des gestes précautionneux, je ne devais pas avoir peur, le professeur de Naples était un homme exceptionnel et il n'y avait aucun problème avec lui sinon qu'il était un peu fou. Je compris que c'était juste une entrée en matière et ne tirai pas la langue. Je fis signe au visiteur de s'approcher. Il avança sur la pointe des pieds. C'était un homme de haute stature, ses cheveux d'un blond vénitien retombaient en boucles sur son front. Sur la pointe des pieds, gêné, du pas sautillant et dansant d'un funambule de foire, les bras étendus, il atteignit mon chevet. Ensuite, comme si soudain il se reprenait, il s'inclina poliment et se présenta. Nous nous examinâmes avec intérêt. Plus tard, j'entendis dire que cet homme était vraiment un grand savant, un spécialiste renommé dans le monde entier. Il n'était en rien préoccupé par moi, le malade ; en revanche, il porta un intérêt avide à mes jambes, mes mains, il examina avec ferveur mes réflexes, il sautilla à gauche et à droite, il marmonna à voix basse, il ne fit attention à personne dans la pièce et surtout pas à moi, l'homme qui existait quelque part derrière les jambes malades, les mains et les mauvais réflexes... Il m'examina de cette manière pendant une demi-heure, concentré, en poussant des grognements sourds. Le silence régnait dans la chambre. Les médecins observaient ses moindres gestes comme s'il s'agissait d'un numéro d'illusionniste dont les collègues auraient aimé connaître les trucs... J'étais allongé, muet, sur le lit étroit d'hôpital – ce lit était comme tout le reste dans ce bâtiment : une sorte d'instrument à l'aide duquel quelqu'un pouvait être malade, pouvait même guérir mais en aucun cas un lit où on aurait pu prendre ses aises et dormir du sommeil du juste – et moi aussi, je surveillais les étranges petits sauts du savant de Naples, je me prêtais volontiers à ce qu'il exigeait de moi, je soulevais les jambes et les bras, je tirais la langue, je fermais puis ouvrais les yeux – tout en sachant que cela n'avait pas grand sens. Les jours et les nuits passant, je comprenais lentement que sous les « soins » et la « guérison », il se produisait quelque chose dont les médecins eux-mêmes n'étaient pas vraiment responsables : j'étais le seul à l'être. L'interne autrichien ne disait rien non plus. Parfois il bâillait et se grattait comme s'il pensait à autre chose et s'ennuyait.

Le professeur reprit l'avion pour Naples ; moi, je restai là, dans le lit soigneusement conçu pour l'hôpital, tellement parfait qu'on eût dit un siège de tramway, en face du mur pare-feu, resté pour moi la seule réalité de tous les bâtiments de Florence. Parfois un éclat de soleil d'automne enflammait le mur et à d'autres moments des ombres brunes l'obscurcissaient. Le savant de Naples, je l'entendis dire plus tard, s'était envolé vers son lieu de travail, satisfait de ses observations qui correspondaient à ce qu'il attendait. Les médecins partaient, revenaient à intervalles réguliers, quelquefois ils en avaient assez de moi ou de leur vie, de leur profession, quelquefois ils s'enquéraient à mon sujet. Il ne fut plus question de voyages dans les cieux ni d'ordre cosmique perturbé ; l'interne enfonçait consciencieusement les aiguilles dans mes bras, les machines à rayons et à ondes bourdonnaient doucement, les remèdes faisaient parfois effet et atténuaient les douleurs et d'autres fois, non, les sédatifs offraient parfois des heures paisibles et d'autres fois refusaient obstinément au corps malade le bien-être de la torpeur et n'occasionnaient que des nausées… Un jour, mes mains se paralysèrent, puis mes jambes ; un autre jour, en me réveillant, je me rendis compte que je ne pouvais plus déglutir et que j'avais du mal à parler… Ces phénomènes provoquaient chez mes médecins des signes d'inquiétude, d'intérêt et, de façon dissimulée, de satisfaction ; le professeur observait ma paralysie d'une manière amicale et satisfaite, comme s'il avait enfin donné son sens à une grille de mots croisés en trouvant, au prix de grands efforts, le dernier mot manquant. Il mentionnait presque avec entrain qu'il s'était attendu à telle ou telle manifestation. Je m'exprimais en bégayant, de façon à peine compréhensible, et c'est pourquoi il se penchait sur mon visage pour tenter de lire le sens des mots sur ma bouche balbutiante. L'interne n'appréciait pas la nouvelle tournure de ma maladie ; il mordait sa lèvre inférieure renflée, il croisait les mains sur son ventre replet, me contemplait en penchant la tête de côté d'un air légèrement chargé de reproche comme si je n'étais pas si innocent que cela dans ce qui m'arrivait. Et je sentais que cette accusation muette n'était pas tout à fait dénuée de fondement. Peut-être, en effet, n'étais-je pas totalement innocent du tour absurde qu'avaient pris les choses : il était probable que je n'avais pas vécu comme il aurait fallu, que je n'avais pas été le musicien, l'homme, le citoyen que j'aurais dû être, que je n'avais pas accordé à Dieu ou à mes semblables l'attention qu'ils méritaient et à présent, j'en subissais le châtiment... On ne pouvait pas discuter de tout cela avec le professeur ; l'accusation, le remords, la punition, la rédemption et la miséricorde ne l'intéressaient pas, il ne souhaitait pas considérer la maladie autrement que comme une conséquence parfois surprenante, jamais régulière, mais somme toute naturelle, d'un extraordinaire tableau clinique. En ce qui le concernait, il n'existait qu'une seule réalité, la certitude que je ne pouvais pas avaler et que je parlais en bégayant. Je lui demandai en bredouillant si j'avais été victime d'une hémorragie cérébrale – il sourit et m'expliqua que cette paralysie était un phénomène transitoire, il n'était absolument pas question d'hémorragie cérébrale, la maladie n'attaquait pas seulement les nerfs sensitifs mais aussi les nerfs moteurs et faciaux... Il m'assura que ces pénibles symptômes disparaîtraient rapidement. Il ordonna qu'on me nourrisse artificiellement et interdit rigoureusement toute visite. Je compris le sens de cette interdiction : on m'avait placé en quarantaine, on me dissimulait, dans mon propre intérêt, en tant qu'infirme pitoyable, on me protégeait du regard perfide et compatissant d'étrangers curieux, on sauvegardait ma renommée dans le monde... Le professeur s'en alla et Dolorissa, la sœur corpulente, apparut avec son plateau. Cette fois, elle n'apportait pas de l'éther et des seringues mais la bouillie de mon déjeuner dont elle entreprit de me nourrir avec la sonde en caoutchouc.

Mais tout ceci n'était pas uniquement répugnant, effrayant et pénible, c'était aussi intéressant. Ma maladie commençait à m'intriguer : elle ne concernait pas seulement mon corps mais cet autre dissimulé quelque part sous le corps et la maladie qui était moi aussi, un moi dont la pensée et la sensibilité ne bégayaient pas, même si le corps avait en partie déclaré forfait. Sœur Dolorissa me faisait gentiment manger et ce duo singulier, ce déjeuner en compagnie d'une femme qui enfonçait une nourriture fade dans mon œsophage à l'aide d'un tuyau en caoutchouc, aurait été complètement inimaginable quelques semaines auparavant : si quelqu'un avait prédit que j'en arriverais là, j'aurais répondu, comme on peut le supposer, par des paroles dédaigneuses et j'aurais réagi comme tout homme orgueilleux et en bonne santé face à un tel présage : j'avais promis de me supprimer sans attendre un tel instant... Cette présomption me revint à l'esprit lors d'un de ces moments pénibles et pitoyables où j'étais nourri et cela me fit rire. La religieuse me demanda, avec patience et sans intérêt particulier, pourquoi je riais. Son regard était froid et hautain. Cette grosse paysanne de Toscane qui portait son habit de religieuse avec la fierté d'un militaire en uniforme, se tenait à côté du lit avec un regard narquois dissimulant à peine son ironie, comme si elle avait dit : « Bien sûr, à présent, tu te fais tout petit. Mais hier encore, tu étais un grand monsieur dans le monde. Tu courais après les femmes, après l'argent, tu paradais sur le *corso* avec ton automobile. Et à présent, tu en rabats un peu, hein ? Bien fait pour toi. » Voilà ce que contenait son regard. Tel un ange gardien qui n'a pas l'intention de se lamenter sur le sort de l'humanité, elle remplissait sans rien dire ses devoirs charitables – Dolorissa était une parfaite infirmière et les médecins faisaient volontiers appel à elle au chevet des malades les plus gravement atteints –, elle considérait ceux-ci sans fausse compassion et sans affectation. C'est de cette façon qu'elle me regardait en me nourrissant. « Bien sûr, tu étais musicien », disait son regard. « Il te fallait le succès, le monde. » Et ce dédain silencieux et froid me faisait presque du bien.

Je ne répondis pas à sa question et elle essuya les restes de nourriture qui dégoulinaient le long de ma bouche. Ensuite, toujours sans mot dire et avec un air sévère, elle quitta la chambre, le plateau à la main.

Je sentis que mon rire était resté accroché quelque part sur mon visage paralysé, au coin de ma bouche ; c'est avec ce rire coincé que je suivis Dolorissa du regard. Je pensais qu'il était assez difficile de trouver une situation plus misérable que la mienne. Invalide, incapable d'avaler, de parler, d'esquisser un seul geste et de me mouvoir, comme un animal qu'on gave pour assurer sa survie, infirme, condamné à rester dans ma niche pendant plusieurs mois… et au milieu de cette abjection, pas si malheureux que cela. C'est ce qui m'avait fait rire plus tôt ; mais je ne pouvais pas expliquer cela à sœur Dolorissa. Ce mystère m'occupait de plus en plus profondément, me passionnait davantage le matin au réveil et vers minuit quand, grâce à la piqûre sédative, je m'endormais au milieu des morsures, des brûlures, des piqûres, des assauts atroces de la douleur : j'avais l'impression de comprendre brutalement quelque chose et commençais à observer autour de moi, avec des yeux brillants, au milieu de la misère la plus grande. Voilà ce que je faisais. Car la maladie s'étendait et prenait le pouvoir, elle se jetait sur des territoires neufs, encore et encore, elle arpentait jusqu'au bout chaque filament nerveux, presque avec curiosité, elle pénétrait les parties de mon corps qui n'étaient pas encore touchées, avec l'intérêt passionné d'un explorateur. Oui, vraiment, si quelqu'un m'avait prédit un mois auparavant qu'un jour je parlerais en bégayant et que je ne pourrais consommer de la nourriture qu'à l'aide d'un tuyau de verre ou de caoutchouc, peut-être me serais-je tué. Peut-être... Mais à présent la misère était là, la honte, la peine et l'humiliation ; car la maladie – et ce n'était pas seulement au travers du regard narquois et dédaigneux de Dolorissa que je l'appréhendais – était bel et bien une punition et une humiliation, et pourtant je n'avais aucune envie de me suicider. Il est vrai que je n'avais aucun moyen de le faire. Jamais peut-être quelque chose ne m'avait intéressé aussi passionnément – ni la musique, ni les voyages, ni les livres, ni l'amour d'E. ! – que cette horreur et cette misère. Job avait dû se vautrer ainsi sur son tas d'ordures – et je percevais qu'il n'y avait vraiment aucune limite, le médecin autrichien avait raison, l'homme était plus infini que son propre destin. Infini, déterminé, prêt à toute entreprise... mais qui admettait cela ? À présent la maladie m'intéressait. À l'instar d'un artisan qui ne se contente pas d'un travail à moitié fait, en émergeant de la torpeur des narcotiques, à l'aube, aux premières lueurs du jour et de la conscience, sans colère et sans panique j'observais mon corps : étais-je encore vivant et à quel point ressemblais-je à la personne que j'étais jadis, à l'homme qui passait des soirées assis dans des salons parmi d'autres gens et discutait avec aisance de la vie et de la mort, cet homme qui invoquait et terrassait les monstres dangereux de la musique dans des salles de concert ? Je savais que je ne ressemblais plus à cet homme-là que de loin, de façon déformée ; ce n'était pas seulement mon corps qui avait changé, macéré dans le chaudron infernal de la maladie où le rôtissait une force brûlante et mauvaise, mais moi, cet autre au-delà de mon corps, au-delà de mes souvenirs, moi, je n'étais plus le même.

Et tout cela, en effet, était intéressant. C'était autrement « intéressant » que les hommes, les paysages et les pensées là-bas, dehors, dans le monde. C'était intriguant, comme la mort, qui doit être à la fois surprenante et familière à celui qui meurt, ou comme la naissance à celui qui naît. Je connaissais cet état ; absolument rien de ce qui m'arrivait ne m'étonnait. Comme si chaque situation humaine était profondément et indissolublement latente en nous, telle la variation d'un chef-d'œuvre dans un bloc de marbre ; et un immense maître, la maladie, ou une autre force dont la maladie n'était que l'instrument, dégageait de la matière de mon corps cette variété d'existence. J'étais donc infirme, un peu mort vivant – il s'en fallait de peu que je fusse complètement mort : telle était la réalité et elle n'était en rien effrayante. Je ne me révoltais point, je ne formulais aucune plainte, ni à moi-même, ni à Dieu. Je n'accusais pas le destin, ni les puissances sauvages et sourdes. Qu'est-ce qui me captivait dans cette situation ? Les possibilités d'expérimenter. Peu importait tout ce que E. ou la grande coterie des amateurs de musique, ou mes connaissances, pouvaient penser de ce misérable en train de dépérir que j'étais devenu, il s'agissait tout d'abord et par-dessus tout de voir si j'étais encore capable de bouger un doigt, ou de déglutir – en aucun cas de conjecturer sur l'éventualité d'interpréter un jour Chopin au piano. Des semaines s'écoulèrent pendant lesquelles je vécus comme un animal ; et ce n'était ni déplaisant ni épouvantable. Puis il y eut des jours où j'arrivais à tendre la main vers la sonnette, un jour où je prononçai les mots italiens plus clairement et de façon plus compréhensible. Et un autre jour où je pus déglutir à nouveau. Les symptômes physiques régressèrent lentement et je mangeai presque comme un être humain ; quand l'avais-je fait pour la dernière fois ?... Très longtemps auparavant, dans une autre vie : car il y avait deux mois que j'étais allongé dans ce lit magnifique, deux mois que le professeur me rendait visite chaque jour, que l'interne venait me voir matin et soir, lui qui connaissait mon corps, mon système sanguin, mes filaments nerveux sans doute mieux qu'il ne connaissait son propre corps, et toutes les heures, une des ombres noires et blanches abaissait la clenche de la porte peinte en blanc, apportait quelque chose, faisait le lit, me soulevait, me donnait à manger, criait quelques mots dans ma direction. Deux mois, et quelque part il y avait le monde et la guerre ; mais personne n'en parlait ici. On aurait dit que je vivais ailleurs, dans un univers dont les vivants et ceux qui marchaient sur leurs deux jambes ne pouvaient enfreindre les lois.

Pendant ces deux mois où, durant des semaines, je ne pus ni déglutir ni parler et où je restai couché dans un lit, incapable de bouger, entouré de gens que je ne connaissais pas, d'une bienveillante indifférence, entièrement livré à la merci d'un interne rêveur au regard endormi et se prenant pour un chaman, de quelques religieuses infirmières et de l'autorité supérieure, du bon vouloir du professeur, je fus parfaitement calme. Heureux ?... Non, je ne prétendrais pas avoir été heureux car je ne sais pas ce qu'est le bonheur. Mais si le manque de désir, la satisfaction totale, l'appréhension modeste et l'acceptation reconnaissante de la réalité que j'éprouvais n'y ressemblent pas, alors je n'ai que faire du bonheur. Rien ni personne ne me manquait. Quelque part, malgré tout, vivaient encore des gens qui se souvenaient sans doute de moi : pas une seule fois, il ne me vint à l'esprit de m'informer si j'avais du courrier ni de demander impatiemment pourquoi personne ne frappait à la porte peinte en blanc qui ouvrait sur ma chambre. Je pensais que le monde était ailleurs et que, de cet « ailleurs », il n'existait plus un seul chemin qui conduise vers moi ; et ce sentiment me tranquillisait. L'impression de sécurité et de parfaite réclusion imprégnait mes jours et mes nuits. Je ne ressentais ni souhait ni désir, je n'avais aucune plainte à formuler, ni aucune envie, et si la douleur, cet effet secondaire de la maladie, ne m'avait pas régulièrement torturé, l'état dans lequel je vivais aurait été parfait. Car la douleur et la maladie n'étaient pas le véritable contenu et le vrai sens de cette situation : comme si je lisais un texte étranger énigmatique, j'essayais de déchiffrer ce message des cieux. J'étais dans le même état qu'au moment du réveil, les yeux encore fermés et dans la torpeur où on prend peu à peu conscience de l'existence, et je me doutais que la maladie et la douleur n'étaient que les accessoires et le déguisement d'autre chose – je jouais une scène dramatique, et ces accessoires, ce déguisement devaient avoir une justification. C'était le sens de l'action qui était le plus important : mais quel était-il ? Les jours et les nuits passaient dans cette lueur crépusculaire, je n'avais pas besoin de formuler cette question avec des mots ; elle brûlait dans l'incandescence de la douleur, dans la souffrance des membres martyrisés, dans la sensation nauséeuse et humiliante de la maladie. Et pendant ce temps-là, très loin, sous les accessoires et le déguisement, moi, j'étais calme. Et parfois même, je souriais.

Il est vrai que je n'étais pas totalement abandonné et désespéré. J'avais un secret. Seules une poignée de personnes étaient au courant : le professeur, l'interne, l'infirmière de garde et moi. Nous préservions ce secret, dans une sorte de connivence honteuse.

Le deuxième mois, le professeur avait rendu les armes car il avait été impossible de conclure une trêve avec la douleur. Il avait haussé les épaules, bougonné et ensuite décidé de me faire injecter chaque nuit un des produits les plus forts, qui étranglerait de ses mains invisibles la douleur pendant deux, trois heures. Le professeur avait de toute évidence abandonné la lutte, il ne se défendait plus, se soumettait à la dictature d'une réalité plus forte que lui. Pendant quelques semaines, ils avaient expérimenté le Pyramidon, ensuite les différentes variétés de sédatifs portant de jolis noms mais dépourvus d'opium, ils m'avaient administré dans les veines, sous forme de poudre, en perfusion, des mélanges de narcotiques qui provoquaient une nausée parfois suivie d'un sommeil pénible et sombre mais qui ne procuraient jamais d'apaisement ni ne supprimaient la douleur. Le professeur me surveillait scrupuleusement, avec le regard exercé d'un agent secret, pour voir si je ne simulais pas la souffrance. La nuit, les infirmières tournaient autour de moi comme des espions à sa solde : elles épiaient mon supplice pour voir s'il était authentique, si je ne trichais pas, si vraiment je ne dormais pas malgré ces terribles remèdes de cheval au goût âcre. Leurs rapports secrets avaient convaincu le professeur que je ne trichais pas : rien n'avait d'effet, toutes les trois heures la douleur hautaine et mauvaise agitait bruyamment ses instruments de torture, de façon imprévisible mais toujours avec un mépris insolent. Il avait fallu jeter les petites poudres et les piqûres simplettes. Cette douleur était réelle et seule une substance tout aussi réelle pouvait, un temps, lutter avec elle : l'opium.

Après une nuit particulièrement terrible où ce bourreau inventif avait usé de toutes ses ruses, au cours de la visite du matin, le professeur était resté longtemps assis à mon chevet. Il avait posé la tête sur sa paume et observé mon visage sans rien dire. Puis il avait haussé les épaules comme on le fait à la fin d'un jeu d'échecs, au bout d'une longue réflexion, quand on reconnaît qu'on a perdu.

« Bien, dit-il en serrant chaleureusement ma main. *Bene, bene,* continua-t-il rapidement avec son accent chantant de Toscane. On ne peut rien faire. Je n'ai pas le droit de vous faire subir cette souffrance. »

Il s'était tourné vers l'interne :

« Cette nuit et toutes les nuits, commanda-t-il, qu'on lui donne l'autre piqûre. »

L'interne avait acquiescé ; aucun des deux n'avait précisé de quelle « autre piqûre » il s'agissait et moi, blessé dans mon orgueil, je n'avais posé aucune question. J'étais vexé, en tant que malade qu'on avait laissé souffrir, mais également satisfait que nous ayons, moi et la maladie, obtenu une victoire. Le professeur avait été contraint de se rendre parce que nous deux, la maladie et moi, avions été les plus forts.

« J'espère que vous n'allez pas vous y habituer », s'inquiéta le professeur et, la tête penchée sur le côté, il m'avait examiné d'un air rêveur, comme quelqu'un qui mesure la force d'un boxeur avant le grand combat. « C'est une question de caractère, maestro. »

Il m'avait fait un signe de tête puis il était parti. Sur le seuil, il s'était retourné et avait souri doucement.

« Pardonnez-moi. Je n'émets aucun doute sur votre caractère. Seulement je connais la force des alcaloïdes. Mais je ne peux rien faire d'autre... Votre douleur est plus forte que le Pyramidon et ma science. »

Il avait dit ces derniers mots d'une façon à la fois humble et avisée comme quelqu'un qui sait que, sans compromis, il n'existe pas d'issue, ni dans la vie ni dans la mort. Il quitta la pièce et l'interne ricana :

« Vous avez gagné », dit-il en montrant ses gencives édentées.

Je répondis gravement :

« Je sais.

— Mais vous avez payé le prix, continua-t-il vivement, reconnaissant cette victoire. En fin de compte, deux mois et une semaine, ça fait soixante-sept jours. Et soixante-sept nuits. Toujours sur des charbons ardents. C'est aussi une performance, maestro ! Un autre type d'exploit que l'écrivain de Francfort mais lui, c'était un homme d'un autre genre. Parfois je me demande comment vous tenez. »

Puis il ajouta, presque avec déférence :

« Ne redoutez pas *l'euphorie*. Je n'ai pas peur pour vous. Ne craignez pas d'être heureux de vous libérer de la douleur. Peut-être est-ce la grande infirmité des hommes : ce n'est pas la douleur mais la peur qui les empêche d'être heureux. Cela a-t-il un prix ?... Oui, bien sûr, tout a un prix. Ce lieu commun est suffisamment ancien pour que l'humanité écoute son cœur et le comprenne vraiment. Il faut payer. »

Il partit, satisfait, arborant un large sourire. Le soir même, on m'administra « l'autre piqûre ». Et la nuit suivante, et toutes les nuits, chaque fois que j'en exprimais le souhait, vers minuit.

Ce quart d'heure secret – secret partagé par le médecin, l'infirmière et moi-même –, je l'avais baptisé le *rendez-vous chimique*. Car, en effet, cela m'évoquait une sorte de rendez-vous : j'attendais ce moment de la nuit comme un amoureux celui de la rencontre. Tous les supplices et l'ennui du jour s'atténuaient à la lueur d'espoir lointaine de cet instant. Dans la journée, quand elle pouvait exercer son pouvoir, la douleur, telle une maîtresse trompée, hargneuse et cruelle, s'abattait sur moi avec une colère décuplée et s'efforçait, dans une passion farouche, d'empoisonner ma vie en inventant de nouvelles variétés de tourments. Elle embrasait le bout de mes doigts comme un bourreau qui veut faire avouer un accusé et lui enfonce des clous chauffés au rouge sous les ongles. Mais à présent, dans les moments les plus violents, scintillait l'espoir lointain d'un pouvoir terrestre susceptible de menotter l'implacable tortionnaire pour quelques heures. J'attendais la nuit, et la journée s'estompait dans l'aura merveilleuse et festive de cette expectative.

Le rendez-vous chimique commençait autour de minuit. J'attendais cet instant, j'étirais pour ainsi dire les minutes et je repoussais son approche, j'élaborais des plans de bataille secrets avec les éléments du temps et de la douleur. Aux alentours de minuit, quand les centaines d'êtres en souffrance du grand bâtiment se reposaient enfin, anéantis de fatigue et perdus dans un sommeil précaire et fugace, je tendais la main, je cherchais la sonnette en tâtonnant et je sonnais. Alors suivaient des minutes imprégnées d'attente et de mystère. Mon cœur battait, exactement comme le cœur d'un amoureux quand il espère la venue de son amante secrète au profond de la nuit. Seule la veilleuse bleue éclairait la chambre. Le lit, jusque-là géhenne alimentée aux braises de la douleur, se transformait en couche nuptiale, en théâtre de l'aventure imminente... Il y avait dans tout cela quelque chose de palpitant, de stimulant pour le corps et l'âme mais aussi un aspect immoral et inconvenant. Et, de fait, j'entendais des pas étouffés, silencieux, se rapprocher dans le couloir, des pas de femme ; ils se hâtaient vers la porte de ma chambre avec cette démarche furtive, complice, caractéristique des femmes quand, au cœur de la nuit, elles courent vers une chambre pour apporter à l'homme qui les attend le bonheur, l'oubli, l'apaisement, la consolation ou l'amour… Dans ces moments-là, il m'importait peu de savoir sous quelle forme la femme qui courait doucement vers moi m'apporterait la félicité : amante clandestine de la nuit ou sérum chimique. Car c'était un rendez-vous, incontestablement : l'heure, minuit, la solitude indéfinissable, l'attente, la pénombre, tous les tourments de l'existence qui allaient rapidement – je pouvais compter là-dessus en toute confiance – se dissoudre dans le vertige procuré par la tendre étreinte de ces bras immatériels et mystérieux. La porte s'ouvrait, sans bruit, comme seules savent le faire des mains de femme la nuit, et l'une des silhouettes noires et blanches entrait, souriante, murmurante, la petite seringue à la main… C'était l'heure. L'heure du rendez-vous chimique. Qu'y avait-il dans tout cela ?… La prise de conscience satisfaite que la prévenance et le savoir humains peuvent être, ne serait-ce que pour quelques heures, plus forts que la brutalité des tortures infernales de la nature. L'impression de quelque chose de doux et de terriblement bon pour le corps d'un homme au supplice. Une sorte d'euphorie également, au-delà de l'immense puissance de la douleur, un bienfait dont il ne faut pas avoir peur, même s'il y a un prix à payer… La certitude qu'au bout de quelques secondes, une force plus considérable que la douleur allait vous arracher de la fosse souterraine de la souffrance, avec ses mains douces et aériennes, vous transporter dans une autre sphère d'existence où vous accueilleraient une musique imperceptible, une paix voilée et une harmonie parfaitement ordonnée. Oui, c'était un rendez-vous amoureux, l'espoir et la passion, le bonheur et la culpabilité, les palpitations et l'attente, tout ce qui fait battre le cœur des hommes depuis la nuit des temps avec la même espérance qui s'empare des amoureux au moment où ils tombent dans les bras l'un de l'autre. Nous parlions en chuchotant, la visiteuse de la nuit et moi, celui qui attendait et espérait dans son lit. Je recevais la piqûre et, tout bas, la visiteuse me souhaitait bonne nuit dans un soupir, puis elle quittait silencieusement la pièce en éteignant la lumière.

Quelque chose commençait alors, dont je n'avais plus le temps d'examiner ni la durée ni la signification exacte. Car le produit faisait effet rapidement : dans la chambre obscure, mes yeux ne s'étaient pas encore accommodés à la nuit que se mettaient à brasiller cette excitation particulière, cette anxiété heureuse, ce moment de vertige où la douleur, tel un guerrier vaincu, jetait ses instruments de torture et partait se tapir loin de mon lit. Que se passait-il lors de ces instants ? Presque rien et tout à la fois. D'abord mon corps disparaissait, dans l'ordre suivant : les membres, le tronc, la tête, puis la conscience des organes de perception, la vue et l'ouïe. Ma gorge se desséchait, j'avais l'impression d'étouffer et de ne plus pouvoir avaler. Une sensation de chute suivait cet étouffement ; comme si je tombais sur le dos, la tête en arrière, dans un abîme sombre et vaporeux où je ne risquais pas de me faire mal parce qu'il n'avait pas de fond, c'était l'infini, le néant, entre terre et ciel, c'était l'absolu. Et tout cela était réjouissant de familiarité. Cela ne ressemblait pas à la volupté, c'était à la fois moins et davantage que cela. Ce n'était pas une sensation physique car le corps se dissolvait complètement dans l'ardeur intime de l'étreinte ; mais cet état n'était pas totalement désincarné non plus : il avait quelque chose de l'assouvissement cru qui suit une jouissance absolue. Et cette amante sans visage, sans corps, qui, la nuit, se glissait dans ma couche de pestiféré, se donnait totalement et, en contrepartie, exigeait un don total de l'autre. C'était une personnalité étrangère : elle ne faisait pas partie de moi mais elle avait du pouvoir et une forte volonté. Elle régnait sur moi en maîtresse impitoyable et, hautaine et magnanime, emportait mon corps vers l'extase de cette existence surnaturelle au-delà de l'entendement. Elle me donnait quelque chose de plus ; davantage qu'une amante terrestre, davantage que la volupté ou le travail qui, parfois, réussissent à tromper l'attente lancinante et chagrine qui sous-tend notre vie : elle offrait l'enchantement du manque absolu de culpabilité, le sentiment qu'il n'y avait ni bien ni mal, et que seuls existaient l'anéantissement total et la renaissance parfaite. Cela, les femmes ne le donnent jamais. On n'en connaît pas les délices en état d'éveil. Ni au moment où, après des heures pénibles et tourmentées à s'exercer, résonne enfin la musique pure, ce produit suprême de la discipline et de la transe. Cette amante-là était plus généreuse parce que le désir sexuel, l'ambition, la culpabilité, l'interdit posé par la morale de la raison ne la troublaient pas. Toutefois elle donnait moins que ce que le monde offre au corps et à l'âme éveillés, car une autre forme d'inconscience, qui n'était plus le sommeil mais pas encore la mort, succédait aux brèves minutes de bonheur ; cet état second, pour l'intelligence, n'était que du néant, le comble de l'abrutissement et de la stupidité. Et même dans les moments où j'étais à moitié mort, je savais que seule la conscience permet d'être heureux sans culpabilité, pour quelques instants.

C'était cela, le rendez-vous chimique, toutes les nuits : une relation secrète avec une amante qui ne demandait rien et qui donnait tout. Mais comme tout bonheur où le corps est également concerné, ces heures d'extase nocturne subtilement immorales étaient immanquablement suivies le lendemain d'une gueule de bois. Dans la matinée, la nausée insidieuse qui suit l'absorption d'alcaloïdes, la dépression, tous les signes de la détestation de soi se manifestaient avec une violence maligne : tous les jours, le professeur s'arrêtait avec un sourire suffisant devant mon lit, haussant les épaules comme s'il observait un alcoolique chronique en proie aux souffrances du manque. Cette nausée qui suivait les piqûres me rappelait la sensation détestable et foudroyante du mal de mer – mais le lit, même de jour, n'était pas la *terra firma* où le malade pouvait espérer une amélioration de son état. L'écœurement physique et moral succédant au rendez-vous chimique ajoutait de nouvelles souffrances à celle du corps. Oui, dans la journée, il « fallait payer » pour le bref répit, l'anesthésie de la nuit, et le prix n'était pas limité à l'indisposition physique, à la nausée, au dégoût, à l'envie de vomir. C'était comme si le bonheur artificiel de la nuit était une sorte d'aventure immorale et indigne, une transgression des règles et des conventions dont on n'aimait guère se souvenir le lendemain. *Et ne me salue pas demain, mon bel ange, sous les tilleuls...* Après la transe nocturne, dans l'impitoyable clarté du jour, j'étais envahi par le mélange de dérision, d'humiliation, de dégradation abjecte et sournoise qui soustend cette injonction poétique et le supplice nouveau de l'auto-accusation se rajoutait à mes souffrances physiques et à mon état misérable. Ce n'était pas uniquement à cause du regard compréhensif mais tout de même légèrement méprisant du professeur que j'avais honte de moi, et le rictus mécanique de l'interne (comme si, dans l'ombre moite du linceul souillé de la nuit, je m'adonnais à une méprisable aventure, une histoire sexuelle minable) ne suffisait pas non plus pour déclencher ce sentiment de gêne... Même sans témoins, j'étais convaincu que le rendez-vous chimique n'était pas tout à fait une affaire innocente, que ce bien-être louche, dû à la volupté, oui, à un degré suprême de volupté, et à l'anéantissement, n'était pas quelque chose de moral... Je savais que la gueule de bois, le prix que je payais, ne servait à rien et que l'aspect exceptionnel de mes souffrances ne me donnait aucun droit : personne n'a droit au plaisir irresponsable, personne au monde. L'état d'esprit qui prédominait en moi était celui de tous les hommes qui, le lendemain, affirment avec mauvaise conscience : « Histoire de jupon, n'en parlons pas, oublions-la. » Mais on ne l'oublie pas... Le soir, vers six heures, quand la douleur commençait à faire son choix parmi les instruments de torture prévus ce jour-là, j'attendais, toujours aussi éperdu, l'heure de minuit.

Le professeur savait tout cela ; l'interne bougonnait. D'autres étaient également au courant, les témoins muets du rendez-vous secret, ses acolytes silencieuses, ses entremetteuses angéliques : les sœurs.

Mais elles ne parlaient pas non plus car la maladie possède ses secrets. Elles connaissaient les mystères des mille et un maux, des humiliations et de la misère des hommes. La nuit, elles apportaient ce bonheur interdit jusqu'à mon lit et elles savaient avec quelle impitoyable indifférence la peine et la volupté cherchaient l'hospitalité dans mon corps souffrant. Elles ne parlaient pas : elles souriaient, se taisaient et soignaient.

Dans le couloir du sanatorium où se trouvait ma chambre, quatre infirmières étaient de service : les sœurs Dolorissa, Cherubina, Carissima et Matutina. Je n'ai jamais réussi à repérer leur emploi du temps : quelquefois, l'une ou l'autre d'entre elles restait de garde pendant deux jours et deux nuits, et d'autres fois elles se relayaient toutes les deux heures. Elles ne confiaient jamais rien qui eût pu m'informer sur leur vie personnelle, rien sur leur existence ni sur la répartition de leurs services. Dolorissa était grande et grosse, son visage marqué par la variole : c'était une imposante paysanne toscane, qui allait et venait par les corridors dans son habit de religieuse, les manches relevées, le bassin ou le plateau de médicaments à la main, comme si elle évoluait chez elle, dans quelque cour de ferme des environs de Florence, au milieu de la volaille, des animaux domestiques et d'une volée de gamins. Elle apportait dans la chambre des malades la placidité et l'objectivité impassibles des paysans. Rien ne la troublait, tout l'intéressait, elle respectait le matériel, elle jetait un coton ensanglanté avec autant de regret qu'un œuf pourri : elle regrettait que cela ne puisse plus servir. Son ascendant, son sourire toujours moqueur quand elle s'arrêtait, les mains sur les hanches, surplombant de sa hauteur et avec naturel la misère humaine étendue sur le lit, tout cela apaisait le malade bien davantage qu'une commisération fausse et mécanique, geignarde et réprobatrice. Les patients se sentaient entraînés vers l'impassible, l'équitable Dolorissa à la parole brusque, vers ce génie tutélaire paysan dont le visage vérolé ne trahissait aucun âge, n'exprimait aucun sentiment ; elle était atemporelle, comme débarrassée de tout signe distinctif féminin ; ce n'était pas seulement le costume de religieuse qui recouvrait sa personnalité : elle-même ne souhaitait plus exister ni avoir d'autre prise sur le monde qu'à travers l'incarnation d'une compétence impersonnelle et d'une compassion machinale. Les malades étaient attirés par elle, les médecins l'appelaient toujours à la rescousse lorsqu'il s'agissait de veiller sur un grand malade : « Je me sens plus rassuré, avait dit un jour le professeur, quand Dolorissa est à mes côtés auprès du lit. » Elle ne consolait pas les mourants, elle leur parlait en termes concis et techniques de l'agonie et de la mort. Pour Dolorissa, il était tout aussi naturel et simple de mourir que de se faire opérer d'un cor au pied. Calmement, sans aucun signe de commisération affectée, de sympathie exaltée ou d'émoi, elle proposait l'extrême-onction aux agonisants, elle priait au-dessus de leur lit alors que, dans son ultime bataille avec la mort, le malade n'avait pas encore fermé les yeux : cette objectivité singulière et inexorable ne faisait pas peur aux mourants. Ils appelaient Dolorissa et elle arrivait toujours à temps : elle s'arrêtait devant le lit, imposante, impassible, les mains croisées sur le ventre, elle ne disait rien, elle se contentait, avec l'intérêt impersonnel d'un espion de la mort, de regarder le malade, recherchait sur le visage ravagé par les tourments et raviné par la sueur de l'agonie des signes connus d'elle, puis elle haussait les épaules, apportait des médicaments, donnait nourriture ou boisson fraîche, allumait deux bougies et commençait à prier. Je fus informé de tout cela comme tous les hommes vivant dans l'impuissance, enfermés dans l'attente d'un destin commun, dans les prisons, les hôpitaux, les camps de concentration, apprennent tout ce qui les concerne, eux-mêmes ainsi que les maîtres de leur sort. Les nouvelles traversaient les murs, même sans coups frappés ni messages secrets ; nos douces gardiennes, les infirmières, étaient également au courant de tout. J'entendis que « le monsieur du cinq » – atteint d'un cancer de l'estomac –, trois jours après l'opération, ne rejetait plus les quelques gouttes de lait que Dolorissa, avec une volonté farouche, lui faisait avaler ; et cette nouvelle réjouissante rallumait l'espoir parmi les malades condamnés. Je savais que la dame dalmate de la salle commune, à qui on avait enlevé un sein la semaine dernière, avait fait venir le coiffeur pour arranger ses cheveux parce qu'elle attendait de la visite. Je savais tout cela et bien d'autres petites choses – à l'inverse, on savait l'essentiel sur moi, dans les chambres individuelles et les salles communes, à savoir que j'allais mal mais que je pouvais à nouveau déglutir, et parler qui plus est… Dans l'univers fermé de la maladie, tout cela avait une valeur différente que dans le monde des gens en bonne santé. Et les sœurs se taisaient.

Dolorissa me soignait comme une parente sévère qui s'efforçait, à l'aide de réprimandes appropriées, de pénitences, de médicaments et de gestes charitables expérimentés, de ramener l'humanité égarée à la vie et dans le droit chemin, ou d'aider les hommes à passer dans l'autre monde, où ils ne perdraient plus leur temps à des choses inutiles telles que des cancers de l'estomac ou des septicémies… Et Matutina, Cherubina, Carissima n'étaient jamais loin ; pendant longtemps, je n'avais pas discerné leur individualité sous leur habit. La seule chose dont j'étais sûr, c'est qu'elles étaient là, avec leurs cornettes impeccables et amidonnées, les ailes de leurs collerettes attachées sous le menton par deux épingles à tête d'ivoire, leurs manchettes rayonnantes de propreté ; leur costume noir et blanc ceinturé à la taille, avec son chapelet tintant doucement, était, à toute heure du jour et de la nuit, uniformément exemplaire, immaculé, parfait jusque dans l'usure. Il me fallut des semaines pour apprendre leurs noms et d'autres semaines encore pour discerner la personne vivant sous le nom et la robe. Il me suffisait de sonner ou même de penser à quelque chose et Matutina se présentait à la porte, m'apportait gravement le thermomètre, un antalgique, un verre de lait, ou me demandait du regard, sans un mot, où j'avais mal et ce qui m'était venu à l'esprit... À peine émettais-je une plainte que la porte s'ouvrait et la fine et haute silhouette de Cherubina apparaissait, ses yeux marron, doux et inquiets, m'observaient en quête du signe qui trahirait quelque nouvelle phase de la maladie et, dans cette langue d'initiés que seuls les malades et les soignants comprennent, elle saisissait à demi-mot, aux gestes de la main, le souhait ou la signification du moment. Il était près de minuit, j'entendais résonner doucement les pas de Carissima dans le couloir : elle apportait l'élixir de la guérison, la piqûre magique, le secret partagé par certains d'entre nous, particulièrement honteux et pourtant bénéfique... Qui étaient ces femmes ? Les semaines et les mois passaient et, lentement, j'appréhendais la personne sous l'habit. Car il y avait des moments où j'étais moins passionnément captivé par ma maladie qu'au cours des premières semaines ; à certaines heures d'entracte, le jour ou la nuit, le sentiment prédominant de la douleur, de l'épuisement, de la paralysie, de l'empoisonnement et le jeu de l'apaisement relatif se révélaient tout aussi monotones que, dans la vie, un de ces métiers de robot. C'était aussi un travail de robot ; hormis le bref moment de bonheur moite du rendez-vous de la nuit, j'étais malade, du matin au soir, de façon régulière, consciencieuse et professionnelle :

parfois, j'en avais assez. Car l'homme est ainsi fait – cela, je dus l'apprendre également – qu'il se lasse, même de l'enfer.

Mais les quatre sœurs n'étaient pas rebutées par cet enfer. En ce qui les concernait, c'était l'unique espace possible de vie, oui, pour elles, l'hôpital, la maladie et les créatures souffrantes constituaient la norme. Dolorissa était équitable et sévère, devant elle le patient se faisait petit dans son lit comme face à une gouvernante inflexible qui sait que son pupille a fait une bêtise. Matutina était solennelle : une vraie religieuse, un peu bornée, mais toujours cérémonieuse. Le rythme délicat des gestes liturgiques imprégnait tous ses mouvements : elle était petite et grosse, elle avait des mains potelées, blanches et douces, mais quand elle les tendait vers le malade, ces mains modelées dans cette matière blanche, elle le faisait avec la même majesté qu'un prêtre lorsqu'il distribue la Sainte Hostie. Matutina était une véritable nonne, dans l'acception cléricale et conventionnelle : pour elle, la robe noire et blanche de l'ordre restait le symbole auguste de la noblesse et de la vocation. Quand elle n'administrait rien au malade, elle croisait les mains sur sa poitrine : on eût dit qu'elle se mettait aussitôt à prier. Elle souriait rarement, et même alors, c'était avec une douleur telle qu'on aurait pu croire qu'elle se représentait les cinq plaies du Christ et la cruauté du monde. Cherubina était belle. D'une beauté féminine, physique, qui avait mûri et pris de la hauteur dans l'air tendre et ensoleillé des montagnes rocailleuses du Sud-Tyrol, une beauté qu'elle portait consciemment et fièrement, comme pour en faire continuellement don à Dieu. Quelque chose dans son visage, dans son port de tête, rappelait les madones sculptées en bois du Tyrol, à la beauté fruste, mais séduisantes, dans leur douceur innocente et pieuse. Parfois, une mèche de sa chevelure châtaine s'échappait de sous la cornette ; ses cheveux étaient souples et luisants comme ceux des mères et des femmes pleines de bonté qui, avec leur existence, donnent au monde le grand cadeau de la reproduction et d'une bonté agissante. Cherubina était destinée à devenir une épouse et une mère, la maîtresse tendrement imposante de son petit monde, dans une de ces hautes maisons paysannes à toit plat, dans l'air frais des vallées balayées par les vents. La force de sa fertilité vibrait dans son corps svelte qui était toutefois demeuré stérile – elle prodiguait toute cette force tendre qui irradiait de son être à des malades geignards plutôt qu'aux enfants qu'elle aurait pu avoir. C'était une sœur, au sens le plus ancien du terme : les vœux par lesquels elle s'était consacrée au service de Dieu et des hommes devaient être pour elle un véritable engagement, comme au temps jadis, quand une parole échangée entre Dieu et les hommes possédait une force suffisante pour transformer le monde. Bien entendu, Cherubina ne savait rien de tout cela. Elle servait à la fois Dieu et les hommes, qu'elle donnât le bassin ou s'agenouillât devant l'autel de la chapelle. Et parce qu'elle était jeune et belle – j'appris plus tard qu'à cette époque-là, elle n'avait même pas trente ans –, dès qu'elle apparaissait au petit matin ou tard dans la nuit à mon chevet, dans son sourire pointait comme une demande de pardon. Elle était consciente de sa beauté et savait que malgré les vœux et l'habit, elle n'en restait pas moins femme et jeune ; elle suscitait des désirs, des désirs troubles et impurs, elle évoquait un souvenir de la Renaissance, une figure du *Décaméron* et, pour les hommes, c'était l'image même de la belle religieuse. Elle souriait comme si son sourire était également un sacrifice : sa féminité et sa beauté, elle devait aussi les offrir aux êtres humains mais en tant que nonne, elle ne pouvait rien leur accorder de plus que ce sourire où elle s'excusait d'être femme et belle, une façon de dire : « Pardonne-moi, je ne peux rien de plus pour toi. »

Cherubina n'était pas hypocrite, ni faussement pudique. Elle riait de bon cœur des relations absurdes entre les hommes et les femmes et, parfois, l'interne racontait des blagues grossières et sans équivoque devant elle. Elle riait alors, son visage ouvert rayonnant, montrant ses belles dents, comme quelqu'un qui connaît tout de la vie, tous les mystères de la chair faible et mortelle, et qui sait que les hommes et les femmes rôtissent sur des braises désespérées. Un matin, alors que c'était justement Cherubina qui accompagnait le professeur dans ma chambre, je posai la question :

« Il n'y a jamais de problèmes avec les sœurs, monsieur le professeur ? »

Ils comprirent tous deux le sens de ma question. Le professeur esquissa un sourire et réfléchit. Cherubina rit. Ce fut elle qui répondit à sa place :

« Rarement. N'est-ce pas, monsieur le professeur ?... »

Elle était debout, son corps élancé entre nous deux, et prenait ma température. Comme elle se penchait vers moi, je sentis la chaleur de sa jeune peau à travers la toile grossière de son habit. Le professeur hocha la tête et acquiesça :

« Cherubina a raison. C'est rare. »

Ils en rirent ensemble, comme deux complices, le professeur et la sœur.

« Par exemple, l'an dernier, avec Veneranda. N'est-ce pas, Cherubina ? »

Elle reprit son sérieux. Elle fixa le thermomètre de ses beaux yeux soudain tristes et dit à voix basse, presque avec ferveur :

« Veneranda a beaucoup souffert.

— On souffre toujours beaucoup, répondit le professeur d'un ton patient, pédagogue, quand on veut sauver quelqu'un et qu'on se rend compte de son impuissance à le faire. »

Cherubina contemplait le thermomètre. Elle continua doucement, têtue :

« Veneranda a souffert inutilement. »

Le professeur posa ses coudes sur ses genoux et se pencha vers l'avant. Il parla comme pour lui-même :

« Je crois qu'on ne souffre jamais inutilement. »

La porte s'ouvrit, le maigre visage de Carissima apparut, encadré par la cornette blanche amidonnée. Carissima s'occupait de la pharmacie : la plupart du temps, c'était elle qui m'apportait les piqûres la nuit. C'était un être d'âge indéterminé, entre quarante et cinquante ans ; seuls ses grands yeux noirs vivaient dans son petit visage pâle en forme d'amande. Elle marchait toujours pressée, elle s'affairait nerveusement et elle riait sans raison, de façon puérile et gênée. Elle venait chercher Cherubina. Elles sortirent et la porte se referma sur elles. Le professeur se pencha alors vers moi, d'un mouvement confidentiel :

« Carissima est malade. Mais elle ne le sait pas. »

Le sort de la gloussante Carissima à la figure livide ne m'intéressait pas particulièrement. Cependant, par politesse, je m'enquis :

« Qu'est-ce qu'elle a ?

— Leucémie », fut la réponse laconique du professeur. Et comme s'il avait regretté cette confidence, il se frotta la barbe et se mit à parler d'autre chose :

« Vous avez demandé si nous avions du mal avec elles ? Naturellement, il y a des problèmes, car ce sont des êtres humains. Des êtres animés, en chair et en os, des femmes, qui vivent sous l'habit et selon un code de conduite. Mais vous n'imaginez pas à quel point il est rare que l'une d'entre elles perde la tête. Cela fait trente ans que je vis et travaille en leur compagnie, l'une meurt, l'autre retourne au couvent, une nouvelle la remplace… mais en trente années, je n'ai expérimenté de crise vraiment sérieuse avec les sœurs qu'à deux occasions. Une fois, ce fut tragique, la sœur en est morte. Quant à l'autre, elle a beaucoup souffert. Mais elle a surmonté son chagrin, elle est vivante.

— Veneranda ? demandai-je.

— Veneranda. Il y a trois ans. Elle soignait un homme atteint d'appendicite et ils sont tombés amoureux l'un de l'autre. Elle était sur le point d'ôter son voile et de quitter l'ordre. Oui, Cherubina a raison, Veneranda a beaucoup souffert. Et l'homme s'est révélé indigne de cette souffrance… Alors, la mère supérieure a été d'un grand secours. C'est une créature formidable.

— La mère supérieure. Mais où se trouve-t-elle ?

— À Pistoia, bien sûr ! » Il me regarda, s'étonnant de mon ignorance. « Ici, pas très loin, dans cette ville magnifique de Pistoia. Elles ont un couvent là-bas, un grand jardin… quand vous serez guéri, allez donc les voir. La mère supérieure vaut la peine d'être connue.

— Comment a-t-elle agi avec Veneranda, quand les choses se sont gâtées ? » Je posais la question mais au fond, cela m'ennuyait.

Je n'éprouvais pas véritablement un intérêt sincère pour tout cela ; les sœurs, le professeur, les douleurs, le rendez-vous chimique : la maladie, cette infamie confuse dans laquelle je m'étais noyé, m'épuisait à petit feu et me rendait indifférent. Je vivais dans un univers marécageux et je me sentais lentement m'y abîmer. J'aurais pu tout aussi bien m'informer des événements du monde – où en était la guerre, ce qui arrivait aux Polonais, aux Allemands et aux Russes. Et ce qui se passait à Florence. Et ce qu'E. était devenue… Et les gens de mon pays. Car les mois s'écoulaient et je n'avais aucune nouvelle ; mes connaissances de là-bas avaient dû s'enquérir de moi et la guerre aussi devait continuer son cruel chemin, écrasant tout sous ses semelles de fer… Je savais et je ne savais pas qu'on m'avait enlevé tout ça ; on me dissimulait ce qui avait trait à mon ancienne vie, ainsi que les nouvelles du monde ; tout ce qui était susceptible de m'atteindre, du passé et de la réalité ; je n'avais plus le droit que de vivre ma maladie. Je savais qu'on avait interdit toute visite, qu'on gardait mon courrier mais qu'on ne me donnait pas les lettres car on craignait que certaines nouvelles de chez moi me rejettent dans une ornière encore plus profonde de la maladie. Et je savais aussi que je ne voulais rien d'autre que d'être malade.

C'est pourquoi je ne manifestai qu'un intérêt poli en posant la question sur Veneranda et la mère supérieure. Comme si cela ne pouvait être qu'un prétexte et un faux-semblant pour nous, un leurre pénible et balbutiant entre malade incurable et médecin. Le professeur en était également conscient et se mit à parler très vite comme pour détourner l'attention d'une question importante :

« Elle s'est comportée de façon extraordinaire. C'est une personne magnifique. Elle a eu une conduite naturelle car elle savait que la souffrance de Veneranda contenait des possibilités pédagogiques ; on ne devait pas lui faire peur, ni la punir. Elle a confié cette affaire douloureuse à Dieu et à la nature humaine. Et finalement Dieu et la nature humaine ont apporté leur aide, dans ce cas comme toujours. Comme presque toujours », ajouta-t-il honnêtement, en avalant le mot. À ce moment, il eut un sourire désemparé. Puis il continua, sérieusement, presque avec empressement :

« Elle a des principes d'éducation formidables. C'est un ordre exceptionnel que l'ordre de mes religieuses. Elles sont toujours de bonne humeur. Elles aiment bien bavarder, elles ne sont pas prétentieuses, elles sont gourmandes, elles apprécient les oranges et les pâtisseries. Elles n'ont pas besoin d'argent.

— Peut-être, quand même… », dis-je. Mais il me coupa la parole :

« Non, non ! De toute façon, vous êtes un invité chez nous, maestro. L'invité de l'État italien. C'est hors de question… », et il leva la main d'un geste vif, à l'italienne, comme s'il protestait contre une conjecture absurde. « Vous êtes notre invité, à nous tous, bredouilla-t-il nerveusement.

— L'invité peut aussi apporter un cadeau à ses hôtes, dis-je, amusé par cette protestation. Et si les sœurs apprécient les douceurs et les gourmandises… Je me souviens qu'ici, à Florence, il existe d'excellentes pâtisseries… Par exemple, la *Giacosa*. Pourrais-je vous demander, monsieur le professeur, de transmettre mon offre au bureau ?…

— Mais je vous en prie, maestro », dit-il gravement en se levant ; comme si cette requête, qu'il acceptait consciencieusement d'accomplir, était d'une importance capitale.

« Cherubina est belle », ajoutai-je en passant, distraitement.

Il se retourna sur le seuil et me regarda. Il revint avec hâte et bonne humeur vers mon lit, comme si enfin il entendait de bonnes nouvelles dans ce triste monde. Il s'arrêta près du lit et se pencha sur moi :

« Elle vous plaît ? » Ses yeux bleus brillaient d'un intérêt amusé derrière les lunettes.

« Si elle me plaît ? » Je réfléchis. « Je ne sais pas. En ce moment, rien ni personne ne me plaît. Je disais cela comme ça... parce qu'elle est vraiment belle.

— Très belle, renchérit le professeur avec empressement. Et c'est dommage qu'elle ne vous plaise pas. Ne vous méprenez pas. Je connais la valeur morale de cette sœur. Cherubina est femme, elle n'est pas parfaite mais il n'est pas impossible qu'un jour elle devienne une bienheureuse, ou peut-être une sainte. Car elle possède une sorte de force silencieuse en elle. Une force féminine, oui... mais parfois cette force se purifie chez ces êtres-là. Vous voyez, si Cherubina vous plaisait, peut-être guéririez-vous plus vite. Cela vous fait rire. Vous me prenez pour un vieux souteneur italien, pas vrai ? Qui, dans l'intérêt de la cure, se tourne vers un de ses patients avec des propositions indécentes... N'ayez pas peur des mots. Ne pensez pas à mal. Je connais Cherubina et je crois vous connaître aussi à présent, maestro. Votre cure se déroule très bien. Vous êtes un malade de premier ordre, bredouilla-t-il. Mais un peu déprimé. Et parfois je pense qu'il faudrait peut-être que vous laissiez venir la vie plus près de vous. Naturellement, je ne vais pas vous demander de faire la cour à Cherubina ou à une autre. Si c'est ainsi que vous comprenez ce que je vous ai dit, alors vous faites erreur, dangereusement erreur. Non, c'est d'autre chose qu'il est question. » Il se tut. De ses longs doigts souples et blancs, il frotta sa barbe. « J'aimerais que vous vous intéressiez à quelque chose ou à quelqu'un. Je vois que vous ne lisez pas... Je comprends. Dans votre état, les livres ne peuvent encore vous parler que de très loin.

Mais j'aimerais que la vie vous interpelle enfin... la vie, de cette voix particulière à laquelle on ne peut résister. Je vous en prie, essayez d'écouter cette voix.

— Je ne comprends pas. À quoi pensez-vous ?

— À la musique. Vous ne souhaitez jamais entendre de la musique ?

— Jamais, répondis-je d'un ton déterminé. Je n'ai aucune envie d'écouter quelque musique que ce soit.

— Que ressentez-vous, demanda-t-il avec curiosité, quand de la musique vous vient à l'esprit ?

— De la nausée », rétorquai-je.

Il hocha la tête avec une vive gaîté, comme s'il avait attendu cette réponse. Comme s'il avait reconnu un des symptômes de la maladie :

« De la nausée, oui. Savez-vous ce qu'est la nausée ? Cette impression d'avoir été empoisonné ? C'est la maladie elle-même. Il y a un état que nous autres, médecins, nommons *superpositio*... Une deuxième maladie s'ajoute à la première, oui, de véritables strates de maladies se construisent sur cette base. Le fait d'être allongé, l'état de maladie, les soins, l'environnement, tout cela ne fait pas que guérir... plus exactement, cela ne guérit pas toujours. Parfois cela rend malade. Lors de maladies longues, cet état s'installe irrémédiablement. Le corps s'épuise et l'âme compense cet épuisement. Que pouvons-nous faire, nous, les médecins ? Seul le Christ a pu dire, lève-toi et marche... Moi, je ne peux rien vous conseiller d'autre que de surmonter la maladie. Il y a une sorte de léthargie au fond de la vie : ce néant est la maladie. Je ne peux que vous soigner.

— Alors, peut-être devrais-je faire la cour à Cherubina ?... » demandai-je en m'accoudant sur l'oreiller.

Il rit :

« Je ne crois pas que cela aurait un sens. Cherubina n'est pas une belle religieuse du temps de Boccace, à qui l'on pouvait faire la cour. Elle est très belle, c'est vrai... et toute beauté est une consolation, même si elle se manifeste en habits de bonne sœur. Vous voyez, maestro, votre maladie a atteint la frontière où la misère organique et la condition mentale se confondent dangereusement. Votre mal est causé par une sorte d'infection toxique, et de ces toxines, nous ne savons rien. Presque rien », se reprit-il, avec la tranquillité empreinte d'anxiété et de conscience avec laquelle il précisait certaines de ses déclarations trop générales ou trop directes, comme s'il ne pouvait se contenter d'allégations sans appel et croyait en un jugement supérieur. « Je ne peux soigner que les effets physiques de l'infection virale. C'est ce que nous faisons. Vous constatez vous-même que nous entreprenons tout...

— Oh oui, tout... », affirmai-je, avec une politesse teintée d'ironie.

Cette nuance d'ironie involontaire m'avait échappé – elle était âpre et accusatrice. Il me regarda, les yeux brillants, avec la joie du savant qui a enfin découvert la signification véritable d'un phénomène mystérieux :

« Naturellement, pas vraiment "tout", ajouta-t-il avec insistance. Seulement ce qui est possible. Je ne dénigre pas la médecine et je sais que ce que nous faisons n'est pas négligeable. Mais ce n'est pas tout. Le "tout", maestro, c'est cet excédent singulier qui donne son véritable sens à l'équilibre entre santé et maladie. »

Il n'avait jamais parlé ainsi. Il se tenait devant moi, flamboyant, comme si une lumière s'était allumée en lui. Il était à ce moment tout à fait italien, fébrile, déclamatoire.

« Qu'est-ce que ce tout ? »

Il haussa les épaules.

« Si nous l'énonçons, ce sera un cliché. Presque tout ce qu'on reconnaît avec l'intelligence du cœur devient un cliché quand on doit le transposer en mots. Le tout, ne serait-ce pas le fait qu'un individu possède en lui un véritable intérêt pour la vie ? Un jour, un de mes professeurs – un homme avare de paroles – a fait cette remarque pendant un cours : "La tuberculose est une question de caractère." Il n'a pas explicité cette affirmation. Nous avons ri alors comme s'il avait plaisanté. À présent que je vieillis, je sais qu'il énonçait une vérité. Le tout, maestro, est cet excédent avec lequel la santé vainc la maladie, l'action vainc l'inertie tapie sous la vie et dans l'univers ; le tout, c'est la création, ce courant profond qui traverse l'homme quand il s'agit d'Éros. Car Éros est une force immense. Ce n'est qu'un mot mais le sens même de la vie n'est peut-être qu'un mot... Les Anciens, mes ancêtres, les Latins et les Grecs, le croyaient », dit-il gravement, à la fois avec modestie et solennité, comme s'il était conscient de l'importance des « origines ». « Bien sûr, je n'entends pas par Éros cet élan qu'on appelle communément l'érotisme, la sensualité. La sensualité n'est qu'une de ses manifestations parmi d'autres. La création, l'art, l'harmonie entre les hommes, tout cela est rempli d'Éros… ou pas. Et là où Éros se tait, les hommes sont sourds ou impuissants.

— Ou malades », ajoutai-je.

J'étais accoudé sur mon oreiller, nous nous toisions. Cet homme s'était ouvert à moi : pourquoi ? Jusque-là, il n'avait été que le médecin, supérieur, paternaliste et pédagogue, un docteur légèrement ironique. Il m'offrait à présent ce que j'avais attendu de lui tout ce temps : la familiarité, la compassion chaleureuse et naturelle qu'il m'avait refusées jusque-là. À présent il était question de moi, personnellement, et non du malade de la chambre individuelle numéro sept avec lequel, dans la mesure où il était l'invité du gouvernement italien, il fallait se montrer attentionné… Il s'adressait à moi cette fois, enfin, et non pas à l'un des occupants occasionnels d'un lit de malade. Il approuva vivement :

« Ou malades. Tenez, maestro, j'ai soixante ans passés. Dans la mesure du possible, je cherche à échapper aux malades parce qu'il ne me reste pas beaucoup de temps et on devient égoïste. J'aimerais encore quelquefois écouter de la grande musique… j'aimerais vous écouter jouer du piano, ajouta-t-il avec courtoisie. C'est pourquoi la nuit, quand je peux, je débranche mon téléphone ; quelques livres, quelques disques de Mozart, et pendant la journée une courte promenade dans les salles du musée des Offices, une conversation avec quelques rares personnes aimables – on devient aussi modeste que cela en fin de compte. Et aussi exigeant. Mais mon métier me poursuit partout, même dans l'intimité de la nuit. Si le téléphone ne répond pas, on vient marteler ma porte des poings. Dans ces moments-là, je suis obligé de me lever et d'affronter le monde car l'infortune humaine retentit plus fort et frappe plus fort de ses poings que tout autre signal humain, couvre le plus puissant *fortissimo* musical et même l'égoïsme du médecin. Par exemple, je vais chez quelqu'un. Je pénètre dans une chambre de malade, une pièce dévastée d'un appartement inconnu, parmi les meubles, où chaque objet porte la marque d'une vie de travail, je regarde autour de moi et j'aperçois un homme qui gémit dans un lit. Oh, docteur, dit-il. Mon cœur. Mon estomac. Ma vésicule, mon foie. Pouvez-vous imaginer quelle est ma première impression quand je vois, dans une chambre que je ne connais pas, un homme que je ne connais pas et qui se plaint ?... »

Il me fixait avec autant d'attention que s'il croyait sérieusement que moi, justement moi, je pourrais répondre à cette question singulière. Je demandai avec curiosité :

« Que ressentez-vous donc ?

— J'entends une question, répondit-il gravement, avec recueillement. Une question non formulée : quel est le mensonge ici ? Je veux dire, comment le mensonge de toute une vie peut-il se transformer en maladie ? Comment tout ce qui s'est produit dans cette chambre, parmi ces meubles, dans le corps et dans l'âme de cet homme a-t-il pu se transformer en une réalité physique particulière, un calcul de la vésicule, de l'acidité gastrique ou une crise de thrombose, ou... Vous me comprenez ? »

Bien sûr que je le comprenais. À présent je comprenais aussi pourquoi il avait été si content quand j'avais évoqué mon sentiment de nausée à la pensée de la musique. Et je sentais aussi que cette fois – la première depuis notre rencontre – cet homme ne me « soignait » pas mais qu'il me guérissait, c'est-à-dire qu'il me donnait ce que j'avais attendu en vain jusqu'ici, avec une exigence jalouse et muette : la vérité. Nous nous dévisageâmes avec la même curiosité que deux cambrioleurs qui se rencontrent de manière inopinée dans l'obscurité, sur le lieu commun de leur méfait.

« Le mensonge, répéta-t-il, ce mensonge s'appelait hier encore travail ou devoir, ambition ou amour, ou vie de famille. Et il aura fallu mille, dix mille jours et nuits pour que dans un corps et à l'intérieur de ce corps, dans le système nerveux, dans les organes de perception, ce mensonge se commue en unique et insoutenable réalité et qu'ensuite l'organisme, la personne entière, se mette un jour à hurler sur les toits, dans une plainte douloureuse et sous forme de maladie, ce mensonge insoutenable métamorphosé en sentiment de panique et devenu la seule réalité de son existence. L'être proclame ne plus supporter son environnement, ou plutôt son orgueil, ou le mode de vie avec lequel il s'est efforcé d'anesthésier le vide. Ou alors le talent qu'un jour Dieu lui a octroyé et qui s'est métamorphosé dans son corps et sa vie en exercices mécaniques et répétitifs. Il commence à se lamenter, à vociférer, car il n'en peut plus de ce mensonge transformé en misère physique. Il a la nausée, comme si on l'avait empoisonné. Et certes, oui, on l'a empoisonné, avec le poison le plus cruel, que même les médicastres des Médicis de Florence ne connaissaient pas, ni les Borgia... La vie est un poison si on ne croit pas en elle. La vie est un poison quand elle n'est plus qu'un instrument à combler l'ambition, l'orgueil, la jalousie. On commence à sentir l'écœurement monter, comme...

— Comme moi, avant le concert, l'interrompis-je avec calme. Ce jour-là, quand vous m'avez amené ici dans votre voiture. Et depuis, à chaque fois que la musique me vient à l'esprit. »

Il ne dit rien, puis sérieusement et simplement :

« Oui. » Il hocha la tête. « Oui, quelque chose comme ça.

— Mais quand on ne peut pas faire autrement, continuai-je sur un ton d'excuse. Le but est la perfection. Il faut tout lui donner, la pratique de toute une vie et la vie elle-même, tout entière. »

Il approuva à voix basse :

« Je sais. »

Ensuite, d'un ton presque confus, doucement, il ajouta :

« Cela doit être épouvantable d'être artiste. C'est peut-être la pire des choses. Même pour les saints, c'est plus facile... ils s'élèvent au-dessus d'eux-mêmes, dans un seul grand élan de passion, ils se consument... Mais l'artiste est obligé de rester conscient jusqu'à la dernière minute. Sinon ce n'est pas un artiste mais seulement un amateur incapable, pantelant. Pour atteindre "le grand moment", l'artiste doit d'abord traverser volontairement des millions d'instants gris. Et même au "grand moment" où il exprime l'infini et le divin, il est contraint de rester aussi lucide et conscient qu'un gratte-papier qui additionne les chiffres des impôts. N'est-ce pas ?... »

Je fis un signe, oui, c'était à peu près ça.

Nous nous tûmes.

Et, parce qu'il ne disait rien, je lui demandai patiemment :

« Et que pouvez-vous faire, vous, le médecin, quand vous entrez la nuit dans un appartement étranger où le mensonge d'une vie entière hurle sous la forme de calculs rénaux ? Ou, si ce n'est pas le mensonge, le talent aigri dans l'ennui et l'automatisme écœurant de la pratique routinière ?... »

Il hocha la tête, soudain vieilli, un peu honteux :

« J'ausculte son ventre. Je prescris des médicaments. »

Il se leva tristement, il me serra les mains des deux siennes, très chaleureusement. À cet instant, il n'était plus mon médecin ; c'était un vieil homme fatigué qui regrettait son impuissance.

« La musique, proféra-t-il, est le degré ultime de l'expérience des sens. Vous avez dû vivre de façon trop sensible, maestro. Je veux dire, vivre pendant quarante ans en concubinage avec la musique... même les dieux ne le supportent pas.

— Non, répondis-je, accueillant ces paroles de compréhension avec gratitude. Effectivement, ce rapport est difficilement supportable. Mais que pouvez-vous me donner à la place de la musique ? »

Il écarta les bras, d'un geste très ancien, très italien, comme les artistes de rue quand ils terminent leur représentation devant une foule ébahie.

« Tournez-vous vers la vie », dit-il en se moquant du pathos de sa phrase. Puis, sans transition :

« Voulez-vous voir votre courrier ? »

Nous nous regardâmes fixement.

« Non », rétorquai-je brusquement. Mais un instant après, je ne sais pas pourquoi, je lui demandai, avidement :

« J'ai beaucoup de lettres ?...

— Oh ! répondit-il, sur le ton de l'exagération. Une montagne. Il nous faut un employé supplémentaire pour les trier au bureau... En réalité, oui, assura-t-il avec un sérieux ironique, des lettres, des télégrammes, toutes sortes de marques d'intérêt. Le monde est reconnaissant, maestro, continua-t-il calmement. Particulièrement dans les premiers temps.

— Dans les premiers temps ? Alors ils m'ont déjà oublié ? »

Il secoua la tête amicalement :

« Ils ne vous ont pas oublié, ils se sont lassés. Si Dieu venait à descendre sur terre, au bout de trois mois ils s'en lasseraient aussi. Au début, nous n'avons pas voulu vous déranger avec la sympathie bruyante et intrusive du monde. Nous avons tout eu ici, maestro, tout le monde : des journalistes, des messieurs et leur compassion officielle, les gens des ambassades, les coups de téléphone jour et nuit... »

Je commençai à prêter attention :

« Les ambassades aussi ?...

— *Sì, sì,* continua-t-il vivement, avec une animation chantante. Les ambassades aussi ont posé des questions. En particulier l'une d'entre elles, dans les premières semaines, de la capitale de votre patrie, attendez donc... Vous voulez savoir ? Cette ambassade a appelé toutes les nuits pendant un temps.

— Non », répondis-je, et je ressentis la même nausée que lorsque la musique me venait à l'esprit. « Non, je ne veux pas savoir. »

Il m'observa avec attention, sous ses paupières battant rapidement. Puis il dit doucement, courtoisement :

« Comme vous désirez. »

Nous restâmes longtemps sans rien dire. Ensuite, très cordialement, il reprit la parole :

« Si un jour, malgré tout, vous souhaitez voir votre courrier... je crois qu'il n'y a plus aucun obstacle. En tant que médecin, je ne l'interdirai pas. »

Je m'assis dans le lit et je criai presque :

« Qu'est-ce que j'ai ? Répondez. Vais-je guérir ? De façon générale, suis-je en train de guérir ?... »

Il répondit à voix très basse :

« Je crois qu'un jour vous guérirez. Mais à présent il faut que vous nous aidiez. Le voulez-vous ?...

— Comment puis-je vous aider ? » et je serrai ma main malade dans mon poing avec une colère impuissante.

« Je vous l'ai dit, répondit-il solennellement. Votre âme est saine, maestro, ajouta-t-il avec générosité. Mais votre corps a réagi à un mensonge, à une sorte d'empoisonnement. Je ne peux savoir quel est le mensonge qui s'est transformé en maladie dans votre corps et votre système nerveux. La plupart du temps, pour nous, médecins, cela reste toujours un mystère. Le malade meurt ou guérit... mais nous n'avons jamais aucune certitude sur le mensonge. Réfléchissez. Réfléchissez avec plus de force que jamais au cours de votre vie, avec une force que vous n'avez jamais expérimentée, même lorsque vous étiez assis à votre piano dans une salle de concert. Je ne peux vous prescrire la vie sous forme de poudre. Un jour vous vous lèverez de ce lit... maintenant, je pourrais dire que vous vous lèverez quand vous l'aurez décidé. Mais il faut le vouloir car, autrement, de nouveaux états se construisent sur la maladie et engendrent une nouvelle maladie. »

Il me regarda avec affection. Il salua de la tête et s'en alla. Je restai longtemps allongé. Cherubina ouvrit la porte, elle m'apportait un œuf cru, puis Matutina me donna mes médicaments, ensuite le coiffeur vint me faire la barbe. Aux environs de midi, l'assistant du professeur arriva, l'aspect négligé, pas rasé.

« Qu'avez-vous ? » demanda-t-il, sèchement, avec méfiance.

Il saisit mon poignet, tapota mon pouls, observa mes yeux.

« Je ne sais pas, répondis-je.

— C'est ennuyeux ici, non ? » demanda-t-il, puis il étouffa un bâillement, sifflota à voix basse un air populaire à la mode. Il se tut, comme pris sur le fait. « Je me rends compte que cela fera bientôt trois mois que vous êtes sur ce lit chez nous.

— Oui, c'est très ennuyeux, répondis-je. Le professeur est également de cet avis.

— Il est passé ? s'enquit-il avec indifférence, comme s'il savait ce qui allait suivre maintenant pour l'avoir entendu maintes fois déjà. Il a parlé d'Éros ?...

— Éros ? » J'étais surpris. « Oui, il en a parlé. Comment le savez-vous ?...

— C'est toujours ainsi qu'il commence, répondit-il, maussade. Quand quelqu'un est malade depuis trois mois et ne veut ni mourir ni guérir, alors, il raconte sa petite histoire sur Éros. Il ne vous a pas dit que la tuberculose était une question de caractère ?

— Si, acquiesçai-je en riant jaune. Ça aussi, il le dit quand quelqu'un ne veut ni mourir ni guérir ?

— Certainement. » Il hocha la tête. « C'est à ce moment-là qu'il persuade les malades de guérir et de s'occuper de la vie. » Il haussa les épaules. « Mais les choses ne sont pas aussi simples. Moi, par exemple : je suis d'aplomb sur mes deux jambes et j'offre tous les signes extérieurs de la santé. Et pourtant je ne sais pas lequel de nous deux est le plus proche de la maladie : vous qui êtes étendu sur ce lit depuis trois mois ou moi qui vais aller ce soir à l'Opéra... »

Il me tourna le dos, se planta devant la fenêtre :

« Je vous demande pardon. J'ai parlé de moi. »

Sa voix était triste, comme le sont parfois certains sons en musique. Je ressentis une certaine compassion pour lui.

« Que vous arrive-t-il ?

— Vous savez, dit-il avec plus d'entrain, pardessus son épaule, sans répondre à ma question, c'est lui qui a raison. Seulement, dans la réalité, ces vérités ne se réalisent pas. En tant que médecin, il possède des méthodes toutes prêtes, des recettes, des remèdes et des mots comme Éros, et empoisonnement et superposition. Mais tout cela ne guérit pas.

— Mais vous, qu'est-ce que vous avez ? insistai-je, têtu.

— Vous, ni la musique, ni l'art, ni l'amour ne vous guérissent », continua-t-il avec obstination, sans me regarder.

Comme si la mauvaise conscience lui faisait fermer les yeux, il refusait de répondre et parlait d'autre chose.

« Tout ceci est en surplus. La réalité, qu'on appelle santé et vie, est à la fois plus et moins que ces expériences supérieures. La réalité se trouve dans une certaine moyenne qu'il faut conserver à un certain niveau, maintenir à une certaine température... Toutefois, si je pouvais dire ce qu'est cette moyenne, je serais le plus grand professeur, éducateur et médecin du monde, le sauveur de l'humanité. Mais je ne le suis pas », et alors il me regarda, presque comme un enfant, troublé. Puis il eut un rire gêné.

« Vous êtes un chaman, lui dis-je amicalement. Un voyageur. C'est ce que vous avez dit, n'est-ce pas ?... »

Il rit :

« Un chaman qui ne connaît pas les horaires des voies célestes. » Il commença à m'examiner. « Non, maestro, faites-nous confiance jusqu'à un certain point. Nous allons vous faire des rayons... Mais ne vous laissez pas aller à un excès de confiance non plus. Il existe d'autres forces sur terre que les injections de produits chimiques, le scalpel et les rayons. »

Il regarda ma main :

« Tendez la main. »

Il examina mes doigts, un par un. Il haussa les épaules, énervé comme toujours lorsqu'il avouait son impuissance à me répondre et à m'aider :

« Oui, oui. » Il replia mes doigts comme si ma main était un objet composé de pièces détachées amovibles. « Parfait », dit-il distraitement. Et il s'apprêta à partir.

Il était toujours ainsi, distrait, négligé ; on eût dit qu'il ne se trouvait pas dans une chambre d'hôpital mais qu'il musardait dans un café viennois. Il ne prêtait pas attention à mes paroles ; les yeux ronds, la bouche bée, il me fixait, moi ou ma main, considérait un symptôme de la maladie avec un intérêt soudain et fugace. Mon corps fut parcouru d'un courant de colère, l'émotion embrasa mon esprit. Je m'assis dans le lit et commençai à crier :

« Qu'est-ce que j'ai donc ? » Et j'entendais ma voix enrouée et criarde. « De quelle tromperie s'agit-il ? Pourquoi partez-vous maintenant si vous ne pouvez m'aider ? Et d'ailleurs, de façon générale, pourquoi mettez-vous les pieds dans cette chambre, vous et les autres ? Et que me voulez-vous avec vos bavardages sur Éros, la vie, le mensonge, le voyage céleste ? Savez-vous ce que c'est, le mensonge ? Eh bien, c'est qu'un homme ne puisse venir en aide à un autre homme. Ça suffit à présent ! »

Les bras croisés, il était debout près de la porte, la tête penchée de côté, m'écoutait attentivement, sans surprise aucune, et hochait la tête.

Il dit à voix basse :

« Je crois que vous n'avez pas tout à fait raison.

— Mais qu'est-ce que j'ai ? », m'écriai-je à nouveau en me penchant hors du lit.

« Voulez-vous encore un de ces noms latins ? », demanda-t-il tranquillement, prêt à rendre service.

« J'en ai déjà eu, des noms latins. » Je croisai les bras, m'assis solennellement dans le lit. « Mais au-delà de ça, qu'est-ce que j'ai ? Pourquoi suis-je ici ? Pourquoi ne suis-je pas en train de guérir ? Je veux rentrer chez moi », dis-je, et soudain, je me sentis épuisé. Je me renversai en arrière, sur les oreillers.

Il répondit gentiment :

« Ne rentrez pas. Ce n'est pas encore décidé.

— Qu'est-ce qui n'est pas encore décidé ? La guérison ?... Je peux l'attendre chez moi aussi bien.

— Vous ne voulez pas vraiment rentrer », remarqua-t-il objectivement.

Il cligna des yeux et me regarda très attentivement. Je fermai les yeux un instant. Puis je reconnus :

« Oui, c'est vrai. »

Et alors j'éprouvai la même fatigue qu'avant l'endormissement. Comme si, enfin, j'avais exprimé la vérité. Non, je ne voulais plus retourner chez moi – ni à la musique, ni à proximité d'E., ni à ma vie, ni à rien. Mais où voulais-je aller ? Dans la mort ?

Je lui posai la question :

« Dois-je mourir ? »

J'entendis le ton grave et professionnel de sa voix :

« Il sera toujours temps quand vous vous y mettrez. Moi, j'ai fait ce que je devais faire », dit-il modestement, presque humblement. Puis il me regarda avec tristesse. « Nous tous, ici, avons fait ce que nous avons pu », répéta-t-il, comme s'il cherchait à se faire pardonner.

Je me sentis honteux :

« C'est vrai. » Et moi aussi je parlai bas, en m'excusant. « Mais que faut-il que je fasse d'autre ?... »

Il contempla ses ongles, ses doigts boudinés, ses ongles coupés court et tachés de nicotine.

« Il faut guérir, dit-il simplement. Nous vous avons donné tout ce que nous pouvons donner : piqûres, glucose, sang, médicaments. Nous n'avons plus rien, continua-t-il, comme un commerçant à court de marchandise. Et puis, vous n'avez pas tout à fait raison : ce n'est pas vrai qu'un homme ne puisse en aider un autre. » Il éleva la voix. « Vous entendez ? Seul un être humain peut venir au secours de son semblable. Seul un homme peut donner de la force à un autre qui est dans le malheur. Ça, je l'ai appris, dit-il avec une passion singulière, la voix rauque. Et ce n'est pas à l'université que je l'ai appris, mais ici, parmi les malades, parmi les milliers de malades. Ce n'est pas vrai qu'il n'y ait aucun secours possible. Mais il faut trouver l'être qui va nous aider quand nous sommes seuls et que nous ne voulons plus vivre. Vous savez, comme lorsqu'on transfuse à un autre du sang correspondant au bon groupe sanguin... Ce n'est pas uniquement du sang que l'on peut offrir. On peut donner autre chose, davantage encore.

— Où est cet être ?... » demandai-je.

Ce fut d'un ton presque sévère, avec la neutralité de l'homme de science, qu'il répondit :

« Ça, c'est à vous de le trouver. »

Puis il me laissa seul. À travers la porte fermée, je l'entendis s'éloigner en traînant les pieds. Il sifflotait.

Cette conversation eut lieu le matin ; l'après-midi, de brûlantes douleurs m'assaillirent. Une attaque en règle menée par de minuscules diablotins de combat, qu'on aurait crus échappés d'un cauchemar imaginé par le Dante de Florence ; ces monstres poisseux s'étaient matérialisés avec leurs piqûres brûlantes et leurs crocs comme des fers rouges. Vers minuit, je reçus mon injection – c'était le tour de Matutina –, et à quatre heures du matin, je sonnai encore. Ce fut Cherubina qui arriva, la belle Cherubina. Elle se pencha au-dessus de moi avec patience et une grande compassion. Je lui pris la main, elle me la laissa.

« Je n'ai pas le droit, maestro, dit-elle. Monsieur le professeur l'a formellement interdit. Nous ne pouvons vous administrer qu'une seule piqûre par nuit. Je vais vous donner autre chose.

— Non, ce n'est pas la peine. Vous savez qu'il n'y a rien d'autre. Il n'y a que ça qui m'aide.

— Je sais », soupira-t-elle.

Ses doux yeux marron brillèrent d'une lueur chaleureuse.

« On ne doit pas s'y habituer, reprit-elle. C'est pour cela. Vous souffrez beaucoup ?... » Je n'eus pas besoin de répondre. Elle posa sa main sur mon front. Elle était douce, tendre, le genre de main de femme qu'on reconnaît toujours au toucher ; ce sont ces mains-là qui nous tiennent au moment de notre venue au monde.

« Qu'on m'accorde une dose plus forte, demandai-je.

— Nous avons déjà augmenté la dose, dit-elle d'un air soucieux et confidentiel. Cette progression s'est faite très rapidement... Ne me demandez pas cela, maestro. Il vous faut guérir. Vous voyez bien que nous croyons en votre guérison, sinon nous vous donnerions autant de piqûres que vous en demandez. Maestro, c'est horrible quand on s'y habitue !... Et les médecins, quand ce sont eux qui s'habituent, chuchota-t-elle. Il en est qui s'enfoncent l'aiguille sous les cheveux, dans la peau du crâne, pour que ça ne se voie pas... Et ils mentent, ils sont capables de tout. Ici, il y a eu un interne qui volait les doses des cancéreux agonisants dans les seringues et leur injectait de l'eau. Il ne faut pas, maestro !... » et, de sa douce main, elle caressa mon visage en sueur.

La douleur me brûlait comme si on m'avait arrosé d'une vapeur d'eau bouillante. Je ne pouvais m'empêcher d'émettre des sons rauques. Cherubina, effrayée, se pencha au-dessus de moi. La porte s'ouvrit sans bruit, le petit visage ridé, figé et angoissé de Carissima apparut, encadré par sa cornette. Elle avança vers mon lit et elles se penchèrent toutes les deux.

« Il souffre énormément, dit Cherubina à voix basse.

— Je vois », constata Carissima d'une voix sans expression.

Ses grands yeux sombres m'examinaient d'un regard froid et dur. Elle clignait souvent des yeux. Des quatre sœurs, Carissima était l'étrangère et l'indifférente : c'est ainsi que je la percevais. J'avais également entendu dire qu'elle était cupide et qu'elle cafardait souvent. Une fois, Dolorissa l'avait signalée à la mère supérieure en l'accusant de vol : Carissima aurait dérobé une paire de bas dans le coffre de Dolorissa. Alors, durant des jours et des nuits, Carissima avait claqué les portes et crié au monde son tourment et son chagrin. « Comme si j'avais besoin de ses bas raccommodés !... » fulminait-elle. Elle étouffait de rage. Il y avait en elle quelque chose de fourbe, de vorace, de méchant. À présent elle m'observait attentivement.

« L'interne est couché ? » s'enquit-elle d'une voix étouffée, complice, auprès de Cherubina. Puis, haussant les épaules, elle dit :

« Attendez. »

Elle sortit de la pièce pour y revenir rapidement. Elle apportait une seringue. Cherubina ne bougea pas, elle tenait ma main :

« Pour cette fois seulement », dit sévèrement Carissima en soulevant la couverture. Je n'avais plus que la peau et les os. De ses doigts agiles, elle me piqua la cuisse. Cherubina remit la couverture en place. Elles restèrent debout à côté du lit à m'examiner sans un mot pendant un certain temps. La drogue agit rapidement. La douleur se consuma comme des braises qu'on arrose d'eau. Cherubina s'en alla. Mais Carissima resta longtemps debout à mon chevet, les bras croisés, les sourcils froncés, avec un regard sévère et perçant. J'emportai le souvenir de ce regard dans mon sommeil drogué. La dose devait être forte : je ne me réveillai que tard dans la matinée. Toutefois, le professeur ne me demanda rien et l'interne m'examina, toujours impassible.

À la suite de cette nuit, on me donna tous les soirs une injection, plusieurs même ; il suffisait que je sonne et une des religieuses arrivait et plantait une aiguille dans mon corps sans que j'aie à demander quoi que ce soit. Les journées se passaient dans une grisaille apathique ; seules les crises sauvages de la douleur me sortaient de cette torpeur. Le professeur m'examinait plus fréquemment, prescrivait de nouveaux types de traitements, du sérum, un régime alimentaire différent. Mais je ne mangeais rien et je maigrissais de façon effrayante. Je n'attendais plus que la nuit : la nuit ne me décevait jamais. La maladie fondait sur moi avec la même violence qu'un phénomène naturel latent qui, ayant attendu son heure, une certaine configuration de la lune ou des étoiles, montrait à présent son véritable visage et toute sa force. De nouveaux symptômes de paralysie apparurent, plus graves que jamais auparavant. Je les observais patiemment. Le professeur ne mentionnait plus Éros, l'interne n'évoquait plus ni un surplus ni un déséquilibre dans l'ordre du monde. Ils me soignaient avec un air sombre, opiniâtre, sans un mot, comme dans une situation de grand danger où il n'est plus temps de tâtonner ni d'expérimenter : il faut faire ce que l'instant requiert. Il n'était plus question de discuter ou de marchander avec moi : je sentis et constatai quel seigneur indépendant j'étais dans mon lit de malade, j'avais le droit d'exiger des piqûres, autant que je voulais !... Cette indulgence aurait pu d'ailleurs me faire peur : les infirmières n'en font bénéficier que les mourants. Mais je savais aussi que quelque chose était en train de se produire, un des moments mystérieux de la vie allait s'ensuivre et il n'était plus question de savoir si j'étais malade ou moins malade. Je percevais que quelque chose avait basculé.

Les médecins, les infirmières et moi, le malade, n'évoquions rien de cela, comme si nous étions associés pour mener à bien une entreprise importante. Quelle était donc cette grande entreprise ? La mort ? La guérison ?... Ou simplement un accident ? Nous ne discutions pas. C'est comme si la tempête avait pénétré ma chambre de malade. Tout bruissait, oscillait, tremblait. Je savais que, cette nuit-là, il s'était passé quelque chose. Peut-être les animaux ont-ils cette connaissance du danger et, dans les grands changements de la nature, flairent-ils les intentions des forces terrestres et célestes qui vont directement influer sur leur sort. Je savais qu'au bout de trois mois de maladie, il me fallait à présent prendre une décision. Quelque chose m'interpellait ; et j'écoutais tranquillement cette voix. Parfois, dans des moments de lucidité, je me souvenais du monde. Je me voyais apparaître sur un podium dans une salle de concert. Ou je rentrais dans une pièce où hommes et femmes me regardaient, dans l'expectative. Ou je roulais avec E. sur une route de Transylvanie. Et entre nous, cette désespérance. Et derrière tout cela, la musique. Ou je me réveillais à Paris, dans ce vieil hôtel en face du jardin du Luxembourg, je voyais par la fenêtre la couronne dorée des arbres à l'automne et je sentais la proximité du grand corps de la ville. J'étais à bord d'un bateau, en route vers l'Afrique ; des dauphins nageaient dans l'eau gris-bleu ; j'avais quarante ans, le ciel étoilé au-dessus de ma tête. Je voyais tout cela comme quand on feuillette un album de photos anciennes. Cela m'était égal de savoir quel nom je portais, qui avait vécu ces situations ; je me souvenais de moi-même comme d'un parent ou d'un ami ayant déménagé au loin.

Je comprenais que quelque chose de différent se produisait, différent de la maladie, de la crise, du délabrement, du méchant duel du corps et de l'âme. Je comprenais qu'il était parfaitement indifférent que je sois couché ici, dans ce lit parfait, ou dans la rue, devant une porte ou dans un fossé. Le professeur avait beau qualifier cette situation de *superposition*, moi je savais que personne n'avait plus les moyens de l'approcher de l'extérieur. J'étais seul, enfermé dans quelque chose qui n'avait pas de nom ; dans les livres de médecine, on connaissait aussi peu cet état que dans la vie. Car ce n'était plus la vie et pas encore la mort. Je comprenais que j'avais lâché toute main humaine, que j'étais entièrement seul et que quelque chose allait se passer.

J'étais calme.

Une nuit, une des infirmières entra – je ne les guettais plus, il m'importait peu de savoir laquelle se déplaçait autour de mon lit – qui me donna ma piqûre. Je m'appuyai contre le mur.

« Éteignez la lumière, demandai-je.

— Oui. »

Une main avança, l'interrupteur claqua. Seule la veilleuse était allumée dans la chambre obscure, cette lumière bleutée, maladive. Une silhouette se tenait debout à côté de mon lit, immobile. Je demandai dans un demi-sommeil :

« Que voulez-vous ?

— Vous allez mourir, dit la voix de femme, froide, sévère.

— Je sais », répondis-je.

La magie maligne, voluptueuse de l'injection se répandait dans mon corps, enveloppait ma conscience dans une brume fine. C'est à travers ce brouillard laiteux que j'entendais la voix car elle n'était ni connue ni parfaitement étrangère ; je n'aurais su dire laquelle des quatre femmes qui, ces mois derniers, peuplaient les phases troublées de mes jours et de mes nuits, m'adressait la parole. Je n'avais pas la force de lever la tête, de soulever mes paupières, de regarder la visiteuse de minuit qui me parlait avec une compassion aussi crue et une sincérité aussi cruelle. La drogue m'évoquait cette fois la musique, je vis une sorte de tourbillon et – pour la première fois depuis longtemps – j'entendis le son de Chopin… Et dans cet espace brumeux et léthargique, j'entendis de loin et de haut une voix de femme, la voix d'une des sœurs, qui disait :

« Je ne veux pas que vous mouriez. »

Cette voix était froide et sombre. Sans aucune compassion, sans aucune sensiblerie. Comme si elle répondait à quelqu'un et, au bout d'une longue discussion – menée avec elle-même ou une puissance inconnue –, en énonçait la conclusion. Puis elle se tut, ne pouvant rien ajouter de plus, tellement les conséquences de ses paroles l'effrayaient. C'est ainsi quand on sent que ce n'est plus soi qui parle mais une sorte de loi, la signification obscure et profonde du destin. Et qu'il se résigne, bon gré mal gré, à obéir à cette loi.

J'étais allongé dans un demi-sommeil engourdi, voluptueux. Rassemblant mes dernières forces – tout en gardant les yeux clos –, je bredouillai cette question :

« Pourquoi ne voulez-vous pas que je meure ?... »

Un long silence s'ensuivit. Une de ces pauses qui, en musique, précèdent la sonnerie tragique, le *forte*, une pause presque insoutenable au cours de laquelle toutes les passions terrestres, humaines et célestes se concentrent entre deux mouvements, dans le silence. À l'intérieur de ce silence, l'art et la vie fusionnaient pour la première fois de mon existence – je compris, déjà à moitié parvenu sur le rivage de la mort, que dans la musique comme dans la vie il existe une sorte de contact, une harmonie ultime, mathématique, et qu'à l'instant où cette harmonie bascule, elle devient vie ou mort... J'attendais la réponse de la voix hostile et froide. Et même les paupières closes, je croyais voir la figure à côté de mon lit qui, les bras croisés, immobile, le visage sévère et inexpressif, regardait l'espace au-dessus de moi d'un œil fixe – elle regardait la pénombre, le néant, l'autre espace où ce n'est pas l'œil sensible qui voit mais l'âme. Je percevais tout cela ou je croyais le percevoir. Mais la silhouette n'avait plus de visage. Cet être à la voix tragique surplombait mon destin dans l'obscurité, tel un ange sévère de la nuit. Et ne répondait pas à ma question.

Cela dura ainsi peut-être plusieurs minutes, peut-être une heure... Je m'endormis. Je me réveillai au petit matin au bruit que faisait la femme de chambre devant ma porte. J'ouvris les yeux et je vis et sentis la lueur de l'aube...

4

Le manuscrit s'interrompt ici. L'écriture menue, continue, se brise au milieu de la page. Sur la page suivante, on peut lire, d'une écriture nerveuse aux lettres plus grandes qu'auparavant, et désordonnée, ce qui suit :

L'intelligence n'est rien. La passion est tout. Peut-être ce que Goethe appelle l'Idée, ainsi que Platon et ceux qui savent que la signification de la réalité est la passion qui éclaire les formes par-derrière. La passion est davantage que la volupté. Mais ça, je ne peux le dire à personne. Peut-être si encore une fois, la musique...

Ici se termine le rajout. La feuille insérée ne contient rien d'autre. Sur la page d'après, c'est la petite écriture qui poursuit le récit qui va suivre.

5

… Tous les matins, on me donnait un bain à neuf heures ; tous les matins, une sœur différente, mais le plus souvent, c'était Cherubina, la belle Cherubina. Elle me prenait par les bras, me serrait contre elle, et m'emportait, plutôt qu'elle ne me conduisait, à la salle de bains, me déshabillait entièrement, m'aidait à entrer dans la baignoire ou, plus exactement, de ses bras musclés, elle me soulevait pour me placer dans la baignoire. Elle retroussait les manches de son habit de religieuse, fermait la porte et, dans cette familiarité triste, s'attelait à me rendre propre.

Cette familiarité n'était pas nouvelle en ce qui me concernait ; je n'avais pas eu besoin de m'y accoutumer car elle s'était développée naturellement, comme dans toute situation humaine dramatique. Elle avait débuté dès les premiers jours de ma maladie, quand j'étais à moitié inconscient, et plus tard, quand mon état s'était amélioré et que ma conscience avait repris le contrôle, c'était devenu une situation habituelle, normale, qui ne signifiait rien de particulier pour aucun d'entre nous, rien qui aurait eu le même sens dans l'autre monde, celui des gens en bonne santé. « Pudeur », ce mot m'apparaissait aussi étrange dans mon état qu'un terme polysyllabique et inaccessible d'une langue inconnue et incompréhensible. La pudeur n'existe que là où il y a désir et culpabilité ; mais la maladie avait étouffé le désir dans mon corps et m'avait libéré de la culpabilité. Pour la belle Cherubina, mon corps dénudé n'était pas celui d'un homme qui aurait pu éveiller des pensées secrètes chez une jeune femme. Quant à la situation où je m'étais trouvé pendant ces mois-là, nu comme un nouveau-né dans l'eau du bain, entre les bras de cette jeune femme, elle ne signifiait pour moi rien d'autre que le fait que j'étais malade, incapable de rien faire, et qu'une infirmière nettoyait mon corps des scories de la maladie. C'est ainsi que l'une des quatre sœurs me baignait, chaque matin ; et oui, le plus souvent, c'était Cherubina qui, pour quelque raison, faisait partie de l'équipe du matin.

Que pouvait encore signifier ce mot, pudeur, entre nous cinq ?... Peut-on livrer les tristes secrets d'un corps humain autant que moi je livrais les miens à ces quatre femmes à travers la maladie ? Moi et tous les autres, ceux des salles communes et des chambres individuelles, hier et aujourd'hui, et maintes années auparavant, les milliers de malades, hommes et femmes. Une hétaïre pouvait-elle avoir du corps une connaissance aussi véritable et complète que la belle et pure Cherubina, la sévère Carissima, la solennelle Matutina ou l'acrimonieuse Dolorissa ? Le bain, les piqûres, les exigences et les reproches inconscients et hystériques des corps torturés, l'odeur crue des organismes variés, l'intimité totale et inconditionnelle avec laquelle ces corps malades dévoilaient leurs secrets devant les sœurs : quelle situation humaine entre un homme et une femme, entre deux hommes ou entre deux femmes, et même entre une mère et son enfant, peut être plus intime, plus inconditionnelle, plus sincère dans son rapport à la vie et à la mort, que la situation de mon corps devant ces quatre femmes ? Il est impensable que des amants, même parvenus au-delà de la frontière où ils se sont perdus dans la volupté et l'étreinte, ne préservent l'un de l'autre quelque secret de leur corps, dans l'obscurité de la nuit ou la clarté du jour. Ni l'imagination la plus déliquescente, ni la description de situations et de désirs sexuels morbides dans les livres de médecine ne rendent compte de l'intimité qui se développe entre le corps d'un malade et son infirmière dans et autour de son lit. Car même les pervers, les insatiables, les impuissants, ceux qui outrepassent les limites de la bienséance et de la morale, s'ingénient à conserver une partie de leur personnalité ; ce sera toujours cette part de mystère par laquelle ils se différencieront, à laquelle ils ne peuvent renoncer, et qui les caractérise, eux et leurs particularités. Mais le malade n'a pas de secrets. Les besoins de la digestion, la douleur, l'impuissance, cet état primitif, plus impudique que l'exhibition des amants et des lubriques, plus étroit que le lien physique d'une mère et de son enfant, cette pure intimité ne peut se tisser qu'entre un malade et son infirmière. L'état primitif de la maladie ne connaît pas la pudeur. Quant à ces quatre femmes, elles ne considéraient plus le corps des hommes avec des yeux de femme... Parfois, je pensais que si. Elles n'étaient ni pudiques, ni geignardes, ni prudes ; sous l'habit religieux vivaient des âmes attentives et des sentiments vivaces. Sous leur sérieux, je sentais parfois de l'ironie, sous leur professionnalisme se cachait une sorte de bonne humeur espiègle. Elles ne se formalisaient pas des plaisanteries, des allusions au corps. Elles en connaissaient les bas-fonds, elles circulaient avec familiarité au milieu de ses tristesses et de ses turpitudes. Au cours des derniers mois, jamais il ne m'était venu à l'esprit que ces êtres qui me baignaient, me changeaient, me nourrissaient et pourvoyaient aux besoins primaires de mon corps à moitié paralysé puissent considérer mon état pitoyable autrement qu'avec une hauteur impersonnelle. Il n'y avait dans cette intimité profonde et morne aucune sorte de sexualité... du moins, c'est ce que je croyais. Mais le matin suivant la nuit où j'avais entendu l'injonction de la voix au-dessus de mon lit, « Je ne veux pas que vous mouriez ! », quand Cherubina, comme tant d'autres fois auparavant, lava mon corps malade et impuissant, pour la première fois je pris conscience de mon embarras.

Cherubina tendit la serviette vers moi avec empressement. Elle me demanda de sa voix d'une innocence enfantine et angélique :

« Vous ne vous sentez pas bien, maestro ? L'eau était trop chaude ? »

Non, dans cette voix ne résonnait aucun sentiment de culpabilité. C'était la voix chantante de paysanne de Cherubina, neutre et douce. Je fis un effort, je me levai dans la baignoire, je tournai le dos à Cherubina, je la laissai m'envelopper dans le drap de bain. Elle commença à me frotter et à me sécher de ses mains musclées et me demanda, en passant, avec une politesse distraite :

« Vous n'avez pas bien dormi ? C'était une mauvaise nuit ?... »

J'écoutai attentivement sa voix, les yeux clos, de mon oreille de musicien qui connaît avec précision chaque valeur et chaque nuance de la voix. Je voulais entendre celle de la nuit passée et la comparer avec cette voix du jour : mais je ne perçus aucune similitude. La voix de Cherubina était, comme toujours, calme, amicale et impersonnelle. Pendant un instant, je pensai : Elle est jeune, belle et femme, donc c'est une actrice. Une merveilleuse actrice ! Mais nos regards ne se croisèrent pas. Cherubina sécha mon corps humide avec la toile épaisse, me revêtit de ma robe de chambre et m'aida à enfiler mes pantoufles. Puis elle prépara mon bain de bouche.

« Ma nuit a été particulière, dis-je brusquement, comme pour attaquer. Grâce à vous.

— À moi ? » Elle accrochait le linge de bain à une patère, et alors elle me regarda, le drap à la main, et son beau et doux visage resplendit d'un sourire pur. « Vous vous trompez, maestro. Je n'étais pas de service cette nuit. »

Elle allait et venait tranquillement comme quelqu'un qui évoque des choses sans importance. Elle ment, me dis-je, elle ne peut rien faire d'autre. Et une singulière chaleur parcourut mon corps, tel un afflux de sang qui envahit de son courant brûlant des membres engourdis et sans vie.

« Qui était de service hier soir ? » demandai-je, et je m'efforçai de parler d'un ton neutre et indifférent.

Elle me répondit négligemment :

« Je ne sais pas vraiment. Peut-être Dolorissa. Ou Matutina ?... » Elle leva la tête, réfléchit, compta. « Aujourd'hui, nous sommes mardi. Si cela vous intéresse, maestro, je vais tout de suite me renseigner. Ça ne peut être Carissima, elle ne va pas bien... elle est très souffrante, chuchota-t-elle, inquiète, sur le ton de la confidence. Il y a des jours où elle doit se mettre au lit. Mais elle supporte tout sans rien dire, pour l'amour du Christ, ajouta-t-elle mécaniquement. Cependant, c'était peut-être tout de même elle. Je vais demander. Je vous en prie, maestro », dit-elle et elle me montra d'un signe le bain de bouche qu'elle avait préparé et tout ce qui était encore nécessaire à ma toilette du matin.

« Inutile, répliquai-je, puis je me levai à grand-peine. Ne demandez rien.

— Pourquoi ? » et elle se pencha au-dessus de moi, avec une familiarité enfantine, prête à bavarder. Toutes les sœurs aimaient les cancans dans leur petit monde, sur un mode débonnaire. « Avez-vous à vous plaindre de quelque chose ? Devons-nous avertir monsieur le professeur ?

— Pas du tout », dis-je et je commençai à me peigner. « J'ai passé une nuit extraordinaire. Ne dites rien à personne et ne posez pas de questions.

— Comme vous voudrez », dit-elle de bon gré.

Quelle formidable menteuse ! pensai-je.

Dans l'après-midi, le professeur convoqua une sorte de conseil de guerre médical dans ma chambre : l'interne, plus un interniste et le chef du service de neurologie de l'hôpital. En réalité, ils ne m'examinèrent même pas, ils se contentèrent de rester debout à côté du lit et de me regarder. Ensuite, ils partirent, l'interne revint avec Dolorissa aux mains habiles et elle m'administra une piqûre de stimulant, de la caféine, je crois. Leur inquiétude était perceptible à leur mutisme et à leur sérieux. Je ne sais pas ce qu'ils avaient décidé mais à partir de ce moment, ils ne me laissèrent jamais seul : nuit et jour, une des religieuses montait la garde à mon chevet ; elles se relayaient toutes les cinq, six heures. Médecins et infirmières surveillaient mon pouls toutes les heures, parfois plus fréquemment ; il arrivait au professeur de venir dans ma chambre la nuit, il prenait mon poignet et m'observait attentivement.

Quelque chose d'autre commençait, sans transition, une « maladie », certes, mais sans aucun symptôme violent : la fin. L'état orageux d'avant s'était transformé en silence paisible et en douce immobilité, sans souffrance, et une chose était certaine : je n'avais plus besoin de rien, la piqûre était tout aussi superflue que les médicaments. C'était un silence mélodieux, comme en musique l'*andante*, où se dissout la tension des mouvements précédents. J'entendais ce silence, cette musique singulière, sourde, cette harmonie très profonde et grave où tout prenait sens, tout ce qui avait eu lieu jusque-là dans ma vie. Et, comme les infirmières et les médecins, je savais qu'il n'était plus question à présent de « maladie » ni de « santé », maintenant il n'était plus question que de l'inutilité totale des remèdes et des soins ; car le silence régnait et je voulais mourir.

Et, dans ce silence, j'entendais battre mon cœur ; je regardais sans mot dire l'interne ou le professeur s'avancer gravement vers mon lit, s'emparer de ma main sans force où leurs doigts s'entretenaient avec une veine. Celle-ci battait déjà faiblement ; la fatigue qui avait gagné mon corps était générale et uniforme. Cet épuisement était un courant lent et profond ; non seulement mes mains étaient lasses, non seulement j'étais trop fatigué pour manger et dormir, non seulement mes membres s'engourdissaient dans cette inactivité interne particulière, mais c'était comme si mon corps entier était soudain épuisé après une grande lutte ou une marche forcée. Et cette lutte et cette marche n'étaient pas la maladie mais la vie elle-même. À présent, je me « reposais » vraiment. Il ne me manquait rien, je ne désirais rien, j'étais serein et calme. Si c'était les prémices de la mort, alors, ce ne devait pas être mal de mourir ; certes, j'avais vu auparavant et j'ai vu également par la suite des agonisants inquiets, pantelants, qui bataillent contre quelque chose avec une angoisse intense, littéralement habités par la peur de la mort, râlant et se défendant... Cette puissance venait vers moi doucement, dans les habits brumeux du silence.

J'écoutai et commençai à comprendre que tout ce qui me liait au monde jusque-là n'était que fumée et brume ; une autre sorte de réalité débutait pour moi.

Mais quelqu'un ne voulait pas que je meure.

Peut-on sentir et discerner une force qui n'a pas de voix, pas de mouvement non plus, qui n'a aucune manifestation terrestre, physique, rien que l'on puisse enregistrer avec un appareil, mesurer ou photographier ?... Toutes sortes d'instruments captent des rayons invisibles et prouvent leur existence ; mais il ne s'agissait ici ni d'un rayon, ni d'un courant. Quelle était cette force ?

Je constatai également qu'elle n'irradiait pas toujours avec une intensité uniforme. Parfois c'était l'autre intention qui était la plus puissante, qui traversait mon corps, mon âme et ma conscience : celle-là m'incitait à tout oublier et à dormir, dormir profondément... Parfois l'émetteur spécial qui diffusait vers moi la force rassurante, encourageante, se fatiguait et fonctionnait plus faiblement, de façon plus incertaine. Dans ces moments-là, les médecins traînaient davantage autour de mon lit, tâtaient mon pouls avec angoisse, la seringue refaisait surface, Dolorissa apportait solennellement les stimulants cardiaques sur un plateau en nickel. J'observais sans rien dire et je respirais faiblement. J'étais comme un scaphandrier plongé dans l'eau profonde qui ressent un danger en provenance de là-haut, de la surface du bateau, où le réservoir alimentant les tuyaux et le transformateur électrique actionnant les filins ne fonctionnent pas avec toute la puissance nécessaire et lui, le scaphandrier, perdu dans les profondeurs, ne reçoit l'oxygène ni en quantité suffisante ni au rythme convenu, ses poumons se contractent et son cœur se met à battre la chamade. Car à présent ce qui me reliait à la vie par un fil invisible était cette source d'énergie qui fonctionnait à proximité de moi et faisait en sorte jour et nuit, inlassablement, que je ne veuille pas mourir.

Les sœurs gardaient le silence. Elles écoutaient. Nous nous considérions, sans un mot. Ce dialogue surnaturel, au-delà des frontières de l'intelligence et de la réalité physiologique, se déroulait tout de même dans l'espace de la vie ; et je ne pouvais pas savoir qui était mon alliée secrète. J'aurais aimé que ce soit Cherubina ; j'imaginais que ce pouvait être Dolorissa, Matutina ou Carissima... et de mon point de guet semblable à une fosse, déjà à moitié une tombe, je les épiais sans rien dire. Je guettais un signal inconscient, un éclair des yeux qui les trahirait. Le message était parfois plus fort, parfois plus faible, comme une lumière qui s'éteignait, une voix qui s'évanouissait ; quelquefois, au contraire, il était strident, il me cuisait, me brûlait... Je surveillais et croyais parfois percevoir des signes ; Matutina me regardait d'une manière différente, Cherubina était de mauvaise humeur, elle restait assise à mon chevet, tête baissée, et mordillait son index distraitement ; Carissima, la malade, avec son rictus mécanique, avec l'indifférence habituelle de son visage comme un masque, veillait à côté de mon lit ; quant à Dolorissa, je ne devais être pour elle ni plus ni moins que ce que j'avais été jusque-là : un bibelot humain en train de dépérir derrière un numéro de chambre. J'observais, j'étais déjà sur l'autre rive.

Tout ce temps-là, je ne « guérissais » pas et je ne mourais pas. Je ne vivais pas non plus, en tout cas pas au sens que les médecins donnent à ce mot pour un organisme humain qui veut rester sur terre, parmi les dangers et les lieux communs magnifiques, tels les villes, l'amour, les plantes et la musique. Je ne vivais plus de cette manière-là ; le professeur avait renoncé.

L'intelligence, ce vestige de la conscience, qui fonctionnait encore dans mon corps en train de se refroidir et de se faner, commença un travail d'espionnage volontaire pendant ces journées-là. Il me fallait savoir dans quel corps de femme fonctionnait cette centrale d'énergie dont la tension emplissait d'un message de vie mon corps paralysé, penchant vers la mort. Car une force féminine luttait pour moi, je le savais, je le sentais : son caractère féminin ne prêtait à aucune ambiguïté – même dans son sommeil, un homme différencie l'effleurement d'une paume de femme et le toucher d'une main d'homme. Cette force était *en mineur*, d'une ondulation uniforme, tendre, fluide. Et le corps de femme qui m'envoyait ce message, dissimulé sous un habit et derrière une personnalité, ne donnait aucun signe diurne et perceptible qui m'aurait dévoilé laquelle des quatre sœurs se liait à mon sort à la vie et à la mort. Au fond du dénuement de la maladie, j'étais aux aguets, tel un animal blessé à mort. La force était présente mais qui la propageait ? Et pourquoi ? Je prêtais attention à chacune de leurs paroles, je les espionnais la nuit, dans la pénombre maladive qui enveloppait de ses ombres bleuâtres les silhouettes muettes qui me veillaient, j'espérais capter un regard, la répétition spontanée de l'inflexion de la voix de cette nuit-là. Cette créature humaine, cette femme, que pouvait-elle encore vouloir de moi, paralysé et agonisant ? En aucun cas ce que veulent les hommes et les femmes les uns des autres, de toute éternité, dans toute situation et au-delà des habits : elle ne pouvait souhaiter de relation sexuelle, d'homme à femme. Il m'était impossible de croire que l'une des quatre religieuses était tombée amoureuse de moi, victime d'une crise de délire, et qu'elle m'insufflait l'instinct de vie avec la volonté de cet amour tordu. Pendant ces journées-là, je compris quels lieux communs représente ce que nous savons des intentions et des capacités de communication des hommes. L'amour, la nudité, la sexualité : ce ne sont que des conséquences, les apparitions masquées d'un phénomène qui existe dans les coulisses du monde des vivants et qui parfois s'incarne. La plupart du temps, il le fait sous une forme banale, confortable, presque en robe de chambre, comme l'amour, la nudité ou la jouissance… Mais tout cela n'est que déguisement. Toute relation humaine secrète – l'amitié, l'amour et les liens singuliers qui se nouent entre des contraires qui se rencontrent et s'attachent, à la vie et à la mort ! – commence par un effleurement magique ; par cette perception onirique qui ressemble au sentiment de réalité qu'on éprouve pendant un rêve : dans une foule, parmi des inconnus, un regard, une voix, vous touche, et c'est comme un vertige, comme si vous aviez déjà vécu cet instant, comme si vous saviez à l'avance tout ce qui va se produire, les paroles, les mouvements ; c'est la réalité, impérieuse, fatale ; en même temps, c'est un songe... C'est ainsi que débutent les grandes relations humaines, et c'est ce que je ressentais alors, cet effleurement, encore une fois, peut-être la dernière, quelqu'un était venu des marges reculées de la mort, j'avais « rencontré » quelqu'un encore une fois, je vivais cette majestueuse réalité du songe, que j'avais déjà vécue une fois dans ma vie – quand ? Eh bien c'était clair à présent : quand j'avais rencontré E., huit ans auparavant.

Car à présent, comme un être plongé dans l'obscurité émerge à la lumière et commence à s'orienter, je comprenais que c'était elle qui, dans ma vie, avait été « l'amour » ; à la fois plus et moins que ce que les hommes nomment relation amoureuse. De cette passion, je ne possédais aucun souvenir d'intimité physique ; E. était malade, frigide, une magnifique, une adorable infirme. Et moi, je l'aimais malgré tout : pendant toutes ces longues nuits, alors que sans cesse l'injonction muette s'adressait à moi, j'avais compris que derrière la maladie, cette autre malade, E., comptait toujours autant pour moi. Revenait et me tentait sans arrêt le souvenir du moment où je l'avais vue pour la première fois : à l'Opéra, pendant l'entracte, dans la galerie d'honneur, où elle tenait *cercle* à côté d'une des tables, vêtue d'une robe blanche décolletée, resplendissant de sa pâleur extrême, aveuglante au milieu des hommes, une cigarette à la main, et encore entourée de la brume refluante des *Nibelungen*... Je l'avais vue et reconnue, comme si elle avait été marquée d'un signe ; et c'était à présent que je comprenais ce mot particulier, « re-connaître », et son sens véritable qui ne signifie rien d'autre, au sens biblique, que l'union amoureuse. Dans la Bible, un homme et une femme se « connaissent » quand une vie scelle une autre vie avec les mots et les gestes de l'amour : cette « re-connaissance » est le summum de ce qu'un être peut offrir à un autre. Quelque part, dans une ville étrangère, E. existait pour moi – et je ne savais plus rien d'elle, sauf l'essentiel, le fait qu'elle existait et que tant que je vivrais, ce corps froid et ce souvenir noble et brûlant signifieraient quelque chose pour moi. Où était-elle maintenant ? À l'automne, ils se préparaient à partir en Grèce… Je n'avais qu'à tendre la main, à dire un mot à l'infirmière de garde, et on m'apporterait mon courrier : je trouverais certainement dans le paquet une lettre, un télégramme qui m'évoqueraient le souvenir d'E… Cette attente triste et angoissée qui avait traversé nos rencontres des huit dernières années, cette excitation qui brûlait sous la passion latente et le désir masqué en amitié, cette impression de vie remarquable qui contenait davantage de tristesse que de jouissance, et où le discours de la passion se traduisait, en jargon musical, par une mélodie particulière, une sorte de *duo* excitant, épuisant, dévorant, peuplé de questions et de réponses : cette excitation et cette attente me revinrent pendant ces journées singulières. Je ressentis encore une fois, pour la dernière fois de ma vie, la curiosité angoissée, unique, que l'on ressent dans les débuts d'une grande et indéniable rencontre. Quelqu'un s'adressait à moi – que voulait cette personne ? De l'amour ? Fantasme ridicule, grotesque, dans cette situation où les protagonistes étaient un vieil homme malade et une partenaire inconnue. Et pourtant, pour invraisemblable que fût cette allégation, je savais dans chaque nerf, sain ou malade, de mon corps déclinant, je savais qu'une femme voulait quelque chose de moi et avec moi.

Et dans mon lit de misère, la vie s'emplit de courant et d'excitation. Car les mots qui avaient résonné cette nuit-là étaient une déclaration ; et cette déclaration était à la fois sombre et souveraine. Oui, c'était une déclaration que seul un membre du sexe opposé peut chuchoter à l'autre. Une déclaration au creux de la nuit tragique, triste, balayant toute réserve et toute considération. Je compris quelle lutte avait dû conduire l'ombre de cette nuit-là dans ma chambre ; les nuits et les jours passaient et, dans mon souvenir, j'entendais retentir de plus en plus clairement la passion inconditionnelle et grave de ces paroles. Et parce que j'étais âgé, que de surcroît la maladie avait fait vieillir chaque strate de mon âme, j'en étais arrivé au point où j'éprouvais entièrement la force et la grandeur de cette déclaration. Car les mots que les jeunes se soufflent à l'oreille les uns des autres, les balbutiements haletants avec lesquels les hommes et les femmes se chuchotent des secrets brûlants, tout cela me semblait des bégaiements imparfaits et débutants, à moi qui avais vécu une fois encore, après tant d'autres déclarations, tant de mensonges, de transports, d'illusions, cet instant où une âme, passant par le corps, appelle, avec toutes les forces de la vie, un autre être humain... Je savais que c'était une merveille ; le seul miracle possible pour les hommes, au milieu des hommes.

Six jours s'écoulèrent ainsi. Et c'est alors que je décidai de ne pas mourir.

Après les grandes crises et les maladies graves, la guérison procède avec les mêmes assauts que la maladie qui se déclenche. Une nuit, j'avais dormi profondément – le jeu de cache-cache particulier durait depuis un bon moment, mon corps s'était fatigué, je ne pouvais surveiller sans arrêt celle qui veillait à mon chevet – et le matin je m'étais réveillé avec... Mais les mots précis manquent toujours quand on doit rendre compte des transformations essentielles de l'existence. M'étais-je réveillé avec « je suis guéri » ?... non, je ne peux dire cela. Je « n'avais pas guéri » du soir au matin, seulement je n'étais plus au seuil de la mort. L'infirmière qui est entrée dans ma chambre au matin pour remplacer celle de la nuit, Carissima, le remarqua aussi – c'était la sœur malade qui m'avait veillé cette nuit-là et ce fut Cherubina qui me souhaita le bonjour ce matin-là avec son visage aimable et sympathique.

« Maestro », dit-elle, et elle frappa des mains avec un enthousiasme enfantin, « à partir de maintenant tout ira bien ! »

Elle avait dit cela avec la joie d'une professionnelle qui connaissait précisément la valeur de chaque symptôme et voyait à l'expression de mon visage et dans mon regard qu'une sorte d'opération difficile avait réussi, que quelque chose « s'était accompli », que selon les règles de l'art, un tournant que tous attendaient mais auquel ils ne croyaient plus était survenu. J'accueillis cet éclat de joie et je clignai des yeux subtilement comme quelqu'un qui est au courant de quelque chose mais ne veut encore rien en dire... J'écoutais avec la pauvre ruse du malade car moi aussi, je savais, de tout mon corps et de toute mon âme, que cette nuit, le retournement, ce virage dont nous discutions sans paroles au cours des mois derniers, avait « eu lieu ».

La guérison « éclata » ; le professeur arriva plus tôt ce matin-là et bien entendu n'alla pas jusqu'à frapper dans ses mains, il ne s'enthousiasma pas comme l'aimable et bonne Cherubina ; simplement, il s'arrêta devant le lit, se roula une cigarette, me jeta quelques coups d'œil puis concentra son regard sur le mouvement agile de ses doigts fins et blancs qui s'activaient avec le tabac et le papier à cigarettes ; il resta longtemps ainsi, à m'observer sans rien dire, dubitatif ; il sourit enfin. Ses yeux, son visage, sa bouche s'emplirent de ce sourire comme d'une sorte de lumière ; à présent, je voyais que cet homme était véritablement bon. Ce n'était pas le sourire du « bonheur », ni celui de la satisfaction du médecin, mais plutôt la franche et bienveillante gaîté de celui qui voit jaillir dans l'obscurité désespérante de la vie le rayonnement d'une lueur ; et bien qu'on sache que cette lueur est vagabonde et fugace, et l'obscurité plus dense et plus têtue, on est content... Le professeur ne dit rien mais il me serra la main et, d'un pas rapide, comme s'il ne voulait pas que d'autres remarquent ses sentiments, il sortit de la pièce.

Je sonnai et demandai mon courrier. La porte s'ouvrit, un employé m'apporta en souriant un volumineux paquet. Le monde ne m'avait pas oublié. Tous se mettaient à me parler, sous forme de lettres, de cartes postales, de télégrammes, de messages téléphoniques fidèlement retranscrits : les amis et les ennemis, les collègues et les auditeurs reconnaissants, les connaissances et les inconnus. Un flux sensible de gratitude envahit mon corps épuisé d'une vague brûlante. Le monde s'adressait à moi ; je défis le paquet et feuilletai dans l'ordre chronologique ces signes humains écrits à la main ou imprimés. Des élèves, des étrangers qui ne se souvenaient de moi que dans les salles de concert, des journalistes indifférents qui diffusaient la nouvelle de ma maladie dans les journaux, qui m'enterraient un peu et portaient déjà mon deuil – quelle infernale distraction, quelle satisfaction à présent de lire mes propres notices nécrologiques sous la plume enflée de pathos des rédacteurs de ma patrie et d'ailleurs ! –, des amis dont le sens de l'amitié s'était trop affaibli au cours des dernières années pour qu'ils manifestent leur sympathie au moment du succès mais qui prenaient la parole avec une bienveillance enthousiaste au moment où les anges du péril et de la disparition tournaient autour de moi, qui s'intéressaient à mon sort, pleins de tact ou exubérants, polis ou froidement condescendants : le monde auquel j'appartenais me parlait à nouveau. Et je restai stupéfait de voir à quel point ce monde était peuplé ! Au-dessus de la planète déchirée par l'explosion de la guerre en camps et en partis qui se haïssaient, un autre univers, plus humain, plus cultivé, plus sensible existait et m'envoyait dans ce colis postal des signes de compassion ! Et c'était la réalité, tout autant que les cruelles nouvelles des combats : au milieu des affrontements sauvages, des massacres de milliers de gens à l'aide d'armes modernes, il suffisait qu'une menace pèse sur la vie d'un seul homme pour déclencher des élans d'humanité ! Le professeur avait raison de croire que la sympathie enthousiaste de cet amoncellement de papier me toucherait... Et dans une enveloppe officielle de l'hôpital, classées à part – comme si une main attentionnée et pleine de tact les avait empêchées de se mélanger à d'autres missives écrites par des étrangers –, je trouvai les lettres d'E.

Les lettres, et aussi les messages téléphoniques en provenance de l'ambassade de X., soigneusement et précisément transcrits sur un bloc-notes. Elle m'avait appelé une première fois la nuit suivant le concert – ma conscience me ramena lentement, à tâtons, dans le temps, elle classa les jours et les dates –, vers minuit, à l'heure où de toute façon elle me téléphonait toujours chez moi, quand elle rentrait chez elle. La nuit après le concert, elle m'avait appelé et de là, le central téléphonique de Florence avait pris la peine de diriger l'appel en provenance de l'étranger vers le bureau de l'hôpital. Ensuite, pendant deux semaines, tous les jours, avec un intérêt automatique mais obstiné, selon le témoignage succinct de la note : *L'ambassade de X. s'enquiert de l'état du malade*. C'était les deux semaines où je dialoguais avec le bourreau chinois, nuit après nuit ; en ce temps-là, nous faisions seulement connaissance. Naturellement, on ne laissait à cette époque entrer aucune nouvelle, aucun courrier, dans ma chambre ; au fur et à mesure que je lisais les messages, lentement je me remémorai tous les supplices d'alors. Je sentis et vis à nouveau les journées et les nuits où je partais vers la mort en laissant tout derrière moi : la musique, E., les hommes, le monde, ma vie passée... Ensuite, les coups de téléphone se faisaient plus rares ; des lettres étaient arrivées, au nombre de quatre, les lettres d'E., dans les longues enveloppes ivoire familières, adressées de sa main en lettres souples, étroites, à l'encre bleue ; ces enveloppes dans lesquelles jadis la main dessinant des pattes de mouche tourmentées m'envoyait tant de nouvelles, des nouvelles nerveuses en français, anglais et italien, impossibles à comprendre pour des étrangers, écrites le matin au réveil quand quelque chose lui venait à l'esprit, un fragment de rêve ou le plan confus d'un projet du jour ; ce n'était pas vraiment une écriture, plutôt les signaux en morse d'une âme en alerte. Son esprit observait, envoyait des messages, oscillait constamment entre désir et peur, rêve et inquiétude, et elle donnait des nouvelles de cette façon, par phrases hachées, à l'encre bleue, dans des enveloppes couleur d'ivoire. Que m'annonçait-elle à présent ?... Je laissais reposer les lettres sur ma couverture, mes mains manipulaient distraitement les enveloppes légères, je ne me hâtais point d'ouvrir ce courrier venu de loin, qui avait perdu son actualité derrière les méridiens lointains de la maladie... Je savais ce qu'elle devait me dire ; je connaissais son écriture et sa main ainsi que l'âme qui guidait cette écriture. Elle voulait savoir ce qui m'était arrivé, elle était transportée, en état d'alerte ; puis elle s'étonnait ;

ensuite elle se fatiguait, elle devenait amicale, bienveillante, compatissante et triste... Cette âme ressentait et percevait les choses sur la même longueur d'onde que la mienne ; pendant la longue soirée que durait un concert, son système nerveux suivait parfaitement tout ce qui se passait dans mon âme et mon système nerveux alors que je me penchais au-dessus du piano ouvert et de la musique de Chopin ; mais le corps, ce corps noble et magnifique où rayonnait cette âme, était singulièrement engourdi au niveau des sens et des passions, tel le corps d'une créature morte, d'un être mythique... Je savais tout cela ; je tenais à la main cette charge légère, les lettres d'E., qui étaient arrivées à moi des profondeurs d'un univers plus lointain et plus sombre qu'un pays éloigné par la seule distance géographique, du fond de la maladie, de l'autre côté du précipice, et un tremblement envahit des pieds à la tête mon corps torturé. Ce tremblement léger n'avait jamais cessé de m'envahir à chaque rencontre avec E., dans son salon ou dans la rue ; ce tremblement qui me signalait que peut-être ce n'était pas de « l'amour » qui me liait à elle, peut-être même que je « n'aimais » pas cet être singulier, inconnu, noblement infirme, mais que j'étais attaché à elle, au-delà de la distance, de la maladie, des précipices de la vie et de la mort, à elle, telle qu'elle était, aux côtés d'un autre homme, dans un autre monde, enfermée dans son insensibilité tragique et sans espoir... je frissonnai parce que je tenais à nouveau les lettres écrites de la main d'E. dans les miennes.

Et c'était déjà la vie, tout cela, ces frissons, ces tremblements. C'était un sentiment connu, un sentiment froid et frappant, électrique, désespéré et cependant porteur de vie ! Je restai longtemps allongé ainsi, immobile, les lettres à la main. Parfois, une des sœurs jetait un œil ; Cherubina, avec tact, son doux visage gentiment souriant, éclairait l'encadrement de la porte un instant, puis Carissima, la malade, et le rictus de son visage blanc comme un masque ; elles partaient, me félicitaient sans mot dire, voyant qu'enfin je m'occupais à quelque chose : je pouvais enfin me soucier d'autre chose que de la maladie et de la mort... Vers cinq heures, je demandai un café brûlant puis j'ouvris et je lus d'un seul trait toutes les lettres d'E. Qu'écrivait-elle ?... On écrit toujours la même chose. Elle me disait ce à quoi je m'attendais, en français, en anglais et en italien, elle écrivait comme elle vivait, parlait, rêvait, m'adressait la parole, à moi et aux autres, à son mari aussi, à cet ami sage et patient. Elle m'invitait à revenir et me demandait pardon ; pour quoi donc ?... Elle évoquait ma maladie, elle avait conscience d'en être une des causes ; elle savait tout à mon sujet, l'ambassade de Rome leur avait donné, à eux et à mes amis, des nouvelles sur toutes les phases de mon mal ; elle savait que notre relation à tous les deux était le mal sur lequel la misère physique n'avait fait que prendre appui, comme une sorte de concrétion morbide sur un membre humain... Elle évoquait de façon brûlante sa frigidité. Avec une ouverture et une sincérité infinies, une soumission totale, elle reconnaissait qu'elle n'avait jamais pu ni se montrer ni se donner à moi.

C'est avec une sincérité sans voile qu'elle avouait ne jamais avoir pu être entièrement nue pour moi. Elle confiait avec passion qu'elle ne connaissait pas la passion physique. Et dans un transport de confession, c'est en balbutiant – le balbutiement des sentiments sincères – qu'elle me disait que néanmoins j'avais été et j'étais le seul homme qui ait jamais su insuffler des sensations dans son corps, dans son système nerveux, moi, ou plus précisément la musique que je faisais vivre et que je transmettais à ses nerfs au travers d'un instrument. Elle savait que ce « rapport » était morbide, contraire à la vie ; mais comme pour toute relation sincère et entière entre un homme et une femme, entre des êtres humains en général, il y avait des règles, et elle me demandait d'accepter ces règles qui créaient entre nous un autre climat, d'une clarté différente de celle régnant habituellement entre les hommes et les femmes. Ensuite, dans la dernière lettre, elle me disait qu'elle venait de parler avec l'hôpital – la lettre avait été composée trois semaines auparavant – et qu'on lui avait transmis de mauvaises nouvelles. Cette nuit-là, en entendant la voix du médecin de garde de l'hôpital, dans cette ville étrangère, elle avait senti rôder autour du lit du malade un grand danger – elle évoquait en quelques mots cette conversation, et je crus voir le rictus tendu et ironique de mon étrange chaman, l'interne, qui, dans la nuit, lui donnait des nouvelles, à des centaines de kilomètres de distance, d'un phénomène aussi douteux et confus qu'un malade et la maladie ! – et à présent qu'elle savait tout et avait tout compris, elle me suppliait de me détourner de la mort, de revenir, à la vie, à elle, à la musique, car elle ne voulait pas que je meure, elle ferait tout pour que je ne meure pas, il fallait que je guérisse et que je me hâte d'aller vers elle et, si je pensais que cela pouvait m'aider, elle m'offrait de se donner à moi.

Voilà ce qu'elle écrivait, d'un ton qui demandait pardon. Il était sept heures passées. La dernière lettre à la main, je m'assis sur le lit, comme si je voulais me lever ; c'était l'heure de la visite du soir de l'interne et en effet, après un petit coup à la porte, sa silhouette de moine trapu surgit, il me regarda de ses yeux de myope alors que j'étais assis sur le lit, les lettres à la main, sur le point de me lever, et il dit : « Pardon », comme s'il avait tout saisi en un instant, et avec tact il ferma sans bruit la porte et se retira. J'éteignis la lampe et restai allongé dans le noir. Le ton et les paroles de cette singulière lettre d'amour résonnaient dans mes oreilles comme une musique atonale. Et comme si je comprenais soudain le contenu mystérieux des événements des semaines passées, je faillis pousser un cri dans l'obscurité... Oui, c'était elle qui se trouvait derrière tout cela ; derrière la maladie mais aussi derrière la guérison ; je comprenais à présent, ou du moins, je croyais comprendre... C'était elle, E., cette amante féerique, tissée de nerfs, et pourtant plus réelle que si elle était de chair et d'os, cette créature faite de musique et de souvenirs, presque surhumaine ; elle était la cause de ma maladie et elle était aussi la force derrière le message qui m'avait ramené à la vie durant ces dernières semaines, ça ne pouvait être qu'elle. Qu'est-ce que j'avais imaginé ? Que l'une des sœurs m'avait aidé ?... Non, elle était la seule créature vivante qui connaissait la cause véritable de ma maladie. Le message m'était parvenu de très loin et seuls les nerfs torturés de mon corps dépérissant l'avaient attribué, à tort, à une des figures proches, l'une des sœurs... La réalité se trouvait là, entre mes mains – et je touchai les lettres qui traînaient là, sur ma couverture, dans le noir –, c'était elle, la réalité, cette relation humaine, E., c'étaient ses sentiments, sa volonté, son aide qui m'avaient tiré vers la vie ! Je rallumai précipitamment la lumière et je relus les lettres, cette fois plus lentement, plus attentivement. Quatre lettres, quatre confessions tragiques. Elles disaient tout ce que nous avions tu pendant ces dernières années, la pudeur, la retenue, les bonnes manières, tout cela avait fondu à la température passionnée de l'angoisse – pour la première fois, à travers la maladie, nous nous étions connus et nous étions fait connaître. Je sonnai et demandai à la sœur qui était entrée :

« J'aimerais qu'on m'installe un téléphone. Ici, dans ma chambre. »

Puis, d'une voix rauque – dont je percevais l'excitation étouffée, retenue :

« Dites au standard qu'ils me mettent en relation avec Athènes. Avec l'ambassade de X.

— Tout de suite », dit une voix blanche, mécanique.

Je levai les yeux. Carissima était à côté de mon lit.

Athènes rappela vers minuit. Nous parlâmes pendant vingt minutes ; E., son mari et l'un de nos amis, un attaché diplomatique qui passait ce soir-là dans le salon d'E. ; puis encore E. qui arracha l'appareil des mains de son mari et de l'ami commun. Finalement, ce fut le standard de l'hôpital qui coupa la ligne, moitié sérieusement, moitié plaisantant ; l'employé, se référant aux ordres du professeur, demanda, « pour raisons médicales », que nous cessions la conversation. Naturellement, c'était en réalité sur les instructions de l'interne, du chaman de la maison. Lui aussi fit une apparition dans ma chambre, peu après minuit, sur la pointe des pieds, pas rasé, n'ayant pas assez dormi, comme d'habitude, toujours aussi hirsute, vêtu d'une robe de chambre et chaussé de pantoufles, dans le désordre de sa nuit ; un peu comme s'il sortait de la salle d'opération ou si lui aussi se levait d'un lit de malade. Il bâilla. Il s'assit sur la chaise longue en face de mon lit et se roula une cigarette.

« Dans une semaine, vous pourrez partir. »

La voix d'E. tintait encore dans mes oreilles, cette voix de femme, heureuse, jubilante, hoquetant nerveusement. J'étais allongé les yeux clos et je répondis distraitement :

« Oui, je crois.

– Non, ce n'est pas "je crois", moi, je sais, dit le chaman qui se remit à bâiller. Demain vous allez commencer à marcher. Après-demain, vous allez vous plaindre des *scampi* qui ne seront pas frais. Vous ne discuterez pas la facture parce qu'il n'y en aura pas chez nous, vous êtes notre invité. Mais vous vous cassez la tête pour savoir ce que vous pourriez nous offrir, au professeur et à moi ? Vous voulez que je vous aide ? Au professeur, donnez une partition originale avec une chaleureuse dédicace. À moi, de l'argent », et il regarda les braises de sa cigarette, sérieusement et solennellement.

« Avec plaisir, dis-je en riant.

— Mais c'est sérieux, maestro, reprit-il, craintif comme un étudiant qui attire l'attention de son professeur sur le sérieux de sa question. J'ai toujours besoin d'argent. Maintenant que vous partez, je peux vous le dire. »

Mais ça aussi, il le dit en bâillant ; et peut-être seule une oreille habituée aux nuances musicales entendit, au-delà du ton de plaisanterie cynique et ironique, qu'il parlait sérieusement, et d'autre chose que l'argent... Je prêtai l'oreille. Il n'avait pas coutume de me rendre visite la nuit, il était trop paresseux et égoïste, après minuit il ne se levait que pour les agonisants.

Que voulait cet homme, cette nuit, dans ma chambre ? Pendant longtemps il ne fit que bâiller, se gratter, fumer. Je m'assis dans le lit, comme si je me réveillais. Cet homme qui s'était toujours adressé à moi d'une façon désinvolte, presque comme si nous étions dans un café, ne m'était pas indifférent. Je n'aurais pas su dire ce que j'attendais de lui. Mais il ne m'était pas indifférent. Simplement, sans transition, je demandai :

« C'est vous qui avez fait interrompre ma conversation, tout à l'heure, au bureau ?

— Oui. » Et il cligna des yeux.

« Pourquoi ?

— Parce que la conversation vous fait du mal.

— La conversation en général ? Ou cette conversation en particulier ?

— Celle-ci, précisément celle-ci », et il hocha la tête comme s'il me félicitait de comprendre si vite.

« D'où savez-vous ? »... demandai-je, énervé. Il me coupa la parole :

« Soyez assuré, maestro, que je suis médecin, c'est-à-dire que je suis censé savoir quelque chose d'un malade avec lequel j'ai traversé une période critique. Je ne connais pas la personne avec qui vous avez parlé. Vous êtes guéri. Disons plutôt qu'il ne vous manque pas grand-chose pour que le soyez. Mais ne retournez pas vers cette femme. »

C'était presque de l'insolence, de la grossièreté ; « cette femme », avait-il dit, avec indifférence. Cependant je n'arrivais pas à lui en vouloir. Il avait cette capacité particulière d'aller – sans transition aucune – à l'essentiel. Je poursuivis, sur le même mode que lui.

« Et pourquoi ne retournerais-je pas vers elle ? » lui demandai-je sans colère, sérieusement, avec curiosité.

« Tout d'abord », et il leva son doigt taché de nicotine, « parce qu'on ne doit jamais retourner vers quelqu'un qu'on a quitté une fois pour toujours. C'est une règle de vie. Il y a très peu de règles dans la vie. C'est l'une d'entre elles. Ce genre de retour est mortellement dangereux. Vous avez quitté cette femme et rejeté tout ce qui s'était construit à partir de la ramification pathologique de cette relation. À présent vous êtes plus ou moins guéri et vous pouvez retourner dans le monde. Alors pourquoi voulez-vous revenir vers la maladie ? Qu'espérez-vous y trouver ? C'est absurde », conclut-il brièvement en jetant sa cigarette.

Je m'accoudai sur mon oreiller ; je contemplai cet homme aux cheveux embroussaillés avec stupeur.

« Que dites-vous là, monsieur ? » dis-je d'un ton mondain, très condescendant ; enfin, pour autant que ma position allongée et ma situation de malade envers un médecin le permettaient...

« Je vous en prie, dit-il calmement. Si vous le désirez, nous pouvons parler de musique de chambre. »

Tout cela semblait incongru, indiscret, déplacé ; et pourtant je ne le ressentais pas ainsi. Très simplement, cela me paraissait essentiel. Je m'efforçai cependant de garder la même tonalité, sociale, dissuasive.

« Que savez-vous donc de cette personne que vous avez nommée "cette femme" ?...

— Exactement tout ce que doit savoir un médecin traitant, dit-il avec empressement. Je vous le répète, si vous voulez, je peux partir. Ou nous pouvons bavarder de sujets neutres. Par exemple la guerre. L'avenir de l'Europe. Pardonnez-moi ces paroles ridicules et faciles, dit-il avec une chaleur inattendue dans la voix, franchement ; il se pencha et me regarda attentivement dans les yeux. Cette voix de femme vous a maintes fois appelé au cours des dernières semaines. Parfois, c'est moi qui lui ai répondu. Il y a même eu des moments où nous avons parlé assez longuement parce qu'elle voulait tout connaître de votre état. Nous avons fait connaissance au téléphone. Je sais qui elle est... Mais en fin de compte cela ne me regarde pas. Ce qui me regarde, ce qui concerne également le professeur et cette institution, c'est de vous laisser partir guéri. Dois-je préciser que notre responsabililité est grande ? Vous n'êtes pas une simple personne privée ! Mais si, sérieusement, maestro... Ne vous en défendez pas, ce serait mesquin, cela ne vous sied pas. Vous êtes musicien, un vrai musicien, et il n'existe plus beaucoup de vrai en quoi que ce soit... De vrais médecins, il y en a très peu aussi. » Il se rongeait les ongles. S'en rendant compte, il mit ses mains dans ses poches et s'excusa : « Pardon », puis il ajouta : « Cette dame est communicative. Elle a eu sincèrement peur pour vous. On n'éprouve autant de peur pour une personne que si on y tient. J'ai également parlé avec son mari. Ce sont des gens exceptionnels. Des gens du monde. Ils ont tout vu et à partir d'une certaine hauteur... Mais moi, vous voyez, je vis parmi des malades, des bassins et des crachats, et je n'ai pas les moyens de considérer ce qui est important d'en haut. Vous êtes important. C'est pourquoi je ne peux que répéter ce que j'ai dit auparavant. Vous allez guérir. Vous partirez d'ici dans quelques jours. Mais ne retournez pas vers cette femme. »

Il se leva comme s'il se rendait compte de ce qu'il avait dit, soudain embarrassé, et il se pencha d'un air d'excuse :

« Pardon, dit-il. Vers cette dame. »

Puis il s'apprêta à partir.

« Attendez, lui dis-je. Que pouvez-vous comprendre de ce que signifie cette femme pour moi ?

— La maladie, répondit-il simplement.

— Et peut-être la guérison aussi. Vous n'y avez pas pensé ? »

C'était une conversation comme on en a rarement dans la vie. Au-delà des accords sociaux et des limites imposées par les bonnes manières, quelque part au bord du précipice. Cet homme négligé, mal élevé, produisait toujours sur moi le même effet, comme s'il existait en dehors des règles ; en dehors, loin des règles sociales, loin de tout ce qui participe des consensus mais proche de tout ce qui était humain. Le professeur n'abandonnait jamais la lisière subtile où les règles sociales étaient encore valables ; il s'arrêtait sur le seuil, observait poliment et attendait. Mais le chaman, comme se nommait lui-même cet homme singulier, ne connaissait pas la bienséance neutre et bienveillante.

« C'est un mode de guérison homéopathique, dit-il sérieusement. Je ne le recommande pas. Soigner le mal par le mal... cette considération est soutenue par une école célèbre mais moi, je n'y crois pas. »

Il voulut quitter la pièce. Je levai la main :

« Puisque vous avez exprimé votre pensée, exprimez-la jusqu'au bout. Pourquoi croyez-vous que cette relation puisse nuire à ma guérison ? »

Il haussa à nouveau les épaules.

« Il ne faut pas vous retourner, maestro, dit-il doucement, la voix un peu rauque. C'est mon expérience. Vous avez fui cette relation... elle est partie dans la maladie. Il ne faut pas vous retourner. C'est tout ce que je peux vous dire. »

Il s'étira et puis continua poliment, presque avec mondanité :

« Veuillez m'excuser si j'ai manqué de tact. »

Il me salua d'un signe de tête. Je ne l'avais encore jamais vu ainsi.

Monsieur le professeur était également d'avis que je pourrais partir à la fin de la semaine.

Tout me semblait facile, comme dans un conte. Les premiers mouvements. Le premier réveil. Marcher dans la pièce, puis dans le couloir recouvert d'une verrière, au milieu des lauriers. Cherubina m'accompagna pour ma première promenade, nous nous tenions par le bras en souriant et faisions fièrement les cent pas dans la lumière du début de printemps. « Comme des amoureux », remarqua l'interne lorsqu'il nous rencontra, en nous complimentant ironiquement. Et Cherubina sourit gaîment. Tout le monde souriait ces jours-ci. Et toutes les nuits, le téléphone sonnait. « On vous appelle d'Athènes », disait une voix aimable, au standard de Florence.

Nous avions fini par nous connaître, les standardistes d'Athènes, de Florence et moi, sur mon lit de malade, autour de minuit. Celui d'Athènes m'assurait en français, sur un ton de confidence, que la dame allait « bientôt être là » et qu'il composait le numéro secret. Celui de Florence, avec un empressement mélodieux, comme un entremetteur de minuit, introduisait la voix connue dans ma chambre sur un ton familier : « *Ecco,* voici votre rendez-vous, monsieur !... » Pendant une semaine, toutes les nuits, entre minuit et une heure du matin, la voix d'E.

résonna dans la pièce. Elle était impatiente et réjouissante par sa proximité. Personne ne pouvait être aussi intime, familier et sensuel, au téléphone, qu'E. – et tant que j'écoutais et laissais agir sur moi cette musique humaine ensorcelante, je savais que cette intimité était un des symptômes, et non des moindres, de la maladie d'E., la capacité caractéristique des femmes froides, *frigides*, qui ne sont capables d'exprimer généreusement leur tendresse que cachées, désincarnées, libérées par la distance, le lointain et l'absence de conséquences – elle ne savait se comporter avec passion, sans peur et sans retenue, que de cette façon et dans ces moments-là. Je savais tout cela et je haussais les épaules ; je fermais les yeux et j'écoutais cette voix qui m'envoyait des messages, chuchotait, cette voix sensuelle, enrobée de mystère, brûlante. Elle était ainsi parce qu'elle était loin. « Ah, tu es donc comme ça ! pensais-je. Bien. Demeure ainsi ou sois une autre, mais reste avec moi... » Et je demandais au standard de ne pas encore rompre la communication. Mais le standard rechignait. Ça suffisait, déclarait Florence avec une supériorité familière. Et Athènes : « *Assez, cher maître*, pour ce soir cela suffira... » Notre relation, cette relation aérienne, électrique, était publique, elle survolait les pays dans la nuit. Et, bien entendu, ce n'était pas seulement dans les espaces aériens qu'on était au courant mais à l'hôpital aussi.

Qui avait cancané ? Le standard de l'hôpital ? L'interne ? Le professeur, l'une des sœurs ? Cela pouvait être n'importe qui car l'hôpital entier, chaque chambre de malade, était au courant des rendez-vous téléphoniques nocturnes. On savait que le patient de la chambre sept était guéri, et qu'une *donna*, une dame distinguée, très distinguée ! l'appelait d'Athènes. Et tous savaient – Cherubina m'en fit part le lendemain – que de mon lit d'hôpital, j'allais filer immédiatement à Athènes, où « on m'attend avec impatience ». Cherubina avait dit ça avec bonne humeur, en riant ; si, pendant les crises de ma maladie, j'avais entretenu l'illusion d'une « force » et d'un « message » en provenance de cette personne rayonnante, ce rire complice, gai et compréhensif me convainquit que Cherubina ne m'avait jamais apporté, au cours des derniers mois, une aide différente des autres : elle avait été professionnelle, elle avait exercé une compassion neutre et une pitié concrète. Mais qu'avais-je donc à faire de Cherubina à présent, de mes méditations, de mes rêveries maladives, de mes délires, de mes idées fixes ? Derrière tout cela, il y avait E. – c'est ce que je pensais lorsque je reposais, heureux et fatigué, l'écouteur sur son socle – et si, en effet, il y avait un miracle qui me faisait vivre, cela ne pouvait être rien d'autre que la volonté d'E. qui me rappelait de cette fosse obscure à la vie.

Certes, le peuple bavard de l'hôpital avait deviné la vérité : j'allais partir dans quelques jours pour Athènes, ainsi que nous en étions convenus avec E. et son époux ; je prendrais l'avion à Rome. D'Athènes, j'irais directement sur l'île de Corfou où E. avait loué une maison sur un flanc de colline protégé du vent… Et tout rayonnait d'une clarté merveilleuse : la contrée de la maladie, que j'allais quitter à tire-d'aile, dont les rivages s'estompaient, la fin de l'hiver, E. et Corfou à l'horizon lointain, tout se mettait à briller d'éclats de lumière réjouissants et aveuglants. Nous nous mîmes d'accord avec le professeur sur la date de mon départ : à la fin de la semaine, samedi après-midi. Le bureau s'occupa de me procurer une place dans l'avion. Je dictai des lettres, je fis mes adieux aux employés, aux connaissances lointaines, je les remerciai pour leurs condoléances un peu hâtives mais bienveillantes. Le professeur considéra tout cela en hochant la tête.

« Eh bien, alors je vais vous examiner en guise d'adieu », dit-il brièvement lorsque je lui fis part de mes projets de voyage.

Il s'approcha du téléphone intérieur et fit demander l'interne, Cherubina et Dolorissa. « Mais oui, mais oui », répéta-t-il brièvement, se répondant à lui-même, et en même temps il se lavait les mains comme s'il se préparait à opérer. « Il s'en va, bien sûr qu'il s'en va. En avion », dit-il, il se pencha au-dessus du robinet fumant d'eau chaude et il laissa tremper ses mains pleines de mousse de savon. « Eh oui, les malades sont comme ça, dit-il au jet d'eau. Ils pleurnichent, supplient, ensuite ils guérissent et les voilà qui s'envolent déjà, ils retournent vers la lumière, la lumière… Eh oui, ils sont ainsi. »

Il parlait de cette façon, un peu comme un vieillard, marmonnant, de bonne humeur. Moi aussi, c'est de bonne humeur et confiant que je l'écoutais. Il ajouta, lentement :

« Vers la lumière, comme les insectes », et il se frotta les mains avec la serviette épaisse.

« Ce n'est pas la pire des fins », et moi aussi, je souris.

Je me préparais avec une certaine fierté à cet examen, comme un bon élève conscient du sérieux avec lequel il a bûché et confiant en ses chances de succès. Je me sentais totalement en bonne santé. Je ne pouvais imaginer qu'une personne tellement consciente de cette bonne santé n'en ait peut-être pas fini entièrement avec la maladie.

Je ne songeais à rien d'autre qu'au samedi après-midi où un avion dans lequel j'aurais pris place m'emmènerait au-dessus de la mer, vers Athènes. L'interne et les religieuses arrivèrent. Le professeur, tel un chef d'orchestre, frappa doucement le bord en bois de mon lit avec son stéthoscope.

« Nous pouvons commencer. »

Ils m'examinèrent selon la méthode que je connaissais, et je les aidai avec l'empressement du malade affranchi. Ils m'avaient ausculté maintes fois ainsi, dans cette chambre, dans des situations presque désespérées : à présent, j'éprouvais une sorte de supériorité timide car l'examen se déroulait à la perfection, mon corps répondait avec obligeance à toutes les questions du professeur, bien entraîné, comme s'il menait à bien une démonstration de gymnastique. « Superbe », dit le professeur, et l'interne bougonna son approbation ; « superbe », dirent-ils, et comme pour les excellents élèves à l'examen final – les élèves dont les grandes compétences ne font aucun doute pour les examinateurs –, ils me soumirent plutôt des questions accessoires, symboliques... Le corps répondait à chacune d'entre elles, et le visage, la main, le pied sollicités par le professeur lui donnaient avec diligence la réponse qui encore quelques semaines auparavant semblait exclue. Qu'ils m'appliquent de la glace ou une sonde brûlante, m'auscultent de la pointe ou de la partie plate du stylet, je répondais sans faute, toujours, oui ou non... « Parfait », dit le professeur. Je marchai les yeux fermés, avec la même sûreté et la même détermination que s'ils étaient ouverts ; et le professeur souleva ma main droite et dit :

« Eh bien, nous pouvons être fiers », et il sourit à nouveau, doucement. « N'est-ce pas ? » demanda-t-il à l'interne en insistant d'un air important sur l'inutilité de cet examen, sur le fait que ce n'était plus qu'une formalité et la preuve polie de leur intérêt pour moi... « N'est-ce pas ? » demanda-t-il aux religieuses.

Mais elles ne répondirent pas, l'interne non plus. Ils écoutaient sagement, sans approuver ni désapprouver, comme des soldats qui ne prendraient pas la parole en présence de leurs supérieurs hiérarchiques.

« Cette main », dit le professeur, tenant de deux doigts ma main droite, comme si c'était un objet, qui a offert au monde tant de merveilles. « Qui pourrait comprendre cela ?... Cette main, comme les autres... »

Il parlait, à la fois ironique et complaisant. Mais je me rendis compte de son attention. Il observait ma main. Je surpris dans ses yeux bleus une lueur qui signifiait que, malgré la satisfaction qu'il affichait avec une certaine suffisance, il observait ma main et qu'il était gêné, comme s'il parlait d'autre chose...

À présent, un des exercices habituels suivit : il me pria d'écarter les doigts de ma main droite et de les laisser dans cette position sans bouger. La tête en arrière, il observa très attentivement ma main soulevée en l'air, les yeux mi-clos. « Merci », dit-il doucement. Il enleva ses lunettes et commença à nettoyer ses verres.

Pendant quelques instants qui me parurent très longs, nous restâmes ainsi : sans bouger, sans un mot. Le professeur, ses lunettes à la main, tête baissée, l'interne et les sœurs dans la même immobilité professionnelle, dans l'attente, et moi, maladroit, ma main droite soulevée haut avec les doigts écartés.

« Tout va bien ? » m'enquis-je, et, embarrassé, je cachai ma main derrière mon dos.

Les infirmières rangeaient les instruments. L'interne s'approcha de la fenêtre et contempla le mur pare-feu. Le professeur en finit avec le nettoyage de ses lunettes. Il les remit sur son nez, la tête penchée, il cligna distraitement des yeux dans ma direction comme si j'avais proféré un lieu commun auquel ce n'était pas la peine de répondre.

« Pardon ? demanda-t-il distraitement. Mais oui, bien sûr, tout est parfaitement en ordre. Alors vous partez samedi ?... Nous nous reverrons d'ici là. »

Il s'empara de ma main droite en un geste d'adieu amical, il l'effleura plutôt qu'il ne la serra. À ce moment, je sentis que, sous le prétexte de la poignée de main amicale, de ses doigts souples il avait délicatement tâté l'annulaire et le petit doigt de ma main droite.

Ça, c'était le jeudi après-midi. Je passai la journée de vendredi à m'organiser, faire mes bagages et me livrer à des adieux fébriles. J'avais fait venir des cadeaux de la ville pour les sœurs. Cherubina pleura, Dolorissa, bien qu'abrupte et hautaine, accepta mon présent avec gratitude, Matutina bêtifia avec bienveillance, Carissima, la souffrante, me dit un au revoir laconique et officiel. Je donnai un chèque à l'interne qui le fourra dans sa poche sans un mot, en haussant les épaules. Il dit qu'il m'accompagnerait à l'aéroport. Si je les avais mieux observés, j'aurais vu, j'aurais deviné leur gêne. Mais il se passerait encore des semaines avant que je ne m'asseye au piano et me rende compte que deux doigts de ma main droite étaient paralysés.

D'autres soucis m'assaillaient ce vendredi-là. Cherubina et la femme de chambre avaient terminé de remplir mes valises, des visiteurs étaient arrivés, deux éminents membres du parti local, deux excellences pansues aux cheveux gris, en chemise noire, arborant des décorations. Ils étaient à la fois courtois et puérilement martiaux dans leurs atours guerriers, absurdement belliqueux avec leurs gros ventres de vieillards, comme une révolution qui aurait pris du poids. Je les remerciai de leur assistance officielle, ils exprimèrent leurs regrets pour ce qui m'était arrivé en espérant que désormais les choses allaient rentrer dans l'ordre... Je me sentis fatigué après cet adieu officiel. Je me mis au lit – pour la dernière fois sur cette couche particulière qui avait été mon seul foyer pendant des mois – et je demandai à Cherubina qu'on me réveille tôt le lendemain matin. L'heure du dîner passa, la chambre s'emplit du silence lourd de la nuit à l'hôpital, ce calme artificiel et étouffant, l'absence du bruit de la souffrance, mise en sourdine. Je restai longtemps allongé ainsi, les yeux fermés, sans dormir. Dans ce demi-sommeil, j'entrevoyais des images, des mots, des souvenirs muets ou sonores, des lambeaux de visions brumeuses de ces derniers mois. La douleur, le cauchemar de cette horreur sans forme et ensuite l'arrière-goût du brouillard salutaire m'apparurent, le souvenir de l'ivresse menant à la nausée mais en même temps secrètement attirante des « rendez-vous chimiques »... Je restai allongé ainsi, dans la brume des goûts et des sensations, comme quelqu'un qui écoute de la musique. Je m'éveillai lorsque la porte s'ouvrit sans bruit et l'une des sœurs fit son apparition dans la pénombre.

C'était Carissima. Elle scruta la chambre dans l'ouverture de la porte. Lorsqu'elle vit que je ne dormais pas, elle s'approcha sur la pointe des pieds. Le bureau envoyait un message, dit-elle : Athènes ne répondait pas ce soir. Le standard de Florence pensait qu'il devait y avoir un problème de transmission quelque part et craignait de ne pouvoir entrer en contact avec Athènes que bien plus tard, vers le lever du jour... Désirais-je être dérangé par la sonnerie si tard ?

« Quelle heure est-il ? » demandai-je.

La sœur regarda sa montre-bracelet à son poignet.

« Une heure passée », répondit-elle d'un ton serviable, avec empressement.

J'avais rêvassé longtemps ! Peut-être ne pourrait-on me mettre en relation avec le numéro secret à Athènes que vers trois, quatre heures du matin ! Je ne pouvais me permettre de déranger E. Nous avions déjà précisé la veille les détails de mon voyage et de mon arrivée.

« Je vous en prie, dis-je, avisez le bureau de supprimer l'appel. Quand il arrivera, ce sera trop tard.

— Oui, dit-elle avec obligeance. Ce sera peut-être à l'aube. Cela dérangerait le numéro d'Athènes. »

Elle avait prononcé ces paroles d'une voix neutre, sur le ton de la conversation ; elle me tournait le dos, rangeait quelques objets sur la table. Elle ne me prêtait pas attention. J'ajoutai sans y penser :

« Je n'aimerais pas que la sonnerie les réveille.

— Oui. » Elle se tourna lentement vers moi, le plateau chargé d'instruments, et se dirigea vers la porte. « La sonnerie dérangerait la dame au petit jour. »

Sa voix était sans couleur, sourde ; mais elle me toucha. Je la regardai involontairement. Elle se tenait droite, dans la posture d'une servante et d'une infirmière, et s'apprêtait à partir. Je remarquais à présent comme cette femme était malade et chétive ; on devinait la maigreur de son corps délabré sous le voile et l'ample et informe habit de religieuse.

« La dame ? demandai-je nerveusement. Vous voulez dire, l'appartement.

— La dame, au petit jour », répéta-t-elle d'une voix froide et calme. Et elle resta immobile.

Dans sa voix, polie et neutre, s'était soudain immiscée une nuance hostile et agressive. Elle me réveilla complètement. Je m'assis dans le lit, j'allumai la lampe. Dans la lumière crue, je contemplai la silhouette familière. Elle m'était maintenant étrangère. Pendant un certain temps – de longues minutes dont il était impossible de mesurer la durée sur une montre – nous nous regardâmes fixement. Elle soutint mon regard sans un battement de cils.

Cet instant était celui où on pense : *c'est comme si je la voyais pour la première fois*. Quand des personnes, des choses se révèlent, quand elles montrent leur véritable visage, sous un jour nouveau, réfracté dans la lumière d'une situation particulière. Je vis pour la première fois à quel point cette religieuse était malade ! Son visage était tout petit, comme une paume ridée et blanche. Dans cette face livide luisaient deux yeux noirs et froids. Ils n'étaient quasiment plus humains, ils ressemblaient à des yeux d'animaux. C'était un squelette qui se déplaçait sous l'habit noir et blanc et, dans le cadre blanc immaculé et amidonné de la cornette, les yeux rayonnaient d'une lumière noire dans son visage comme un masque.

« La dame ? demandai-je automatiquement. Quelle dame ?

— La dame d'Athènes, répondit-elle avec calme.

— D'où savez-vous, ma sœur, à qui je téléphone ?

— Une dame, reprit-elle, têtue. Tout le monde le sait. L'hôpital entier. »

Elle était plantée là, dans la clarté froide, telle une vieille statue primitive dont un artiste à la main fruste n'aurait sculpté que les contours. Elle parlait comme d'habitude, de façon simple et objective, comme si elle évoquait un médicament, une méthode de soin, un quelconque devoir lié à sa charge. Seule sa voix était cinglante, froide, hostile. Et son regard jetait des braises, ce regard fixe, brûlant.

« Oui, dis-je. Si tout l'hôpital est au courant... Vous désirez autre chose, ma sœur ?

— Non. Et vous, maestro, vous n'avez besoin de rien ? »

À nouveau cette voix disciplinée, glacée, où perçait une émotion incompréhensible : sarcasme, agression, je ne savais pas ce que c'était...

« Non, merci, je n'ai besoin de rien. »

Nous nous regardâmes encore un instant. Puis elle se retourna lentement vers la porte. Je ne vis plus que sa tête penchée dans l'encadrement ; comme si elle se déplaçait complètement tordue. Une impulsion, fondée sur la curiosité et la pitié, me poussa à lui offrir une parole pour la route, pour la nuit, à ne pas la laisser partir sans rien lui dire.

« Vous n'êtes pas en bonne santé, ma chère sœur ? » m'enquis-je.

Elle s'arrêta net. Elle fit demi-tour, posa le plateau sur la table et vint à côté de mon lit. Elle se croisa les bras sur la poitrine, cacha ses mains dans les larges manches de sa robe. Elle se posta près de la tête du lit, entre le mur et la table de nuit, et elle s'appuya légèrement contre le mur. Puis :

« Je suis leucémique.

— Oui, acquiesçai-je avec la reconnaissance professionnelle des malades entre eux. Vous êtes magnifiquement soignée.

— Oui. On me soigne. Dans six mois, je serai morte.

— Mais non, voyons. Pourquoi dites-vous des choses pareilles ? Monsieur le professeur, les médecins... Vous allez sûrement guérir.

— Au plus tard, six mois. »

Elle parlait sans passion, sans émotion, sans plainte, comme si elle donnait des informations sur le sort d'un malade inconnu, comme si elle faisait une constatation médicale. On ne peut discuter avec quelqu'un qui a ce genre de voix. Pas l'ombre d'une lamentation, de pitié envers elle-même... Cette objectivité me choquait et m'empêchait de répondre par des lieux communs de commisération. Ce ton objectif, confiant, naturel était d'une certaine façon impérieux ; comme quelqu'un qui n'aurait pas beaucoup de temps, qui serait au-delà du temps de la discussion et des conversations, qui refusait, même par politesse et pitié, toute discussion superflue sur une réalité qu'il connaissait mieux et plus précisément que quiconque. Je compris que la religieuse savait tout de sa maladie et qu'elle allait vraiment mourir, très vite, au plus tard dans six mois. Elle ne se lamentait pas. Elle ne sollicitait aucune compassion. Sa seule requête à mon égard, c'était justement que je ne me fatigue pas en signes de compassion inutiles. Cependant, je lui dis lâchement et bêtement, comme la plupart des autres l'auraient fait dans cette situation :

« Rien n'est jamais certain.

— Ça, c'est certain », fut sa brève réponse.

Elle parlait sèchement, en martelant ses mots. Je ne la voyais pas. Elle était à côté de moi, très proche, mais il aurait fallu que je me tourne sur le côté pour la voir. Elle était appuyée au mur, les bras croisés, elle ne bougeait pas en parlant.

« J'ai bien guéri, moi, dis-je.

— Oui. Vous êtes guéri, maestro.

— Dieu l'a voulu ainsi », répondis-je, d'un ton pieux. Je croyais lui faire plaisir, la consoler en disant cela.

« Dieu ? dit-elle d'une voix sèche. Je ne sais pas. »

Cette déclaration proférée par une religieuse sonna d'étrange façon. Je ne la regardais pas, je fixais la lumière de la lampe. J'étais complètement réveillé. Je ressentais autant de lucidité, de curiosité, d'attente anxieuse que si j'allais connaître à présent seulement la signification de tout ce qui s'était passé dans cette chambre depuis des mois. Qu'avait dit cette sœur condamnée à mort ? Elle ne croyait pas que Dieu m'eût aidé ? Pourquoi était-elle debout à côté de mon lit avec autant de dévouement ? Je me tournai et je regardai son visage.

Je contemplai longuement ce visage familier, que je n'avais jamais observé jusque-là. La seule chose que je savais était que, des quatre sœurs, elle était l'étrangère, l'impersonnelle. J'avais plus à voir avec la grosse et rude Dolorissa qu'avec cette triste et maigre créature malade. Carissima était, des quatre infirmières, celle que le patient ne remarquait jamais ; elle soignait impeccablement, comme d'autres, sans bruit, sans qu'on se rende compte de sa présence… mais jamais elle ne trahissait par aucun de ses mots ou de ses gestes quoi que ce soit de cette réalité mystérieuse qu'on appelle personnalité, individualité. Quand elle entrait dans la pièce, on eût dit qu'elle fonctionnait non pas comme une personne mais comme un instrument de soin... Et maintenant qu'elle s'exprimait, toute sensibilité manquait à sa parole ; maintenant aussi, elle parlait de façon automatique, sèche, comme toujours lors de nos échanges au cours des derniers mois.

« Vous ne croyez pas en Dieu ? demandai-je brusquement, d'un ton agressif.

— Je crois en Dieu, répondit-elle d'une voix scolaire, comme une élève qui récite son catéchisme.

— Vous ne croyez pas que la volonté de Dieu puisse guérir ?... »

Pourquoi posai-je cette question ? Cette conversation avait quelque chose de forcé ; questions et réponses se suivaient mécaniquement, impossible de nier quoi que ce soit... Il était minuit passé, mais je n'étais pas fatigué ; plutôt énervé, inquiet. C'était le même genre d'énervement que celui qui avait précédé l'irruption de la maladie. L'inquiétude grésillait dans mes jambes, dans mes mains, tel un fourmillement morbide... Elle répondit calmement :

« Je ne sais pas quelle est la volonté de Dieu. Je ne sais pas non plus quand Il guérit. Je ne sais rien. »

Elle parlait comme une figure dans un rêve. Et moi aussi je l'écoutais dans un rêve éveillé, lucide. Elle était aussi étrangère qu'une apparition surnaturelle. Son visage, cette tache blanche d'où rayonnaient deux éclats noirs : c'était tout ce que je distinguais. À la place de sa bouche, un trait étroit, sévère. Cette femme n'avait pas de lèvres... D'ailleurs, était-ce une femme ? Une religieuse qui allait mourir. Peut-être, si elle avait gémi, si elle s'était lamentée, serais-je resté indifférent. Mais cette objectivité glaciale me choquait :

« Ma chère sœur, bégayai-je dans mon embarras, ne pourrais-je vous aider ?...

— Non, dit-elle brièvement. Vous ne pouvez pas. Personne ne peut m'aider. »

Je me soulevai dans le lit. Je m'accoudai à l'oreiller, lui fis face. Nous nous regardâmes dans les yeux pendant un long moment.

Je me souviens des mots qui résonnèrent au cours de ces dernières minutes comme d'un mouvement musical dont on n'a pas besoin de fixer toutes les notes ; si on l'entend une fois, on se souvient de l'ensemble sans erreur, sans omission. Elle avait dit : « Vous êtes guéri donc vous partez. » Elle n'avait pas ajouté « maestro ». Elle n'était ni polie, ni sociable, ni serviable : c'était juste une personne parlant à une autre, sans détour, rapide, brutale. Et ce ton, cette parole ne permettaient aucun atermoiement quant à la réponse, ne m'autorisaient pas à me dissimuler derrière quelque cliché. Je devais répondre à chaque mot, comme quand on attaque quelqu'un par surprise et qu'il doit se défendre œil pour œil, dent pour dent. « Qu'y puis-je ? Je ne peux rester ici. Cela n'aurait aucun sens. » Elle hocha la tête. « Non, acquiesça-t-elle. Cela n'aurait aucun sens. » La phrase retentit et soudain je ressentis la même angoisse que si on avait crié au feu près d'ici. Ce qui est inattendu, dangereux, incompréhensible agit toujours ainsi sur les hommes. Je tentai une dernière esquive : « Nous ne pouvons pas savoir, dis-je précautionneusement, ce que la nature veut de nous quand elle nous impose une grande maladie. Mais ensuite, une puissante force nous guérit. Vous ne pensez pas ?... » Elle répondit vivement, de façon abrupte : « Ça, nous ne pouvons pas le savoir, en effet. Mais tout est tellement désordonné... Il ne faut pas croire que tout ait un sens. Peut-être la maladie n'en a-t-elle pas non plus. Pas plus que la guérison et la mort. » Elle parlait fort, presque en criant. Je m'efforçai de rester calme. Comme si je bavardais simplement avec l'infirmière de nuit de choses intéressantes mais en définitive impersonnelles, neutres. Cette conversation était un peu particulière mais bientôt il allait faire jour, le patient allait partir, l'infirmière mortellement malade allait rester... elle avait le droit de poser des questions et de répondre de cette façon étonnante. C'était une conversation de minuit, rien d'autre... Je changeai de ton pour adopter celui de la causerie. J'aurais aimé la tranquilliser.

Et quand je me tus : « Vous êtes très bon, maestro, de bien vouloir parler avec moi...

— Oui, oui, chère... » – et je cherchai son nom. Dans mon énervement, ma distraction, j'avais oublié son nom, l'esprit occupé à autre chose. Je pensais à E., que je verrais le lendemain... « Carissima », dit-elle humblement, et tellement doucement qu'on eût dit qu'elle murmurait une excuse.

Carissima... Son nom me toucha et je levai la tête vers elle. Un beau nom, superlatif, avec une exagération latine, de la musique et de la passion. Et comme il lui convenait mal ! Des centaines de milliers de gens l'appelaient ainsi, les malades, les collègues, les médecins et les inconnus et peut-être jamais, pas une seule fois ils n'avaient accordé à ce nom ce que commandait sa résonance : une profondeur et une intimité totales. *La plus aimable...* Un homme peut-il dire un mot plus beau à une femme ? C'est comme cela que j'appellerais E., demain, quand j'arriverais, car elle était « la plus aimable »... Je regardai la femme qui portait ce beau nom et je ne vis que son visage pâle, inexpressif, un masque de mort.

Je dis d'un ton d'excuse : « Je ne peux pas parler de tout. Il y a une femme... cette femme qui a écrit les lettres. » Elle acquiesça de la tête. « À Athènes », ajoutai-je scrupuleusement. « Cette dame – elle articula ces mots avec répugnance et pour la première fois, elle évoqua E. en ces termes – vous attend, maestro ?... » Je fis signe que oui, elle m'attendait. Carissima se tut. Puis elle se prépara à partir. « Vous allez être très heureux, maestro. » Je tendis la main, j'aurais aimé la retenir. « Vous partez déjà ? » Elle ne se retourna pas, continua à se diriger vers la porte. « Il est tard. On m'attend. Bonne nuit », dit-elle doucement, poliment.

Sa main se posa sur la poignée. Qu'y avait-il ? Que s'était-il passé ? Pourquoi avions-nous parlé de cela ? Quel rapport Carissima entretenait-elle avec ma vie, ma guérison, ma santé ou ma disparition ? Et qu'est-ce qui provoquait l'énervement qui déferlait dans mon corps ? Peut-être n'étais-je pas en si bonne santé que je l'avais cru : la maladie n'avait pas cessé. Je ne sentais aucune douleur mais quelque chose transparaissait à travers cet énervement et me rappelait l'état qui avait précédé ma maladie, quelques heures avant le concert. À nouveau, « je ne me sentais pas bien », exactement comme avait dit le professeur. Et je ne voulais pas demeurer seul. Je n'arriverais pas à dormir cette nuit, c'était certain. Et telle une nouvelle variation de la maladie, l'excitation nerveuse envahissait mon corps et mon esprit : je ne voulais pas que Carissima s'en aille, je ne voulais pas rester seul avec la nuit, avec cette angoisse, cette insomnie, cet arrière-goût amer du mal. C'était ma dernière nuit à l'hôpital. La fin de ma mésaventure. Demain m'attendaient l'avion, la mer, le ciel, une femme… et après ? La mort ne devait pas être loin non plus. Cette fois-ci, elle m'avait lâché la main… mais elle ne devait pas être loin. Que pourrais-je entreprendre avec ce cadeau, avec ce qui me restait de vie ? Retourner à la contrainte impitoyable de mon métier, retourner à la relation douloureusement heureuse avec E., qui voulait tout me donner…, avec cette autre malade qui m'avait déjà empoisonné une fois. Je sentais la désespérance accablante, inextricable de toute situation terrestre, de toute relation humaine, de toute entreprise du corps, et soudain se ranima dans mon corps et dans mon esprit un seul désir : tout oublier ! Éprouver encore une fois ce méchant vertige où tout se dissout, la douleur et le désir du bonheur, le « rendez-vous chimique », la stupeur provoquée par le fort poison de la piqûre. Je tendis la main. « Arrêtez », dis-je. Elle s'arrêta. « Je veux dormir cette nuit », dis-je, presque comme un ordre. Et Carissima, d'une voix neutre d'infirmière de garde : « Dormir ? Vous n'avez pas sommeil, maestro ? Je vous apporte tout de suite une poudre. » Je m'assis dans le lit. J'étais agité, je parlais fort. « Non. Je ne veux pas de poudre. Je veux une piqûre. » Elle ne dit rien, me regarda. « Vous ne comprenez pas ? Une piqûre, puissante, cette piqûre-là, vous savez… pourquoi me regardez-vous ainsi ? », demandai-je, presque grossièrement. « Vous savez très bien à quoi je pense. » Carissima fit un mouvement, s'approcha à pas rapides de mon lit. Pour la première fois, je vis sur son visage blême des traits humains, un étonnement sincère : la surprise, la curiosité avaient fait fondre la rigidité du masque. « Cette piqûre-là ?… demanda-t-elle d'une voix traînante. Mais pourquoi, maestro ? Vous avez mal quelque part ?… Voulez-vous que j'appelle monsieur le professeur ? » Énervé, je fis signe que non. Qu'elle n'appelle personne. Je sentais le goût de l'injection dans ma bouche, mes membres. Le souvenir du plaisir abject provoqué par l'anéantissement et le relâchement envahissait mon corps. Comme l'alcoolique, oui, comme tous ceux qui se sont accoutumés à un poison à un certain moment, je sentais que je ne m'étais pas libéré de ce souvenir et, à cet instant, après cette conversation, prêt à partir de ce lieu, « guéri », je n'avais plus besoin de rien d'autre, je ne désirais rien d'autre que l'oubli total, encore une fois, l'expérience artificielle mais tellement essentielle de cet anéantissement… Car enfin, je l'avais bien mérité. Je n'étais pas morphinomane : depuis des semaines, je n'avais pas réclamé la drogue. J'avais supporté la douleur et l'agonie, j'avais renoncé à la substance en usant de ma propre volonté ; mais là, cette nuit, je voulais dormir et oublier, je ne voulais pas savoir que j'avais un corps, je ne voulais rien savoir du passé, de la musique, ni des lendemains, de tout ce qui pourrait encore m'arriver dans cette vie consumée... Pour une nuit, je souhaitais tomber dans la fosse, l'inconscience, la mort. Voilà, tel était mon désir, et je compris soudain ceux qui arrivent à voler, tricher, mentir pour atteindre cet état à la fois douloureux et voluptueux de l'inconscience. Je voulais à tout prix m'anéantir pendant quelques heures. Et demain, je partirais. Je ne verrais plus ces ombres charitables des ténèbres, la souffrance et ses acolytes ; la fin approchait, j'allais m'envoler un instant encore vers la lumière et le bonheur, j'entendrais une fois encore la musique, et ensuite l'autre fin, d'une manière ou d'une autre... « N'appelez personne, dis-je d'une voix rauque. Je n'ai mal nulle part. Je veux dormir, vous ne comprenez pas ?... », et je pris sa main, de ce geste de mendiant quémandant l'aumône dont seuls usent ceux qui sont entre les griffes de la drogue ou de la passion, pour supplier et s'humilier. Je retins cette main osseuse et froide dans la mienne pendant un instant ; elle supporta ce contact puis elle retira ses doigts d'un geste très lent. « Mais maestro, c'est impossible », protesta-t-elle sincèrement, avec une frayeur stupéfaite. « Vous savez bien que sans l'autorisation de monsieur le professeur, nous ne pouvons faire de piqûre... Surtout pas celle-là... Et de plus, à vous qui êtes guéri, qui ne vous plaignez de rien, qui n'avez plus mal nulle part !... » Elle se défendait comme une femme qu'on invitait à quelque aventure immorale dans la nuit. Et moi, j'essayais de la persuader de tenter cette aventure avec autant de fièvre qu'un séducteur encourage une proie qui résiste. « Le professeur n'en saura rien. Je m'en vais demain. Mais maintenant, encore une fois, je veux dormir, je veux la piqûre. Je veux dormir très profondément. Est-ce un péché ?... » Carissima était devenue très grave. « Vous ne vous rendez pas compte de ce que vous me demandez, maestro, dit-elle à voix basse. Si je le fais, c'est un péché. » Elle croisa les mains sur la poitrine, dans un geste de défense, comme pour prier ; elle resta ainsi, son corps dans une attitude à la fois de refus et de prière. Je fermai les paupières, j'étais fatigué, à cause de la conversation, de l'heure tardive, de tout ce qui avait eu lieu dans mon passé et de tout ce qui m'attendait dans le futur, de cette discussion... j'étais fatigué comme on l'est seulement à certains moments où on arrive à la fin de tout et on en a assez de toute discussion avec les gens. « Et après ? dis-je, indifférent. Et si c'était un péché ? Cela ne vous est-il pas égal ?... » Ce ne fut qu'après avoir prononcé ces paroles que je me rendis compte de ce que j'avais dit ; je venais de faire remarquer à une mourante qu'elle pouvait faire ce qu'elle voulait et que ni le péché ni la vertu n'avaient plus guère d'importance. J'attendis une protestation, un refus indigné... Mais Carissima resta de marbre. Elle répondit : « Si. » Puis, après une courte pause : « Cela m'est égal. » Elle ne fit pas un mouvement. Ses mains, les doigts entrelacés comme pour la prière, reposaient toujours dans une immobilité convulsive sur sa poitrine. « Vous partez demain, maestro. En avion, pour Athènes. » Ensuite, d'une voix plus forte : « Comme cela doit être beau, de voler. » Puis elle se tut. À présent, je n'osais plus rien dire non plus. Avec négligence et cruauté, dans mon égoïsme, j'avais dû toucher quelque chose chez elle... j'aurais dû me taire, sûrement. Soudain, je l'entendis dire d'une voix rauque : « Dieu est miséricordieux. » Elle articulait mécaniquement, comme les religieuses marmonnent pendant les litanies... Je levai mon regard vers elle. Elle était toujours immobile, les mains croisées, le regard fixé devant elle. « Que dites-vous ? demandai-je. Que voulez-vous ?... » Mon épuisement était si profond que moi aussi, je parlais à tort et à travers. Carissima ne me regardait pas. Elle répéta, de façon audible cette fois : « Dieu est miséricordieux. » Je vis qu'elle serrait ses mains contre sa poitrine. Comme si elle ne m'avait pas entendu. Puis elle cria presque, comme si elle appelait à l'aide dans une situation désespérée : « Dieu est miséricordieux. » Ses paroles résonnèrent de façon alarmante dans la pièce, dans la nuit, dans le silence. Elle se mit en route, à pas rapides, courant presque. Elle sortit de la chambre en oubliant de fermer la porte.

Elle revint au bout de quelques instants. Elle se hâta vers mon lit, la seringue dans une main. Je reconnus la teinte opalescente de l'injection. Elle releva la manche droite de ma chemise de nuit et, d'un geste expérimenté et déterminé, elle planta l'aiguille sous la peau. Elle frotta mécaniquement l'endroit de la piqûre avec un coton. Elle ne proféra pas un seul mot, ne me regarda pas non plus. Elle éteignit la lumière ; je l'entendis encore fermer sans bruit la porte derrière elle, à la manière des gens accoutumés à déambuler la nuit.

Je me rendis compte que je devais faire quelque chose maintenant. Peut-être sonner. Ou allumer la lampe. Mais je n'avais plus aucune force pour effectuer le moindre mouvement. Ce qui m'arrivait n'était pas un vertige mais une chute à une profondeur effroyable, la tête en arrière, sans corps mais avec tout le lest du corps et de l'existence entière. Les pierres doivent tomber ainsi dans l'eau profonde, sans pesanteur. Pendant une seconde, la peur fulgura à travers l'obscurité ; puis plus rien.

Je me réveille aux gifles qu'on me donne.

Le professeur, l'interne et une infirmière que je ne connais pas sont debout à côté de mon lit ; la lumière du matin étincelle dans la pièce.

Ils m'administrent des claques régulières, particulièrement l'interne, sans me ménager, en rythme.

Au milieu des gifles, je m'endors. Je m'éveille dans la nuit. Je suis reposé, je me sens bien. Je sonne. Une religieuse inconnue et l'interne accourent.

Je fais signe que je n'ai pas besoin de l'infirmière. Nous restons tous les deux, moi et le chaman assis à mon chevet ; il cligne les yeux de sommeil. Il est fatigué et fripé : c'est par un dur travail physique de vingt-quatre heures qu'il m'a ressuscité en me giflant systématiquement. Ce sauvetage n'a pas nécessité d'outils aussi subtils que ceux utilisés à un moment donné par Carissima pour m'obliger à vivre ; ç'a été un labeur physique, rude et efficace. À présent, il cligne les yeux, satisfait et ensommeillé.

Je ne suis pas fatigué. Le poison ne s'est pas entièrement résorbé, les excitants ont traversé mon corps et mes nerfs. Je demande, bien réveillé et objectivement :

« Que s'est-il passé ? »

Il me répond avec obligeance :

« Erreur de dosage », et il hausse les épaules. « Ça arrive. Par chance, rarement.

— C'était une dose mortelle ? »

Il renifle :

« Peut-être », il frotte ses paupières enflées. « En tout cas, c'était davantage que ce qu'on supporte en général, maestro. Mais moins que ce qu'on peut supporter aussi. Quelque part à la frontière, dit-il professionnellement, satisfait.

— Mais on ne lui en tiendra pas rigueur ?

— À qui ? » Il rit mais son rire n'est pas sincère. « Carissima ? À quoi pensez-vous ? Carissima est une infirmière excellente et dévouée. Une telle étourderie... peut se produire dans les meilleurs hôpitaux. Le plus important est d'y avoir survécu », poursuit-il avec agitation, et il veut parler d'autre chose. Mais je ne le laisse pas dévier la conversation.

« Et le professeur, que pense-t-il de cette erreur ?

— Le professeur ? » Il fixe le plafond d'un regard interrogateur comme s'il en attendait une réponse. « Que pourrait-il dire ? Quand quelque chose de ce genre se produit dans son service, chaque médecin règle cruellement les comptes. Mais les massacres du professeur sont silencieux et il n'y a pas de sang versé...

— Où est-elle en ce moment ? » m'obstiné-je. Il ne demande pas de qui je parle. Il répond volontiers : « Cherubina et Dolorissa l'ont accompagnée ce matin. Elle est rentrée à Pistoia, au couvent.

— Bien », dis-je, soulagé.

Nous nous taisons. Un grand calme règne en moi à présent. J'ai l'impression d'être quand même arrivé au bout de ma maladie. « L'erreur de dosage » a été le point final à cette longue phase... Je n'ai plus rien à faire ici, je peux m'en aller.

« Demain, je pars.

— Bien sûr, répond-il, prêt à rendre service. Demain ou quand vous voulez. Le bureau a pris des dispositions pour vous procurer une place dans un avion.

— Non, je ne prendrai pas l'avion. Je ne vais pas à Athènes.

— Je comprends », répond-il brièvement.

Nous nous regardons sans mot dire. Il hausse les épaules, commence à faire les cent pas dans la chambre, à son habitude. Il se passe pas mal de temps ainsi. Parfois il secoue la tête comme s'il discutait avec quelqu'un sans émettre de son.

« Vous m'accompagnerez à la gare demain ? demandé-je.

— À la gare ? » Et il contemple à nouveau le plafond. « Oui, à la gare, bien sûr. Je vais les prévenir qu'ils vous réservent une cabine.

— Je n'ai pas besoin de cabine. Ça va. Je m'en suis tiré, n'est-ce pas ? »

Il répond, vite, ravi :

« Vous vous en êtes tiré, bien sûr. On guérit tout de suite, et parfaitement, de ce genre de... d'erreur de dosage. Ou alors jamais. Mais vous, maestro, vous êtes passé au travers.

— Je sais. C'est pour cela que je n'ai pas besoin de wagon-lit. Mais il y a une autre raison. Je veux m'arrêter en route et descendre à Pistoia. »

Il se redresse. Croise les mains derrière son dos. Il reste ainsi et dit solennellement :

« Impossible.

— Pourquoi ? dis-je avec impatience. C'est naturel, non ?... J'aimerais la rassurer, lui montrer que je vais bien... » Et je poursuis, en avalant mes mots : « Elle me voulait du bien.

— Oui, d'accord. » Lui aussi avale ses mots. « Tout le monde veut du bien. Mais vous ne connaissez pas les règles de l'ordre, maestro. Vous ne pouvez pas pénétrer dans le couvent. Dans cet univers-là, dans leur ordre en particulier, les règles sont très strictes. Elles ne parlent pas. Elles font tout sans dire un mot. Certaines, un jour, abandonnent l'ordre pour toujours. Mais même alors, les nonnes s'inquiètent pour elles... elles portent les soucis de toutes celles qui ont appartenu à leur communauté à un moment donné. Il y en a aussi qui reviennent et qui referment alors pour l'éternité la porte du couvent derrière elles. Et celles qui sont revenues ainsi, on ne peut les déranger avec des visites. Même pas quand le visiteur... »

Il ne termine pas sa phrase. Je le fais pour lui :

« Revient d'aussi loin que moi ? »

Il hoche rapidement la tête.

« *Sì, sì.* C'est cela. Même dans ce cas-là. »

J'aimerais l'interrompre. Mais à présent il continue à parler, d'une façon exaltée, avec une sorte de ferveur étrange, comme s'il voulait éviter que je prenne la parole – il va tout me dire, surtout que je ne pose pas de question, que je ne mentionne pas « l'erreur de dosage », que je ne m'arrête pas à Pistoia... Il poursuit avec une bonne volonté volubile.

« Non, même dans ce cas-là, répète-t-il avec une excitation soudaine, comme une fièvre. C'est hors de question. C'est un ordre extraordinaire. Il règne une grande discipline derrière le haut mur du jardin, à Pistoia. Il y a là-bas une mère supérieure... une femme admirable ! Elle sait tout de chaque chose et de chaque être : des malades qui ne veulent pas être en bonne santé et des gens sains qui tombent volontiers malades parce qu'ils ne supportent plus les responsabilités de la santé et de la vie. Car vivre est une grande responsabilité », dit-il sérieusement, solennellement, avec une sorte de noblesse et de componction d'étudiant. Je ne l'ai jamais vu ainsi ; je le regarde avec suspiscion et je tends l'oreille pour surprendre une ironie éventuelle. Mais non, il est sérieux, avec les mains croisées sur la poitrine, comme un curé, par-dessus sa blouse blanche, et parfois il jette un regard de myope vers le plafond, comme les curés au moment du sermon. « Ah oui, vivre est une énorme responsabilité. Réfléchissez un peu à ce que c'est de vivre parmi les hommes... Beaucoup ne le supportent pas. Que d'intérêts ! L'ennui, la vanité, l'ambition, les sentiments et, derrière tout cela, la mort… Qui peut supporter cela, toujours "en bonne santé", toute sa vie ? Peu de gens, très peu », dit-il anxieusement, et il secoue la tête, comme si je me lamentais sur la situation désespérée de l'espèce humaine. « La mère supérieure sait tout cela. Elle a longtemps soigné des malades et à présent c'est elle qui dirige le couvent, elle s'occupe de soixante-dix nonnes… C'est une grande tâche ! » répète-t-il avec un sérieux un peu ridicule, une reconnaissance bavarde. « Quand l'une d'entre elles revient au couvent parce qu'elle est malade ou fatiguée ou que quelque chose s'est produit dans sa vie… car les religieuses sont des êtres humains également, n'est-ce pas ? alors la mère supérieure la reçoit. Elle s'en occupe. Dans ces moments-là, il est interdit à un visiteur de perturber la belle et grave maison de Pistoia. Imaginez seulement, maestro, vous arrivez demain après-midi au couvent, on vous amène à la mère supérieure et vous commencez à parler, maestro, vous dites que vous aimeriez voir une infirmière du nom de Carissima qui vous a soigné… Imaginez donc ce que peut répondre la supérieure ? Uniquement cela : monsieur, mon frère, poursuivez votre chemin, avec la grâce de Dieu ! Ne dérangez pas Carissima, monsieur. Elle ne pourrait rien dire d'autre, n'est-ce pas ?… Si nous réfléchissons, nous ne pouvons imaginer qu'elle puisse répondre autre chose. Et si elle vous permettait de voir Carissima ? Que lui diriez-vous ?… Si on a raccompagné quelqu'un au couvent comme on a reconduit Carissima… je veux dire, pour toujours… que peut-on encore dire à une telle personne ? »

Il me regarde presque avec curiosité, une curiosité enfantine qui se lit sur son visage d'adulte ; comme si cela l'intéressait vraiment, comme s'il était vraiment curieux de savoir ce que je lui dirais si la supérieure m'y autorisait.

En effet, que lui dirais-je ?... Je ne le sais pas moi-même. C'est pourquoi je ne lui demande que cela :

« Carissima est-elle au courant que... finalement, l'erreur de dosage ne m'a pas fait de mal ? »

Il répond vite, me coupant la parole :

« Carissima ne sait rien. Rien ne l'intéresse d'ailleurs. Elle se contente de dire parfois "Dieu est miséricordieux". Elle parle mécaniquement. Mais par ailleurs, elle est calme. Vous comprenez, maestro ?... »

Je comprends.

Nous nous serrons la main.

« Bonne nuit, dit-il doucement, à voix basse, avec sympathie.

— Bonne nuit », et je serre à nouveau sa main.

« Dormez bien. » Il mordille sa lèvre inférieure. « Et demain, réveillez-vous reposé, guéri. Nous ne connaissons pas les voies du ciel, même nous, les chamans... mais j'ai demandé au bureau les horaires du rapide pour Budapest. Nous partons d'ici à dix heures pour la gare. Cela vous ira ?...

— Oui, cela me va. » Nous ne nous sommes toujours pas lâché la main. « Et merci beaucoup pour tout.

— Je vous en prie, répond-il gravement. Vous pouvez. Je me suis donné assez de mal pour vous. »

Nous nous efforçons de sourire. Nous aimerions tous les deux ajouter quelque chose. Nous cherchons les mots, nos lèvres remuent avec agitation… en fin de compte, c'est lui qui laisse partir ma main. Dans sa gêne, il se met à siffloter. Puis il s'interrompt.

« Il est tard. Votre pouls est parfait. Vous êtes résistant, maestro. Et vous avez appris beaucoup de choses ces derniers mois. Vous avez été un malade extraordinaire. Vous avez appris qu'il ne suffit pas d'être malade, qu'il ne suffit pas de recevoir des remèdes. Il faut être capable de répondre, à la maladie et à tout ce qui déclenche la maladie et la guérison. Ça aussi, il faut l'apprendre. Et ensuite, quand la vie vous interpelle… »

6

Ici se termine le manuscrit. L'héritage de Z. – ses bagages, ses livres, toutes ses notes – est resté à Lucerne. La guerre y a apposé son sceau.

Je n'ai reçu aucune information non plus concernant l'existence d'une éventuelle création musicale dans ses affaires. Durant ces dernières années, le monde n'a été attentif qu'à des chants effroyables, d'une autre nature ; le sort d'une partition musicale égarée n'a troublé personne. Peut-être se trouvera-t-il des lecteurs qui liront son histoire comme l'ultime création du musicien, dans laquelle la mélodie est plus importante que les paroles. Et la mélodie n'a jamais de « sens ». Toutefois elle raconte quelque chose qu'on ne peut raconter avec des mots.

Sándor Márai dans Le Livre de Poche

Les Braises n° 3378

À travers la dramatique confrontation de deux hommes autrefois amis, *Les Braises* évoque l'inéluctable avancée du temps. Livre de l'amitié perdue et des amours impossibles, où les sentiments les plus violents couvent sous les cendres du passé, et tableau de la monarchie austro-hongroise agonisante.

Les Confessions d'un bourgeois n° 3369

L'auteur se souvient de ses ancêtres, riches artisans, des traditions et des idéaux qui ont pétri un milieu épris de démocratie et de modernité, avant que son accession au pouvoir et l'oubli de ses devoirs ne le condamnent au déclin.

La Conversation de Bolzano n° 3361

Casanova, à peine échappé des « plombs » de Venise, se réfugie à Bolzano. Aux prises avec Francesca et l'inquiétant comte de Parme, son vieil époux, il rencontre et finit par vaincre à sa manière la tentation de l'Amour. Inspiré d'un épisode de la vie de Casanova.

Divorce à Buda n° 3386

Deux hommes se retrouvent après de longues années. L'un est juge, l'autre médecin. Anciens camarades d'école, c'est le divorce du médecin, que le juge s'apprête à prononcer, qui les réunit. Autour de la figure d'une femme, la réminiscence du passé fait émerger peu à peu un secret enfoui.

L'Étrangère n° 32601

Par un jour d'été torride, un homme arrive sur la côte dalmate. Il fuit sa maîtresse, sa femme, sa fille, ses amis, son travail. Il fuit le questionnement qui le hante : que cherche-t-on derrière le désir, la passion, quel manque insondable aspire-t-on à combler à travers chaque acte de sa vie ?

Les Étrangers n° 33213

1926. Un jeune docteur en philosophie de Budapest arrive à Paris pour quelques mois. Étranger à ce pays qui le fascine et le rejette à la fois, il évolue parmi d'autres étrangers qui, comme lui, survivent tant bien que mal.

L'Héritage d'Esther n° 3374

Une femme voit ressurgir le seul homme qu'elle a aimé et qui lui a tout pris, ou presque, avant de disparaître vingt ans plus tôt. La confrontation entre Esther la sage, ignorante de ses propres abîmes, et Lajos l'insaisissable, séducteur et escroc, est l'occasion d'un face-à-face où le passé semble prêt à renaître de ses cendres.

Libération n° 31300

En avril 1945, Budapest est libérée par l'armée russe au terme d'un siège implacable. Pendant les dernières semaines du siège, une centaine de personnes se terrent dans les caves d'un immeuble, attendant l'issue d'un combat incertain.

Mémoires de Hongrie n° 3430

Rédigés vingt ans après les événements évoqués (la fin des années 1940), ces Mémoires composent une fresque saisissante de la Hongrie à une époque cruciale de son histoire et mettent en lumière le trajet bouleversant de l'auteur.

Métamorphoses d'un mariage n° 31076

Ilonka, Peter, Judit confient « leur » histoire. L'épouse amoureuse et trahie. Le mari cédant à la passion. La domestique ambitieuse qui brise le couple. Trois récits-confessions qui cernent au plus près la vérité des personnages.

Le Miracle de San Gennaro n° 32141

Naples, 1949 : un couple d'étrangers discrets, « l'homme » et « la femme ». Un jour, l'étranger est retrouvé mort au pied d'une falaise. À travers l'enquête du vice-questeur et les récits de ceux qui le côtoyaient, se dégage le portrait d'un réfugié au statut fragile.

Paix à Ithaque n° 3411

Márai nous transporte parmi les héros d'Homère, au milieu des dieux, des demi-dieux et des nymphes... Une grande fresque sur les démêlés des dieux et des hommes, sur les passions humaines, sur l'amour et la jalousie, sur la vie et la mort.

Le Premier Amour n° 31943

Dans une petite ville de la province hongroise, un respectable professeur de latin entreprend de tenir son journal. Des bribes de souvenirs d'enfance lui reviennent, la glace qui recouvrait ses émotions se craquelle, et sa propre vérité surgit enfin.

Les Révoltés n° 3370

Tandis que leurs pères sont au front, des adolescents inventent des jeux qui leur permettent de renverser le monde des adultes, d'échapper à l'autorité de leur famille. Sur fond de guerre, la découverte de la vie, de la sexualité, le passage du rêve de l'enfance aux réalités du monde ne vont pas sans danger.

Un chien de caractère n° 3406

C'est une petite boule de poils qui gambade et aboie. Il n'est pas beau mais semble avoir de l'esprit et de bonnes manières... Tchoutora est le nom de ce chiot joyeux que Monsieur a décidé d'offrir à Madame en ce Noël 1928.

Du même auteur
aux Éditions Albin Michel :

LES RÉVOLTÉS, 1992.
LA CONVERSATION DE BOLZANO, 1992.
LES CONFESSIONS D'UN BOURGEOIS, 1993.
LES BRAISES, 2001.
L'HÉRITAGE D'ESTHER, 2001.
DIVORCE À BUDA, 2002.
UN CHIEN DE CARACTÈRE, 2003.
MÉMOIRES DE HONGRIE, 2004.
MÉTAMORPHOSES D'UN MARIAGE, 2006.
LIBÉRATION, 2007.
LE PREMIER AMOUR, 2008.
LE MIRACLE DE SAN GENNARO, 2009.
L'ÉTRANGÈRE, 2010.
LES ÉTRANGERS, 2012.
LES MOUETTES, 2013.
CE QUE J'AI VOULU TAIRE, 2014.

PAPIER À BASE DE
FIBRES CERTIFIÉES

Le Livre de Poche s'engage pour
l'environnement en réduisant
l'empreinte carbone de ses livres.
Celle de cet exemplaire est de :
550 g éq. CO_2
Rendez-vous sur
www.livredepoche-durable.fr

Composition réalisée par PCA

Imprimé en France par CPI
en mars 2015
N° d'impression : 2015095
Dépôt légal 1re publication : juin 2013
Edition 03 - mars 2015
Librairie Générale Française
31, rue de Fleurus - 75278 Paris Cedex 06

31/7558/5